长河长

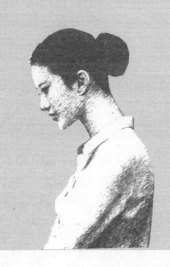

翟妍 著

中国文史出版社

图书在版编目（CIP）数据

长河长／翟妍著．--北京：中国文史出版社，
2020.10

ISBN 978－7－5205－2279－3

Ⅰ.①长… Ⅱ.①翟… Ⅲ.①长篇小说－中国－当代

Ⅳ.①I247.5

中国版本图书馆 CIP 数据核字（2020）第 178631 号

配　　图：周英子
责任编辑：程　凤

出版发行：**中国文史出版社**

社　　址：北京市海淀区西八里庄路 69 号院　　邮编：100142

电　　话：010－81136606　81136602　81136603（发行部）

传　　真：010－81136655

印　　装：北京新华印刷有限公司

经　　销：全国新华书店

开　　本：1/16

印　　张：19.5

字　　数：252 千字

版　　次：2021 年 1 月北京第 1 版

印　　次：2021 年 1 月第 1 次印刷

定　　价：59.80 元

序

了却一个心结

从预谋写作那天开始,写《长河长》就成了我的心结。这样一个小说,在我心里想了十几年,甚至二十几年。

那时候我祖母还在世上,还常常带着先知的神态给我讲她的许多过往。我总是被她的过往感动、震撼,觉得过去那个我无法触摸的世界里带着某种神秘的色彩,带着强大的吸力,撕扯着我。我想把它们写下来。但是我迟迟不敢动笔,我生怕我的稚嫩一不小心惊扰了那些早已安息的灵魂。后来,我祖母也死了。我总是想她,觉得欠她一个回报,欠她一个在这世上走一遭所应该留下的痕迹。我要还给她。

《长河长》里有我祖母的印记,却又找不到我祖母的影子,我在一个冬天的早晨,坐在电脑旁,无意间敲下第一章开头那段文字时,我突然想,如果生命可以重新来过,我祖母应该会赋予自己一种新的活法。在她长达一个世纪的人生里,让那些缺憾变成完美,让那些磨难给她抗衡的勇气。我想了却一个心结,为我的祖母。

还记得写《长河长》我用了整整一年的时间,搁笔那一刻,我觉得自己已经是一个九十五岁的老人了,内心的激荡、彷徨、隐忍、热忱和期盼都在这一年里用尽了,我躺在汗蒸房里,想象着我死了,我的灵魂像老祖母一样飞腾起来,我的灵魂看着我的肉体,她和她都一言不发,仿佛等待一个仁者见仁智者见智的回答。

感谢《江南》杂志能在 2018 年 5 期刊发该小说。

感恩《长河长》和中国文史出版社相遇，让东北大地散发芬芳。

目　录

关于《长河长》的读者反馈

第一章

　　屋檐下的腊肉已经成了黑色，一只老鼠蹲在房梁上张望，这是它一生中第多少天垂涎这块腊肉了？它不知道。

　　我都替它记着呢。那块腊肉我挂了两年，不多不少，正好两年。老鼠盯着它，已经整整七百三十天了。现在，我决定把那块腊肉取下来，我并不想吃掉它，因为我的牙齿，除了一张嘴还能看到两个门卫，其余的，都像尸体一样躺在一个黑匣子里面了。和我的幼齿躺在一起。那些幼齿在脱落的时候，我的母亲送给我一个黑匣子，让我把它们放在里面。如今，母亲早已去另一个世界了，留给我的只有这黑匣子和我的幼齿了。

我一张嘴的样子和那只老鼠很像。这让它误以为我是它的同类。我在地上仰望它的时候，它从未避讳我，甚至，它的口水落到我的身上，它也毫无愧色。它总是天天都要来望一眼那腊肉的，就像我习惯了天天来望它一眼一样。现在，我要把那腊肉取下来，我再也没有力气仰望一只老鼠了。

我想躺下去，用一个舒服的姿势。

几天前，我看了一块地，就在村后，霍林河边上，是个土岗，发大水也不用担心。我觉得那是榆村风水最好的一块地，因为它靠着那条美丽的河流。我的一生，只想记住这条最美的河流，她漫不经心地卧在榆村的后面，像一个年轻的女子侧卧在一块被时间风化了的土地上，让那土地因她而迟迟不肯老去，一次又一次青春焕发。那河流发一次大水，就会淹没一次草原。所有的草死去，再在时间里慢慢重生，回到原来的样子。

回不去的是我。

我老了。

那河流不断给我回忆的时候，我就渐渐老了。老到连仰头去看房梁上那只老鼠的力气也没有了。我把那腊肉取下来，丢在灶台上，也许我的孙子会喜欢这个味道，很多年以前的夏天，他总是嘴里衔着腊肉到处疯跑，惹得看家狗在他的屁股后穷追不放。

我的孙子和我的儿子在电话里说好的，晚上到家。我知道，他们是担心我就要死了，想趁着我还清醒，给我多些陪伴，但是我已经不那么需要陪伴了，连那只老鼠在房梁上的嬉闹声也不愿听见。我知道我做了一件很残忍的事，因为那腊肉一旦从房梁上消失，那只老鼠很可能就活不过太久，就像我现在这样躺着，脑子里全是过去的时光一样。

不是过去死了。是我就要死了。像我的孩子们期许的那样，这死没有过于沉重，没有过于拖累，平平淡淡、按部就班。我早和他们说过，我的死亡一旦到来，请把我的尸骨埋在我选好的土岗上，日日夜夜守着霍林河，守着榆村这块土地，护佑着我的孩儿们平安、健康、快乐、幸福。

夜色降临了。这个村庄长出了新的颜色，是死亡的颜色。这个村庄跟我一样正在死去，虽然在白日里一眼望过去，从村头到村尾，红砖白瓦、绿意萦绕，一片喜气，但它还是笼上了死亡的气息。榆村的人都闻不见那气息，我闻得见，因为我的呼吸一直和死亡一个频率，那气息让我在等待死亡的过程里变得忐忑不安，我忐忑的是，我死了，这村子也将不复存在。不会再有孩童缠在一个老祖母的膝下追问霍林河的过往，不会再有那样的过往值得讲述，不会再有那样的讲述令人一整晚都不肯睡去。

河水还在流动，向东。

我在等待死亡，向西。

灶房里在杀鸡。是长庚和秀草忙着准备晚饭。看来，嘎蛋子快到家了。嘎蛋子就是我的孙子。我有两个孙子，嘎蛋子是长孙。他还有个斯文的名字叫来多，我起的，嘎蛋子也是我起的。叫来多，是希望长庚和秀草多子多福，虽然多子这个愿望没有实现，但长庚和秀草依然没有抱怨，他们觉得，有来多这样的儿子，一个就足够了。叫嘎蛋子，是榆村的习俗，但凡孩子落地，给个不起眼的名字，老天爷不惦记他。

只是，嘎蛋子长大了，再也不许谁叫他嘎蛋子。我除外，我在他那里享受一种特权，不但可以叫他的乳名，就连全家人在他面前不能说的话我也可以说。他总说，我是这个家里最尊贵的女人。我听了，只当他是嘴甜，但还是温暖，他是我一手带大的，心是向着我的。和我的次孙来恩不同。

来恩是和他娘桂婉站在一边的，恍似这一辈子专是为了和我作对而生的。我不怪他。我是河的话，他就是我身上的一条支流，换句话说，手心手背都是肉，碰碰哪里都是疼的。

我还有两个孙女，大的叫来早，是来多的姐姐，长庚和秀草的长女，她聪明乖巧，因为长得和我最像，脾气秉性也都随了我，所以，我总会想她，有时候端起饭碗，就会说，来早，给奶奶盛饭。

秀草就笑我，因为来早已经出嫁了。

另一个孙女叫胡佳格格琪。我不喜欢这个名字，非常不喜欢。别别扭扭的，像是和我之间故意划了一道鸿沟，总是无法亲近彼此。我这四个孙孩当中，只有这个小孙女的名字不是我起的，这是我老儿媳妇的杰作。她说，胡家祖传下来的那个"来"字，实在不适合给女孩子叫，不管后面加上什么字，都是"胡来"，不着调，带着土腥味。她说，胡佳格格琪，洋气。可我觉得，那样的名字，无非是她想把自己的孩子和胡家这一同辈人区分开去，证明她是一个城里人。还好，除了在孩子名字这件事上我和老儿媳乾岳闹了那么一点点不称心之外，在别的事上，乾岳是周全的。

除此，我还有两个女儿。芝芬和芝芳是我的心头肉，嫁得再远，也走不出我的心。她们给我生了外孙和外孙女，但是我很少想到那两个孩子，虽然小的时候也在我膝下玩耍过，但毕竟沾了一个"外"字，一长大就生分了。就像那句话说的一样，外甥是姥家狗，吃饱了就走。

房梁上再没老鼠弄出响动，我躺在这里，一直在想，我这样一条河，一生到底分出多少支流？长北和长安，我的二儿和老儿，我差点儿就忘了。

这一生，真是太长了，回忆起来就好像趴在一条路的尽头，一点儿一点儿往回爬，要爬很久，才能爬到源头，爬到命运的开始。女人的一生，命运真正的开始，都是从她遇见的第一个男人算起的。

我遇见的第一个男人叫司马徽则。那是我十五岁的光景，也就是一九三五年、康德二年、农历乙亥、无闰月，民国二十四年。

1

一九三五年那个冬天的雪，是我一生中见过的最大一场雪，八十年过去了，无数场雪都已经在我心里化成了溪流，顺着村后那条霍林河远逝了，可那年，那场雪，一旦随着记忆落下来，就铺天盖地，要把房屋、柴垛、牛羊和树木都淹没似的。雪伴着风。风特别大，把院子里用来喂猪的木槽子吹得在地上来回打滚，钻过房梁的空隙时吱吱直叫。那叫声，让我以为黑暗里有鬼在哭。

我确实听到过鬼哭的，那是我六七岁时，我娘生下一个男孩，只活了七天就死了，死的时候通身都是黄的，像个金人儿。我祖母把他扔到霍林河里去了，说让鱼儿们吃了他，他能早点儿托生。这是榆村人的习惯，未满月的婴孩死了，不想扔到野地里喂狗，就丢到河里，大概是想喂鱼总比喂狗金贵些吧？

就是那男孩死去的夜晚，我听见了鬼哭。是一个男鬼，声音吼得很响，让我觉得他的嘴巴很大，一张一闭，整个榆村都能被吞下去。那样的夜晚，我始终在瑟瑟发抖，我的祖母问我怎么了，我不敢吭出一声。那鬼一直哭到鸡鸣才去了，可我一直抖到天亮。日头一照进来，我哇一声哭开了，说的第一句话是，我要尿尿。

那件事我从来没有和任何人说过，可我的祖母还是知道了，因为我的眼眶一天一天黑下去，祖母说，是招没脸的了。没脸的，就是鬼。那一次，为了给我驱鬼，我的祖母每到夜晚星星出全时，就跪在灶膛前把大黄纸点着，用手捏着，顺着转三圈，倒着转三圈，然后，爬起来弯着身子往外跑，一直跑到大门口，撒手一扬，灰飞烟灭。对着纸灰飞走的方向，祖母还要再跪下去，磕头，一边磕一边念念有词，那些词都是村子里跳大神的李三老教她的，所以她念的时候，也学着李三老的样子，戚戚咕咕的，分不清到底说些什么。但是很灵，烧了三个夜晚，我祖母说我身上的鬼走了。因为我的眼眶不黑了。

炕是南北的。那时候西满之地的炕都是南北的，我们叫南北炕，就是一间屋子搭两铺炕，靠北山墙搭一铺，靠南窗搭一铺，两铺炕中间是过道儿。睡觉的时候，拉两个大幔帐，南炕一个，北炕一个，谁也看不着谁。我爹和我娘领着铁锤睡北炕，铁锤是我弟弟。我和祖母睡南炕。南炕靠着窗，风吹过来，就像鬼的手在窗户纸上嚓嚓地划过，我说我怕。祖母就把手伸到我的被窝里，攥着我的胳膊，小声说，睡吧，睡着就好了。可我睡不着，总觉得那风里还有别的声音，我越想仔细辨出那声音，就越是辨不清。那风叫了一夜，我听了一夜，到天亮才打个盹。那时候风刚好停了。

铁锤那年有八九岁了，到了讨狗嫌的年纪，从来是不睡早觉的，天一亮，窗前的麻雀一叫，他就钻出被窝，提上裤子往外跑。他是个捕鸟高手，平日里总会在院子里用棍子支一个筛子，筛子下面撒上瘪谷，一旦有麻雀落进去，他就把提前拴在棍子上的绳子猛地一拉，麻雀就罩在里头了。

刚下过雪的日子，是捕雀子的最好时机，铁锤老早从被窝里爬出来，披着袄就去推门。推一下，门没开，再推一下，门还是死死地钉在那儿。他喊，爹，门推不开了。我爹就披着衣服下炕，帮他推门。

我爹是个有力气的男人，秋天打好谷子，装进麻袋，他一弯身就能扛在肩上。在榆村，人家从来不叫他的名字，他有一个外号，叫王大蛮。大蛮，就是说他有一身蛮力气。

但那天，门板都快被我爹推散架子了，门还是没有开。

我爹急了，说是大雪封门了。就把窗子撬开，钻了出去。

他一出去，一股冷风刮进来，我躺在被窝里打一个寒战，听见我爹"妈呀"地叫了一声，怪吓人的。我们都被这叫声惊到了，穿好衣服，从幔帐里钻出去看个究竟。

风把大雪茭在了门口，大雪下埋着一个人。

　　那人快要冻僵了，只是鼻孔里不断冒出的白气还在提醒我的父亲，他还活着。我爹拼力去扒那雪，好半天才把那人从雪里拽出来。这时，门嵌开一道缝儿，我娘和我祖母跑出去帮着往屋子里抬。一个白花花的人。身上穿的羊皮袄是白茬的，羊皮裤也是白茬的，脚上的一双乌拉鞋乌秃秃的。我爹从雪里往出扒他的时候，他的狗皮帽子掉了，铁锤捡回来，丢在炕上。铁锤有点儿兴奋，觉得捡一个人回来，比捕雀子有意思多了，便在我爹身前身后转，我爹忙得手脚都不知道该干啥了，踢了铁锤的屁股，呵斥他，滚一边去！

　　我爹把那人横在北炕上，我祖母说，咋是个人呢？我爹说，赶夜路的吧？铁锤眼尖，指着那人的一只胳膊说，爹，血。我娘胆子小，一见血就大惊小怪起来，说，哟，咋还出血了呢？不会死了吧？我祖母说，穿得多，只要没冻坏，出点儿血没事儿。

　　他们七手八脚给那人脱衣服，脱到羊皮裤的时候，我爹把我和我娘赶到幔帐外面，让我盛雪去。

我端着盆子跑到门外盛了满满一盆雪回来，递到幔帐里头。我爹和我祖母用雪给那人搓身子，搓完一盆雪的时候，我听见我祖母说，有热乎气了。

我娘跑到伙房烧水去了，水一开，她就让铁锤烫了一壶酒，酒暖了，拿去给那人灌下去，那人慢慢醒来了。

那天的早饭是到了晌午才吃上的，我娘烀了土豆，煮了粥，因为多一个外人，她还特意焯了干白菜蘸酱，端到幔帐里面，专给他一个人吃。那人实在太能吃了，我们准备吃一天的土豆，被他一顿就造光了。所以，那顿饭吃完，我娘有些不高兴。那年月，舍命不舍粮的。我娘把我祖母叫到伙房，偷偷说他能吃能喝的，让他走吧。我祖母想了想说，他虽然能吃，看着也还憨厚，倒也不像个死乞白赖的人。我祖母的意思是，还是等等看吧，让他自己说走，要不然救了人家的命，又赶人家走，反而成了无情无义。我娘觉得有道理，就不再提。

在榆村，平常有个过路的、赶脚的，冷了进屋暖身子，热了进屋讨口水，都是司空见惯的，因为霍林河的对岸就是嘎罕诺尔镇，霍林河这岸的要去嘎罕诺尔镇赶集，划船也好，踏冰也好，总是要经过榆村的，所以村子里时常闯入个外人，也是没人奇怪的。

可那个人特别。他吃过了饭，叫我爹到他跟前，说他等夜黑了就离开，不要和村子里的人讲。他说得神秘，我爹有些害怕，把我们统统叫到伙房，说这个人来路不明，不要到外头说。接下去，我们全家都变得紧张兮兮的，只盼天快点儿黑下去，他走了，一切害怕就都跟着走了。现在我这样回想，还能感觉到我当初的慌张，我甚至还偷偷撩开幔帐朝里看了一眼，想看清他的模样，想着他如果是坏人，就还能依照他的样子找到他。

那个下午过得很慢，我祖母拿出一个新火盆，掏了灶膛里的火放在北炕上，说怕那人冷。铁锤有些不高兴，因为为了做那个新火盆，八月节的时候，铁锤去了村外很远的一个黄泥坑，掏了一个下午，才掏到上好的黄泥。

做火盆，对泥的要求总是挑剔的，不能有砂砾杂物，还得细腻黏稠。以往要做火盆，黄泥都是我娘去掏，可那年八月我娘小产下不了地，铁锤就张罗着自己去了。我祖母为了奖励他的能干，答应教他怎么做火盆。一般来讲，黄泥掏回来是要在阴凉处放上几天伤饧饧的，过过性气，像和面一样，那样做出来的火盆就不会有裂缝，用起来年头越久越会光溜溜的。可铁锤总是等不及，隔一会儿就会跑到阴凉处看看那摊黄泥，后来，我祖母看他实在急，就让他提前把一团乱麻秧剁碎，说到时候掺在泥里，做出的火盆结实劲道。

铁锤干活从来不藏力气。真的到了做火盆那天，我祖母把一个瓦盆扣在地上，盆外敷一层草灰，把麻秧揉进泥里拍贴在瓦盆上，再放进阴凉里，隔上个三两天，把这模型取下来，就是个半成品了。接下去精打细作的活，像收口啊、加底啊、拍平啊、擀光啊，都由着铁锤去做，铁锤用琉璃瓶子擀，把火盆擀得跟涂了漆似的，阴干十天半个月，拿出来自己都吓一跳，第一次做火盆，弄得像模像样的，一直舍不得用。

我祖母把一个旧火盆放在南炕上，铁锤就更生气，他说，凭啥那人用新的，咱们用旧的？我们烤着火，没人搭理他。他就一个人进进出出地折腾。那天，我祖母缝一件旧袄，我对着花样绣鞋，绣好的鞋是要留给自己做嫁妆的，嫁人的时候带到婆家的针线活越多，越能说明自己能干，证明将来会是个能操持家务的女人，婆家会高看一眼。后来铁锤从装苞米的栅栏掏回一穗苞米，噘着嘴往火盆里扔苞米粒。

那苞米粒在火盆里慢慢鼓胀，噗一下炸开，从火盆里跳出来，惹得铁锤满地捡。一穗苞米吃完，窗台上还落着几缕阳光。我祖母的旧袄缝完了，又做起鞋垫，鞋垫做一半，终于累了，打了一个哈欠，重新扒一盆火回来，说，咱们三个看牌吧。这下，铁锤才有了笑脸。

看的是那种条牌，我祖母经常一个人一摆弄就是一整天。我们三个看了五六个回合，我一直赢，铁锤说没劲，把牌丢了，凑到我的耳边说，姐，叫那个人来和咱们一起玩。我点了点头。

铁锤下地，爬到北炕上，摇着那人说，你会看牌吗？那人没有

回应，铁锤又问一遍，那人哼一声，听起来像是病时发出的叹息。

　　人总是怕什么就来什么的。那人发起了高烧，我祖母过去摸一下他的头，吓得手都凉了。她说，完了，这下走不了了。

　　那时，天快黑了，我娘做好晚饭，等我爹清完院子的雪回来，围着一张炕桌吃饭。我爹说，被雪埋半宿，没冻死也是命大，发高烧也是正常。可我祖母不那么认为，她心事重重的，想了半天才说，他胳膊上那个伤咋不像个正经伤呢？我爹愣了一下，把饭碗搁到饭桌上，下炕，撩起北炕的幔帐，钻进去，好半天阴着脸出来，说，听说前几天莱安县城里头打起来了。我娘最怕打仗，赶忙问，谁和谁打？我爹说，听说是马占山的部下，一个叫林海学的带队，专打日本人。我祖母疑惑，说，莱安县城离咱们这一百多里呢。她的意思是说，那打仗和躺在我们家北炕上的这个人没干系。可我爹又说，昨天林海学的大部队撤退，是从莱安县城往西撤的，半夜里路过嘎罕诺尔镇时，遇到了日军，打得挺惨。林海学就又折回莱安县城里了。

　　我祖母捧着饭碗，好像明白了，说，这就有道理了，一定是部队掉了兵。

2

村子里有个耿栓对，是那种游医，村里人都叫他跑江湖的，罗锅，背上背着一个驼峰，一年到头是不怎么着家的，一个布搭子，几贴膏药就够他走半个春秋了。偶尔，从外边回来，扔几个大板给老婆孩子，他们家就赶上过年热闹了。可不管怎么在外头跑，五月节的时候他是绝对不离家的，因为那几天要种花。我从来没见过一个男人那么爱花，而且，他种出来的花都是白色的，开起来，让人觉得整个世界都肮脏起来。那花闭合的时候，羞着了似的，所有的花瓣全都像手一样，把脸遮蔽起来，蝶也好，蜂也好，唤也唤不醒。

我祖母说那是大烟花。一种相当娇贵的花，培土薄了不行，厚了也不行，浇水少了不行，多了更不行。它的种子如同细微的尘土，一不留神就随风而逝。所以到种花的季节，耿栓对是绝对不允许他的老婆孩子糟蹋那种子的，一定要自己亲自种，长出秧苗来再交与他老婆侍弄，到了该收获的时候，他又从外面回来，侍弄那花果，熬出一些黑色的膏体来，谁用着了，就去和他讨一块回去。他大方得很。

我娘说去耿江湖家看看。也不知道他回来了没有？我娘的意思是想到耿江湖那里讨些药回来给那人用。我爹说，快过年了，应该到家了。

我祖母从房梁上取一块腊肉，用一块布包上，塞在棉袄大襟儿下的裤腰带上，带着我就去了。

我祖母精明，见耿江湖在，先扯了几句家常，说人家病治得

11

好，去年的时候头疼还发高烧，吃了人家几副小药，贴两贴膏药就好得利利索索了。耿江湖说，啥医术高，瞎猫碰着死耗子罢了。他这样说，我祖母更是说他德行也高，治了别人的病，嘴上还那么谦卑。总之到了最后，把那耿江湖说得一直在笑，我祖母就问，过了年还走？耿江湖说，说不好呢，兵荒马乱的，没个安生的地方。我祖母也哀叹，说宁做太平犬，不做乱世人，下辈子托生狗都比托生人强。耿江湖说，托生狗不如托生猫，猫比狗享受，狗睡门口，猫睡炕头。我祖母说，修行九世才能托生猫，咱们是心比天高，命比纸薄。

临要走了，我祖母才说，还得和你讨几包头疼脑热的药，万一过了年你又走，找个看病的都不得见。耿江湖就让他老婆把布搭子递给他，从里头掏出几个小纸包给了我祖母。还拿出了几贴膏药，告诉我祖母说治个疥疮、拔个脓水管用。我祖母接过去，还补一句，头疼的时候她也贴太阳穴。到了这会儿，她才把掖在裤腰里的腊肉拿出来，跟人家说，还是老法子腌的，你尝尝还是不是那个味儿？

一见那腊肉，耿江湖是欢喜的，往外送我祖母，不知在哪儿摸出两个大烟葫儿塞给她，嘱咐她说难受了，泡水喝效果也好。

大烟葫儿泡了水，我祖母一勺一勺给那人喂下去，他真的慢慢睁开眼了。我把那膏药在火盆上烤热，贴在他的胳膊上，那人说，不管用的，里面有一块弹片。我祖母说那咋办？他看了我们半天才说嘎罕诺尔镇有一个人能帮他。我们问那人是谁，他说是司马徽则，嘎罕诺尔镇善医堂的掌柜。

"司马徽则"，我在心里叨咕了一遍。那是我一生中第一次对一个名字产生了好奇，"司马徽则"这四个字让我觉得像是跟着天上的雪飘下来的，带着上苍赋予他的灵秀，不管从谁的嘴里说出来，都是一段悦耳的音符。我说，他是外国人吗？或者，不是汉族人吗？那人说是汉族人，司马是个复姓。

我一直以为，姓氏只能是赵钱孙李这样的单一，复姓在我的村子里从来没有出现过，因此第一次闯入耳朵，我觉得它像个精灵一样，搅得我魂不附体。随后的日子，因为一个姓氏，我不顾一切地爱上了一个男人，那是我生命里如罂粟花般惹人眷恋的一段时光。

我爹骑着马过了冰，去嘎罕诺尔镇找那个叫司马徽则的人。他走前，那人叮嘱他，见了司马徽则就说芳草长川，柳映危桥桥下路。我爹想了半天说他记不住，让那人写下来，那人说不行，只能记。我爹就一直挂在嘴边小声念叨。出了门，进了马棚，牵了马翻身上去，喊了一声"驾"，回头再去想那句话，已经在脑子里无影无踪了。他不得不下马又回来，问那人，那是句啥来着？那人听了，差点儿笑出声了。我说我能记住！我爹看我半晌，说，把羊皮袄穿上。

就这样，我和我爹一起骑了马，过了冰，去嘎罕诺尔镇找那个叫司马徽则的人。

清光绪初年时，嘎罕诺尔是由蒙古科尔沁右翼后旗管辖的一个小村子，只有几十户人家。我祖母和我讲过，那时候嘎罕诺尔没有木匠铺、没有粉坊、没有日杂百货、没有窑子、没有花子房，也没有日本人开的公学堂，连酿烧酒的烧锅坊都没有。到了光绪三十年，蒙地解禁，清政府下垦荒令，汉人才涌进来开荒种地。我祖父就是那时候从关内来到榆村的。嘎罕诺尔也就是从那时候开始变得热闹起来了，有了商铺，有了典当行，有了车店，有了茶楼和饭馆、铁匠炉和木匠铺，还有大烟馆钱庄和善医堂。

在嘎罕诺尔镇，善医堂这个商号，吃得开叫得响，和海龙王烧锅、泰盛典当行、食为天米行、昌信钱庄都是齐名的，嘎罕诺尔镇正因为有了那些商铺才更像嘎罕诺尔镇。所以，要找善医堂是不难的。况且，嘎罕诺尔镇离榆村特别近，一条河的距离，对榆村的人来讲，撒泡尿的功夫就能打个来回，就算不是赶集，我们也是常来这里走动的，卖点鸡蛋，挖点药材来这里换钱，砍一车柴火弄点洋火或去铁匠炉兑把菜刀，都是经常干的事。善医堂在哪儿，我们是不生疏的。

我和我爹顺着正街寻过去，门楼上的黑底烫金牌匾，好像每天都要擦一次，亮得直晃眼睛。我们站在门楼子底下朝里望，半天未见个人影打里头出来，卖药的到底不像开茶楼的，门口会站个小二招呼一声里边请。卖药的，不说里边请，遭忌讳。

我爹把马拴在门口的拴马桩上，说，还记得不？我说记得。他就让我自个儿进去了。

那药房，一脚跨进去，里面全是药香，惊不着扰不着似的四处飘着，飘到脸上，撞着鼻子眼睛嘴唇都欣欣然，像开一扇偏门，和外面的世界搭不到一起了。

柜台里面站着一个伙计，手里拎着一个戥子，称着药，倒在一张牛皮纸上，包好，一包一包捆在一起，递给一个站在柜台外的小孩。那小孩拎着药走了。我对柜台里的伙计说我找司马徽则。那伙计还没搭腔，从药房旁边的隔帘子里面探出一颗头，问，谁找我？接着，他整个身子都出来了，便裤和缎子面的长袄褂都是半新的，黑灯芯绒面的敞口棉鞋好像早晨才穿到脚上，一点儿灰尘也没有。他手里抱着个暖手炉，人高马大，从门里出来，身子要弯下去半截。他一抬脸，我就在心里暗笑了一下，因为那面容和我最初听到"司马徽则"那四个字时，在心里默许给他的样子，是隔着天地那么远的，他一点儿都不像是随着雪花飘下来的，倒像砸在雪地上的一块煤炭，人是黑的，眼睛是小的，懒得睁开似的，只眯了一条缝，让我看不清他到底是不是看着我在说话。我问，你是司马徽则吗？

他说是。我就盯着他说，芳草长川，柳映危桥桥下路。他听了，定了定，上下打量我。我从没有被一个男人那样细细地来回看过，尤其和他半新的装束比起来，我的白茬羊皮袄胳膊肘上补了一块黑色的补丁，令人生出了一点儿难为情，我用手捂了捂，他就回过神来，说，哦，看你冷的，快跟我进来烤烤手。我就随他进隔帘子里头去了。

我真是冷了，一进去就奔火盆子。他递过一个凳子让我坐，自己坐在火盆子对面，暖手炉在手里轻轻颠着。我盯着他的手，不知道接下去的话该怎么说，就又重复了一遍芳草长川，柳映危桥桥下路。他镇定得要命，说，念过书？我说没念过，只会写王玉娥。他

说王玉娥？我说是我的名字。他说那你从哪来的？我说从榆村来的，和我爹一起来的。他又说那你爹呢？我说在外头等着呢。他记不住那句诗，就让我进来和你说。他说为啥要和我说一句诗呢？我说有一个人说他胳膊里有块弹片，说说了这句诗给你听，你就会帮他。

说到这里，司马徽则把暖手炉放下，问，那人在哪儿？我没有吱声，转身往外走，司马徽则披了大氅，戴了狗皮帽子，顺手抓了个布包抱在怀里，跟在我的后头。出门和我爹点过头，算是问候，就各自打马上路。

出了嘎罕诺尔镇，又开始下雪，过冰时走到大冰塘中央，司马徽则突然刹住马，说，出来太急，忘了带止血药。得回去取。我爹看看天，说，你还是前头走吧，我回去取药。这雪越下越大，让玉娥带你前头走，能快些到。司马徽则觉得也好，就把要取什么药告诉了我爹，我爹把我从他的马上赶下来，掉转马头折返回去了。

我站在冰面上，看着我远去的爹，心里别扭，我想我这个爹把我和一个不相熟的男人丢在一起实在是大意了。司马徽则是没想那么多的，他骑在马上，俯着身子问我，药名你爹能记住吧？我知道他的意思，就说那是能的，我们全家对草药的名字都是不生分的。他问我为啥？伸手拉我上马，我说，夏天闲，就挖些草药，卖了换钱。他说，没见你们去善医堂卖过草药。我说，善医堂的门槛高，我们哪敢进？我们那些草药，都是卖给那些二道贩子的。

我坐在司马徽则的前头，他把大氅往前一兜，把我兜在里头了。他是拿我当孩子看的，毕竟他那样魁梧，我只是到他腋下那么高，又只有十五六岁的样子，他是没法把我当成一个女人避讳的。

前一夜的雪还没踩出辙来，这会儿又越下越大，马驮着两个人更是无法走快了。雪地里，一开始还能听见乌鸦的叫声，后来就剩下眼前的雪花在上下翻飞，四野看不见光影了。司马徽则问我怕不怕，我说有你呢，怕啥？他说你这小孩还真野。我说过了年就十六了，还能算小孩吗？他说十六了？看不出来。又问我认识几种草药，我说四十多种，他惊着了，哦一声，说，这很了不起。我也不知道自己是怎么了，听着他的声音，突然说了一句，你长得怪不好看，声音却很好听。他听了，只顾得笑，那笑，经风一吹，撒得雪里、冰里到处都是。

天黑透时，我们刚好到了村口，他下马，仍然让我坐在上头，我指引着，他顺着路走，谁也不再说话，只听见狗叫声这边落下，那边响起。一路我都没有害怕，这会儿倒有些紧张，生怕撞见张保全。

张保全是给日本人做事的，一旦外人进村，他就盘查个没完没了，不是要人家的良民证，就是要人家背诵国民训，背好了，放人，背不好，又赶上他不顺心，就会送去做劳工，修铁路。

所以，那天一进村，我脑子里一直都在想，见了人，该怎么打个圆场。还好，一直到了家门口，都谁也没遇见。该是那天张保全刚好喝多了。雪那么大，不喝酒他能干啥呢？何况他总是喝多，一多就拿着老婆孩子骂，说你们吃老子的香、喝老子的辣，还不让老子在家里伸腰拉胯。榆村的孩子，都觉得那话好玩，弹溜溜、扇啪叽、河里洗澡、拔檄子的时候，说不定从谁的嘴里就会冒出来，惹

16

得大伙儿哈哈笑。

我和司马徽则进门时，屋里的火盆子已经烧得通红了，是专等司马徽则快点儿到来的。现在，终于来了。

司马徽则一来，我们才知道，躺在我家北炕上的那个人叫司马长川，是司马徽则的叔叔。司马徽则给司马长川取弹片，没有麻药，他疼，把牙齿咬得咯嘣咯嘣响，我祖母把一块大烟膏塞给他，依然无济于事。我祖母说，早知道没用，就不给他塞了。那是耿江湖给她的，她当宝贝，骨头肉疼才舍得挖一耳勺来吃。

那天，听着司马长川要把牙齿磕碎的声音，我觉得他要死了，他淌好多血，比我娘生铁锤时淌的血还要多。那是我这辈子第一次见过那么多的血。他还流了好多汗，把整个屋子都浸得潮乎乎的，我祖母把两个火盆都放在他的身边，他还在不停地哆嗦。

但是，我们听见他说，你们全家的搭救之恩，司马长川会举家铭记。

每一个村子，都有一个德高望重的老人，往谁家炕上一坐，压得住场面，摆得开是非。榆村，也有这样的人，是胡二爷。胡二爷家里有马、有牛，还有大片良田。我祖母说，更早些年，就是胡二爷的祖宗在此开荒立户，才有了榆村的。至于怎么叫了榆村，而没叫胡村，我祖母是还有一番说辞的，她讲，那时候这里的野生榆多，满坡遍野的，尤其是霍林河边上那棵，活了上千年，又粗又壮，很多次，大雨瓢泼的夜晚，雷电下了毒手从天上劈下来，那棵老榆树周围的树木被劈得七零八碎，可它却始终无事，就变成神榆了。榆村也就由此而来。

在榆村，有三样东西是不能惹的，老神榆当属第一，那上头挂满红布条、长命锁、同心结。各种各样的祈愿，是榆村人的盼头，谁都不敢在一村人的盼头上动心思。

再就是能驱鬼看病的李三老，惹了他，下次病了，他会眼看着你被折腾得爹一声娘一声嗷嗷叫，也不会管上一管。

剩下的那位，就是胡二爷了，大事小情、为难招灾、活人的"官司"都得胡二爷断。日本人开始在榆村搞保甲制时，说是十户为一牌，百户为一甲，甲上为保。胡二爷就被安了个甲长的头衔。可胡二爷不干，推掉了，说，榆村人用得着他的时候吱声就是了，啥保长甲长的，这些名堂他背不动，老了。张保全就做了甲长。为了这个甲长，张保全还摆了酒席，让全村的人都去给他庆祝，我爹也去了，随了一块洋胰子，气得张保全见了我爹就说，力气大得像牛，心眼却小，跟虮子的屁眼似的，也算个老爷们？我爹听了，不管不顾，毫不理会，张保全骂张保全的，我爹得意我爹的，我爹说，平头百姓，日子不抠着过，哪来现在的家业？我爹说的家业，是他的土地，虽然赶不上胡二爷的九牛一毛，但我爹说，王家人单势孤的，不吃下眼皮食就行。他的意思是说，不想给胡二爷做工，自己挣够年吃年用就满足了。

王三五给胡二爷做工，一年到头，才分了谷子和苞米，就开始张罗还要借多少粮食才能把这一年过完了。

王三五是我爹的堂兄弟。我们王家，没有那么旺盛的人气，算起真正的亲戚来，也就王三五和魁木爷。魁木爷是王三五的爹，是我爹的叔，杀猪匠，那时候六十多岁了，冬腊月里，谁家杀猪灌血肠都会想起他，因为他会兑猪血，灌出来的血肠又嫩又香。到了过年，我祖母会备上两盒糕点，让我和铁锤提着，送过去。当然，也不会空手回来，我祖母乐意啃猪蹄子，魁木爷会捎上两只猪蹄子让我们带回来。他没事爱去和我祖母说话，一说起来就骂王三五的老婆，说，三五的女人是个嘴上没有把门的，该说不该说的，从来不过脑子。因为打小就对那个女人印象不好，所以，我很少叫过她三五婶子。

那一晚，取出弹片，司马徽则连夜回去了。临走时，我爹往大门外送他，他上马前说了一句，明晚，我叔清醒些，我再来。我爹那一刻特别害怕，想问他打算啥时候把人弄走，可是司马徽则已经头也不回地离开了。

接下去的一天，我们有些紧张，为了照顾好司马长川，我祖母安排我放下活计，专门伺候他，给他熬药，给他另起小灶做吃食。本来，我一个姑娘家是不该伺候一个男人的，可我娘那时候刚好又怀上了身孕，身体弱，像根衰草，只能坐在火盆旁捻麻绳，留着纳鞋底用，别的，是什么也指不上的。

做饭时，我祖母让我切一点儿留着过年才舍得吃的腊肉，炖干豆角，给司马长川补身子。我做好了，端给他吃，他闻了闻，说让铁锤和他一起吃，铁锤乐颠颠跑过去，坐在他对面，一边吃一边听他讲故事。讲什么我已经不记得了，倒是还能想起，他吃过饭，整

19

个人就精爽了。

我们一家人都想着天要黑了，等司马徽则一来，把他接走，就可以安心了。

等待的过程有些磨人，我爹还是耐着性子坐下来和司马长川唠嗑。我和铁锤坐在炕沿儿上欻嘎拉哈。嘎拉哈是羊骨的，小巧上手，我能玩耗子嗑房薄、羊羔拉粑粑、大姑娘摸嘴唇、小媳妇戳花针，铁锤会玩抓单、抓双、单裹、双裹。他总耍赖，我一抓，他在一旁扯着脖子喊：捂一花，亮一花，不够十个给人家。他的样子很招人笑，我笑着笑着就输了。司马长川觉得铁锤可爱，拍着铁锤的脑袋问，长大想干啥？铁锤说，想铜缸铜锅，挑个挑，到处走，挑里还有糖球。我爹白他一眼，说他没出息。司马长川说，铁锤这个年纪该去嘎罕诺尔镇私塾念书。我爹说嘎罕诺尔镇哪还有私塾？都开不下去了，孩子上学，都去日本人开的公学堂。司马长川说，不是有好几家私塾又重新办学了吗？我爹说，都让日本人给关了。司马长川叹气，说那总是得念书的。我说我也想念书。铁锤说你念啥书？你该找婆家了。一句话臊得我满脸通红，丢下嘎拉哈去打他，他往门外跑，门一开，冷风夹着一股雪飞进来，还撞见了王三五的女人。我和铁锤愣半天，腾出一条缝儿，让王三五的女人进屋。

20

我祖母把北炕的幔帐拉上，拿起笤帚扫了一下南炕，让王三五的女人坐。王三五的女人站在门槛子上跺完脚上的雪，坐在南炕上。她会抽烟袋。我祖母把烟笸箩推到她面前。她捏起一捏旱烟塞进烟锅里，凑近火盆点上，慢慢悠悠吸着，说烟叶子有点潮。

以往她来，我娘总是陪她东扯西扯的，反正冬天的日子那么劲道，怎么扯都没完没了的。但那天，我娘是生怕她屁股沉，一坐下去就不走了，没接她话茬儿，忙三火四问人家来是不是有事儿？王三五的女人一愣，歪着头看我娘，说，没啥事儿啊？咋了？我娘说没咋，寻思大雪抛天的你还瞎溜达啥？王三五的女人说，大雪抛天正好围着火盆说话。

旱烟一抽起来，北炕的幔帐里传出咳嗽声，一声高于一声，吓得王三五的女人一哆嗦，说里头咋有个大活人呢？我爹有些慌了。我娘看看这个，瞧瞧那个，突然机灵了，说是一个过路的，要去嘎罕诺尔镇赶集，遇着大雪就住下来了。正发着高烧，昏睡不醒的。

王三五的女人是个爱凑热闹的，一听说是外村的，来了兴致，盯着幔帐说，出门带着良民证了吧？外人进村，查得紧。

那晚，王三五的女人从我们家回去的路上，遇到了张保全。张保全问她吃了吗？她说没吃呢，去大蛮家跟一个过路的扯了一会儿闲嗑。张保全说啥过路的？王三五的女人说，去嘎罕诺尔镇赶集的，路上病了，在大蛮家住下了。

接着，张保全到了，司马长川像是纸包不住的火，一下子把榆村烧着了。那一晚，榆村上上下下都知道我们家住着一个没有良民证的人。张保全不依不饶，说，要么你拿出良民证，要么你背"国民训"。司马长川却不吭声，只是看着张保全笑，气得张保全直吼我爹，说，他不说你说！在这不说去镇上说！我拽了拽铁锤，让他溜出去找胡二爷。

那一天，家里很热闹，胡二爷到了，司马徽则的马车也到了。我以为家里大难临头，会掀起一场无法预知的狂澜，可是一切却因为胡二爷和司马徽则的同时到来而平静下去，我竟成了换来这场平静的一颗棋子。

在榆村，很多人张保全是不顾及的，但胡二爷的面子，他还是要给几分。胡二爷是张保全的姨表舅，早些年张保全在嘎罕诺尔镇念国高，家里没有钱，是胡二爷一手供出来的。那天，胡二爷也没说什么，只是坐在炕上抽完一袋烟，用烟锅敲着炕沿帮子，眼皮也不撩，来一句，好狗护三邻，好人护三屯。张保全说那也不能这么算了，要是传出去，他是要丢饭碗的。

司马徽则说，张甲长，嘎罕诺尔镇善医堂的人既然来了，怎么会平白无事？一个解释终归还是要给你的。他指着司马长川说，炕上这位是我叔，是替我来王家提亲的。我来正是要接他回去。一句话，矛头就指向了我，司马徽则当时还看了我一眼，冲我笑了一下。我爹呆了，我娘也呆了，我祖母更是惊得嘴巴都张开了。张保全笑了，指着司马徽则说，呵呵，办喜酒，我去！这招够合理。他憋了一肚子气走了，到了门口还扔下一句，我看你娶不娶那个黄毛丫头！

张保全一走，司马徽则深鞠一躬，对着我全家说冒昧了。胡二爷不干，他往烟锅子里装着烟。说，冒昧不行，男人大丈夫吐口吐沫都得是钉！王家从来没想过高攀你们善医堂的，可你也不能拿人家姑娘的名节开玩笑。司马徽则有些犯难，他看了看司马长川，司马长川说只是这样委屈玉娥了。

司马长川说的委屈，我到后来才知道，是因为司马徽则定过娃娃亲，只是那姑娘长到了要结婚的年龄，得了肺痨，死了。那样，也进了司马家的祖坟，也就是说，司马徽则再娶，算做填房了。

做填房，我祖母第一个不同意，她说清清白白的女子做填房算怎么回事？司马家世再好，也不如做正室体面。且不说你活着背了个填房的名分，死了还得埋在那个女人的下位，一辈子都活得直不开腰。我祖母是个刚烈的性子，我祖父没得特别早，她一个人拉扯我爹，总说，好女是不嫁二夫的。她活得不容易，所以，她说一，我们家是没人说二的。

可胡二爷说，话分咋说。要我看，榆村的丫头嫁进嘎罕诺尔镇善医堂，那是榆村的脸面，更何况，王家的势力本来就小，没人撑

22

腰，要是做了善医堂的亲家，谁不得高看一眼？这样一说，我爹有些心动，看着我，像是在问，你同意吗？我闷下头，脑子里浮现出司马徽则的样子，觉得他的身上，是有一种美好让我向往的。

正月里，司马家的头茬礼到了，这婚算定下了。到了开春，铁锤被司马徽则接去，送到嘎罕诺尔镇公学堂去念书，上学放学，铁锤跟胡二爷家的德才一起走。德才念国高，那时有十八九岁，在榆村，算个文化人了。夏天，天天跑水路不方便，德才就住在嘎罕诺尔镇，他有个姨妈在那个镇上。司马徽则和我爹商量，想让铁锤住在善医堂，我爹想了又想觉得不太合适，说那样会让人觉得姑娘还没嫁过去，就去沾婆家的光，以后嫁过去了，人家会低看。这样，铁锤就去和德才住，胡二爷和德才的姨妈说了话，我爹定期送去些粮食就可以了。

送粮食的活，有的时候是我去，摇着船，到了对岸，司马徽则就站在那里接我。每次，远远看见司马徽则站在那里，心里总是欢喜的，那时候并不知道女孩子许了婆家意味着啥，只是那样的日子里多了一个那样的男人，便总想把心依着他，以后和他过生活，要给他洗衣，要给他做饭，还要像别的女人那样生孩子。只给他生。

23

4

　　中秋节，司马徽则来接我去他家过节。我本想不随他去，因为我娘刚生下我二弟斧头，身体一直发虚，身边没个人照顾我不放心。可我祖母说不去不好，跟人家订了婚，人家来接又接不到，回头别人还以为这亲事出了问题。就去了。

　　那当晚，睡着睡着竟来了月事，把一床新褥子染了一朵梅花，早晨醒过来，看着那朵梅花，我急哭了。那年月，对我们姑娘来说，那是一件无比丢脸的事。我抱着那床褥子，惊慌失措。司马徽则的娘叫我吃饭，我谎称病了，不敢出屋。她叫司马徽则过来给我把脉。他把手搭在我的腕子上，半天也没把出什么名堂。司马徽则悄悄问我咋哭了呢？那样子，还是当我是孩子的。他一问，我哭得更厉害，只说，我要回家。他有些慌，问我是不是嫌他比我年长五六岁？我摇头。他又问我是不是嫌他定过娃娃亲。我还是摇头。后来还是他娘见我抱着一床褥子不撒手，把他赶出去了。

　　司马徽则的娘是个温和的人，那时刚刚死了丈夫，但脸上从来不挂哀伤。现在，想起她的样子，依然觉得，那温和，软软的，像一堵海绵垒就的墙。司马徽则一出去，她笑了，说，跟娘说就好了，都是女人家。你也早晚是要做女人的。那事以后，司马徽则再见我，眼神里多了一些别的东西，偶尔，他会说，你出落得越来越好看了。还会问，你想我吗？显然，他是不再把我当孩子看了。

　　到了一九三七年，霍林河的这岸和那岸，都住着日本人的兵营，我祖母管这岸的叫南大营，管那岸的叫北大营。去嘎罕诺尔镇看铁锤，我爹不再放任我一个人过河，就算司马徽则等在对岸，他也不放心，偷偷跟司马徽则说，要不，早些把婚事办了，一切从简。

司马徽则听了，回去跟他娘商量，他娘说，虽是荒乱之年，喜事还是要办出喜事的样子，礼数也样样不能少。所以，没过几日，二茬礼送到了。过头茬礼时，除了装烟钱和布料，司马徽则的娘还特意给我做了一件长命衣，我一次都没穿，因为，一想到长命两个字，就觉得自己是个做填房的。所以过二茬礼时，司马徽则的娘以为我不喜欢她送我的衣服的样式，只送布料过来，几块碎花缎子，让我自己去裁剪，我娘见了，说，这年月，还能这么讲究地嫁出去，丫头福气不小。

司马徽则的娘打发司马徽则来要我的生辰八字，说是和他的放在一起，拿去找风水先生，择个吉日良辰，把婚期定下来。我娘说，那样麻烦，还不如她拿着司马徽则的八字去找李三老，批出吉日他带回去就好了。司马徽则觉得也好，就写下生辰交给我娘。

我娘后来说，她那样做，是生怕不认识的风水先生说出啥犯忌的话，司马徽则的娘觉得膈应，这婚就结不成了。

按榆村的规矩，出嫁那天，女方带着陪嫁，娘家要选出二十几个像样的亲戚送亲，我们家族小，亲戚自然也不多，我爹精挑细选，选出了十个体面的人送我出嫁。先坐船，到对岸后司马徽则家会去接。

铁锤是压轿子的，临上船，大伙儿逗他，到那头，司马家给的红包要是不大，你就别下来。

铁锤说，那是自然，就这一个姐姐出嫁，好歹要小赚一笔。大伙儿都笑。我娘催我们早点儿出发，说误了良时会不吉利。我就被人群簇拥着往河边走，到了村口，见河沿儿上的几只小船都戴上了大红花，个个新郎官样的，脸上竟有几分羞涩，心里想，司马徽则该会咋样打扮自己呢？不会也像这船一样，红堂堂的吧？娘给我缝了红色的肚兜和短裤，清起让我换上时，对我说，红红火火，把今后的日子烧旺。我暗笑，会把司马徽则烧旺。

到了河边，坐上船再回头去望，我娘不在人群里了，只有我的祖母和我爹在目送我的婚船慢慢朝嘎罕诺尔镇驶去。姑娘出门子，爹不接，娘不送，这是榆村的习俗。但那一瞬，在人群里找不到娘的身影，我一阵心酸，泪水淌了下来。王三五坐在船帮子上说，哭吧哭吧，给娘家撒点金豆子。我哭了一路。船到对岸，看见迎亲的队伍站了一长溜，个个喜气洋洋。司马徽则在前头，一身青缎，腰间系着红绸，我一下船，他快步迎上来，抱我上轿子。

轿子是软衣式，四人抬，轿帷用了大红彩绸，上面绣了丹凤朝阳，缀了金丝银线，阳光一照，能闪出星星来。喇叭匠吹的是《抬花轿》，唢呐上系着红绫，喇叭匠吹得摇头晃脑，红花一颤一颤的。王三五跟那些送亲的人说，榆村闺女出门子，头一个这么排场的。魁木爷说，也不是头一个，十年前胡二爷的妹妹出嫁，比这场面大。说完，王三五拿眼睛盯着魁木爷，魁木爷突然转过身去，啐了三口。

26

胡二爷嫁妹妹那一场，榆村的人提起来都怕。胡家家境好，姑娘嫁得自然也门当户对，那头过彩礼多，这头陪嫁比彩礼还要多。上轿那天，本来挺大的太阳，说阴就阴了，黑咕隆咚的云从西南天滚过来，几分钟的功夫，雨噼里叭啦砸下来。那天的吉日不是李三老选的，所以李三老一直跳着脚说，刮风不贤良，下雨不长远。气得胡二爷丢给他一个红包让他闭嘴。他妹妹就那么顶风冒雨地出嫁了。那大雨好像专门为了给什么人打掩护才下下来的，半路，真的就让人给劫去了，不光劫了那些嫁妆，还有人。新娘和喜娘。喜娘是胡二爷的母亲亲自指定的，说那喜娘家里全和，有男人，有儿女，有公婆，父母也健在，这样的女人做喜娘，压福。

　　劫他们的要是胡子，胡二爷还少生点气，毕竟胡子从来都不是好惹的主，拿钱了事也不算窝囊，可那天劫婚轿的偏偏是叫花子。也不知道哪来那么多叫花子，事后人们提起来，说那天足足有四五十个叫花子，赶集似的从对面乌乌泱泱走过来，一开始好像没打算劫，走过去丈八远，一哄地折回来，让送亲的队伍连个防范都没有。人、财都被劫到嘎罕诺尔镇北面三四里路远的一个地窖子里，那是花子洞。嘎罕诺尔镇的花子，和四乡八里的花子常常往那洞里聚，花子头叫"大筐"，外地的花子来了，只要拜见拜见本地的"大筐"，见面双手一拱，报上名号，"我报马二爷的瓢把子，祖上姓张"这一类的江湖话，"大筐"就会让他在地窖子里安身。"大筐"就是花子头。他有他的规矩，谁犯了他的规矩，他抢起黑鞭就打。打也没人敢反抗，那黑鞭，是花子堆儿的"尚方宝剑"。

　　胡二爷的妹妹到了那里，被几个花子搂了一夜，活活气死了。自此，胡二爷跟花子结仇了，见着要饭的就打。榆村，穷人跑去做匪，劫个富济个贫，胡二爷会敬他是个爷们，若是做了花子，胡二爷会连夜把他家祖坟刨了。打那以后，谁家办个红白喜事，怕花子闹场，就把"大筐"请去，把他的"黑鞭"挂在办事人家的门口。办喜事人家在鞭把子上缠块红布，办丧事缠块黑布。花子见了，便不敢去讨扰。

　　魁木爷啐了三口，司马徽则看见了，笑着说魁木爷不用忌讳，我兄长早把"大筐"请去挂了"黑鞭"了。魁木爷不好意思了，笑着，边笑边清嗓子，好像他嗓子里有痰似的。

迎亲队伍和送亲队伍顺着嘎罕诺尔镇那条最繁华的街走，往里划了一个圆圆的圈才到司马徽则家。那一刻，刚好是择定的吉时。喜娘是村子里的"全和"人，跟司马徽则的嫂子搀着我下轿子，跳火盆。鞭炮在脚边开花，噼噼啪啪的，混在人群的吵吵嚷嚷里，让我觉得一切都恍惚着。

拜天地了，人家说一拜，我和司马徽则就一拜，人家说二拜，我和司马徽则就二拜，人家喊夫妻对拜，我和司马徽则就对拜，人家说进洞房，我们就被推进洞房。洞房红堂堂的，红的幔帐，红的窗花，红的喜字，红的柜子，红的被子，红的褥子，红的脸盆，到处都是红的。还有红的我，红的司马徽则。他系了一条红绸。在腰上。

5

婚礼上的热闹很快消停下去了，吃过中午的宴席，亲朋好友该散去的都散去了，天黑之前那一大截时光，静悄悄的。司马徽则家院子里，有棵海棠树，那上头缀满了果子，还落了几只雀子，我坐在婚房里，能听见雀子叽叽喳喳的叫声，是愉悦的，忽而夯开翅膀嗖一下飞走，蹬落几颗熟透的果子，咕噜噜在地上滚。

司马徽则喝多了，摇晃着推开房门进来，一把掀了我的盖头。他冲着我笑，笑到站不稳，一个趔趄倒在炕上睡过去，我不敢叫醒他，看着他睡觉的样子，听他一开始还细微的鼾声一点儿一点儿大起来，震得窗外的鸟都不叫了。

太阳是在司马徽则的鼾声里坠下去的。天一擦黑，司马家的珠婉嫂子送进来一碗面，让我吃，说是宽心面，新媳妇吃下，以后，在婆家有啥憋憋屈屈的都别往心里去。我接过那面，的确是宽的，有大拇指那么宽。吃了，仿佛肚子还是空的。她问我吃饱了没有，我没吃饱，却不好意思说，只拿眼睛看着她。她笑，小声跟我说，别急，待会儿咱娘给你做好吃的。我不知道那好吃的是什么，有点儿巴盼着，守着满屋子的鼾声，看那红蜡烛在窗台上一跳一跳的，我也睡过去了。

珠婉嫂子又来叫我时，蜡烛烧完了，淌了一窗台烛泪，珠婉嫂子笑着，说这洞房花烛夜你们还有心思睡觉？春宵一刻值千金呢！见我羞涩，拉起我的手往外走，径直去了伙房，锅盖子一掀，美滋滋地看着我，意思是让我瞧瞧锅里头蒸着的好东西。我走近看，腾腾的热气底下是一盆白米饭，让人惊喜。我说哪来的？珠婉嫂子得意地说，这么大的善医堂，还愁弄点儿白米？她盛了一碗放在锅台上，让我吃着，又跑去叫司马徽则。

她是个小脚，走起路来一摆一摆的，高兴时，摆得更厉害了。我没缠足，小时候缠了没几天就又放开了，我祖母那时候说，咱们穷人家的闺女也不指望嫁多好，缠那么小的脚干啥？

司马徽则被珠婉嫂子推着进来，睡了那一觉，酒醒了，搬着凳子坐在伙房的门口，看着我们吃白米饭。他笑呵呵的，看得出，一家子都享着他的福，对他来说是一种满足。珠婉嫂子看看我说，你这新媳妇也不会疼人，去，拿个碗给徽则盛上。我就取了碗，盛好饭，放在锅台上。珠婉嫂子笑，司马徽则的娘也笑，司马徽则起身凑过来，端起碗说，不准难为我媳妇。大家笑得更欢了，说这觉还没睡呢，先护上了。我把下巴勾在胸前，头也不好意思抬，玩笑越开越大，我丢下饭碗从伙房里往外跑。珠婉嫂子说，到底是个大脚，一抬腿没影子了。司马徽则也出来了，嚷着说，脚要是不大，我当初还不娶呢。

我和司马徽则站在那海棠树下，有小虫子在叫，司马徽则说，以后我教你识字，咱们俩可以一起打理善医堂。我说嗯。他在黑暗里伸过手来，攥住我的腕子，我看不见他的脸，还是感觉到他的笑。他的手开始是温的，渐渐热了起来。我的腕子被他越握越紧，像是要把我揉碎一样。后来，他的呼吸有点粗了，喉咙里咕噜咕噜地咽着东西似的，我摘了一颗海棠果子塞到他的嘴里，他就势把我的那只手摁在了他的脸上。我第一次碰触他的脸，软软的，能把人的心陷在里头，棉花包一样。他说，你摸摸我有没有胡子？我的手不敢动，他握着我的手向他的下巴移去，我说，你没长胡子。他说，刮掉了。男人没胡子还了得？我问，那怎么？他凑过嘴巴，贴在我的耳朵上，说，太监才不长胡子呢。

司马徽则牵着我的手往屋子里走，是个厢房，挨着大门，我们走到屋门口，大门笃笃响了。不知怎么的，我心里一紧，司马徽则说他去看看，就站在大门里向外问，谁啊？外头说，张保全，办喜事也不请杯喜酒？司马徽则把门开了。进来的不是张保全自己，门

一开，还闪出两个伪警察。张保全说，你看，结婚这么大的事儿，你们也不请我喝杯喜酒？不是说好了吗，办喜酒，我来！司马徽则说，以为张甲长只是随口说说，小百姓的婚事，怎敢惊动榆村的甲长？张保全说，可不能再叫甲长了。你结婚，我升官，现在的身份是嘎罕诺尔镇宪兵队队长了。今儿个头天走马上任，想和你同喜同贺，可你善医堂的掌柜也瞧不上咱这宪兵队队长，不给个喝酒的机会。司马徽则说，张队长荣升，这酒早晚是要补上的。张保全说，择日不如撞日，就今儿个，今儿个兴致高。边说边往伙房去了，紧了紧鼻子，哟，这味道新鲜啊！

司马徽则乱了手脚，慌着去拦，可挡了这个，溜了那个。这样，他们就把伙房里那个装着白米饭的盆子拎出来了。说实话，那盆子里已经没有饭了，只是盆子底下沾着一排白米粒，麻子样的，特别扎眼。

这事没啥好争议的了，吃白米饭，犯的是经济罪。张保全说，两条路自己选，一，抄你的家。二，你拿钱，事儿我烂在肚子里。

司马徽则还想辩白几句，可他娘从门里走出来，镇定地说，那就烂在肚子里吧！

司马徽则被张保全扣起来，说，那好，钱到了，人我自然会放回来。他一开口，不是个小数目，司马徽则的娘说，钱肯定会到，只是到时候我儿子要是少一根头发，你别想拿到一个大子！张保全说，有钱，你是大爷！

到我回门那天，司马徽则的娘把筹好的钱交给司马徽跃，就是司马徽则的大哥，让他去和张保全换人。晌午，人总算换回来了。司马徽则心里窝着火，但还是陪我紧赶慢赶回了榆村，坐在船上，他说，你这新娘子当的，现在还是新的呢。

榆村这岸，我娘已经等候在那里了，见我们下了船，说，咋回来得这么晚？我的右眼皮一直跳，不会有啥事了吧？我怕她惦记，对她说不是有事，是善医堂实在太忙。司马徽则也帮着打圆场，才总算糊弄过去了。

新姑爷登门，那天的饭，我娘做得还算讲究，虽说都是些粗粮，却用了细工，玉米面子里放了枣子和枸杞蒸成发糕，吃起来暄呼呼、甜滋滋的，土豆切成丝凉拌，茄子焐熟了，滴了香油拌上大葱和咸盐捣成泥，炒了花生米，还用腊肉炖了倭瓜豆角。那是我一生中吃过的最好吃的一顿饭，从此，无论什么时候想起来，都是美味。

6

一九四〇年，嘎罕诺尔镇设了兴农合作社，粮谷出荷。棉布、煤油、白糖，统统需要配给。镇上的人，每个月拿着绿皮本子去领杂豆和高粱面、苞米面，少得可怜，吃起来舔嘴叭舌。后来，粮食更加紧张，只配给混合面，就是那种兑了锯末和榆树籽的高粱面、小米面什么的，吃下去心肠都是涩的。

榆村就更难过了，村里设了收粮员，这边粮食打下来，那边就收走了，不交出荷粮的，不配给生活用品，晒金巾和更生布都买不到的。

那段日子，嘎罕诺尔镇的铁匠炉打不出镰刀，海龙王烧锅烧不出酒，杂货铺买不到杂货。夜里点灯，用麻油。没有火柴，就把艾蒿搓成绳子，晒干，挂在墙上当火绳。

日子变得破破烂烂的，铁锤从公学堂退学回家去了，天天和我爹去熬土盐，偷偷卖了，还能换一点钱。

司马徽则的心情好长日子都没好起来，他自己说有了郁结。我让他配副汤药喝喝，他说，人家不都说自己的刀削不了自己的把儿吗？我知道，他是心里憋着一股火气，出不来了，逗他说，要不找个没人的地方揍张保全一顿。他说，揍张保全，像吃西药，治标不治本。中医看病讲究标本兼治。

司马徽则顶喜欢我陪着他的，去打理善医堂，总是带着我。他娘见他总是一副恹恹的样子，也愿意我在他身边，随时照顾他的冷暖。也是在那阵子，司马徽则教我写了好多字，等到他被抓去做国兵的时候，我已经能看药方子了。

　　我还清晰记得，司马徽则被抓走的前几天，他和他娘一直在商量是否把善医堂关了，因为他想去找司马长川，他说他的郁结只有司马长川能医得了。

　　那次，司马长川带着伤离开时，告诉司马徽则，万一善医堂开不下去了，就去找他。那时候，司马徽则从来没有想过善医堂会开不下去，他一直以为，人食五谷杂粮，谁还没个大病小灾的？他一直以为，有人的地方，就是需要大夫的。可日子过到了那个份儿上，他总觉得捏指号号脉，抬笔出个方子不是那么回事了，有些堵在心口的东西，用笔戳墨水发泄不出去。司马徽则和我说，自打张保全演了那么一出戏之后，他有好几次梦见自己举着枪，顶在张保全的脑门上，那感觉太痛快了。

　　可司马徽则的娘是无论如何也不同意他把善医堂关掉的。她说，善医堂是司马徽则的祖父苦巴苦业从一个游医开始经营起来的。他祖父曾经像榆村的耿江湖那样云游四海，有一年进了长白山，迷了路，在山里转了三天三夜，遇到一个上山采药的把他救了，才捡了一条命。那采药的白眉白眼的，在山脚下有个小草屋，平时采了药材，就晒在草屋前面的木栅栏上。司马徽则的祖父也是看惯了江湖的，总觉得那白眉白眼的采药人身上有些仙气，被人救了，却没打算走，那老人上山，他也跟着上山，那老人采药，他也跟着采药。人家也不赶他走，他在那里留了整整一个夏天。

长白山的冷总是比别处早些，第一场霜降下来，那老人把采到的草药全都收集起来，下山去了。走时没告诉司马徽则的祖父，司马徽则的祖父睡了一夜醒来，发现那白眉白眼的老人已经无影无踪了，独独在他的睡铺旁丢下两个方子，一个是接骨的，一个是治脓疮的。

司马徽则的祖父就是凭着那两个方子，在嘎罕诺尔镇开了善医堂，成了家，还让善医堂这个名号一天一天响亮起来。

司马徽则是铁定了心要关善医堂的门了。病人照例来看病，可他的心思已经走了。一个人对自己的事突然不用心思了，这事泡汤是迟早的。

关于司马徽跃，照理说是可以接手善医堂的，可惜那位大哥向来志不在此，要是真的对善医堂感兴趣的话，按长幼尊卑排下去，那也早就轮不到司马徽则为善医堂操心费力了。司马徽跃喜欢养鸽子，最想做的事是当个中药厨子，怎奈兵荒马乱连个馆子也开不消停，就日日躲在自己的房檐下，弄个小火炉，上面坐个泥瓦罐，今天煲个党参鸽说补肾，明天煨个雪梨瘦肉说祛火。弄好了，和珠婉嫂子两个人欢天喜地端给这个尝尝，端给那个品品，满院子都是善医堂的味道。

有天夜里，司马徽则问我是否愿意他去找长川叔。我说不愿意。他叹了老长一口气，说娘不愿意，你也不愿意。我说哪有当娘的愿意送自己的儿子去打仗？哪有为妻的愿意自己的男人上战场？生意不好做，好歹一家人守在一起，生离死别我受不了。说完，我哭了，头缩进司马徽则的臂弯里，被他紧紧抱过去，贴在他宽厚的胸膛上。

司马徽则的心扑通扑通地跳着，像是黑熊的脚掌从天上踩下来，地动山摇的。我说，这声音多让人踏实。他说啥声音？我用指尖滑过他的胸口，又顺着他的胸口向下走。我说，你真暖。你要是走了，我的被窝就夜夜都是空的了。他鼻子里的气息吹着我的头发，说，你长大了，被窝空了也不害怕了。我的手臂绕过他的脖颈，缠住他，像一条绳索，我说，怕。那空，只有你能填满。

司马徽则更紧地绕着我，胳膊，大腿，整个身躯，像一堵浑厚的墙，压在我的身上。我想推开他。我知道一朵花热烈地开了，会很快谢落。我说我不要。我不让你走。他不管不顾，衔住我的耳朵，亲我的额头，吮我的泪水，扣住我的嘴唇。我和他之间有一种东西在生长，热腾，伸出无数双手，一次一次抓住我的灵魂，把我和他揉在一起。他不想停下来，要把一辈子都属于我的，在这个夜晚，全都给我。他说，你十九岁了，是我司马徽则真正的女人了。你十九岁了，我可以在你的身体上飞起来了。

7

那样的夜晚，月亮像个偷窥的坏孩子，隐在窗棂上，一晃一晃地看着我们。有几颗星星狡黠地眨巴着眼睛，神色里都是明亮清透的笑。

有微风，海棠树一荡一荡的。

果子坠下去，咕噜噜一阵轻响。

8

天亮时，司马徽则收拾衣物，嘱咐我照顾好他娘，他说珠婉嫂子是个没什么心机的人，在这个家里，有了事，可以和她去说。善医堂那头，能开多久就开多久吧。他是执意要去找司马长川了。我有点儿魂魄失落地看着他，像我是快饿死的人，而他是一张我吃不到的饼；像我是快要渴死的人，而他是一杯我够不到的水；像我是坠入河里的人，而他是长在岸边的一棵树。他的眼圈是红的，掰开我抱着他的双手说，你这样，我走到哪里能心安啊？我不管，我说你走到哪里我都不能心安。

司马徽则哭了，一狠心推开我，身子一转就走了。我摔倒在地上，又爬起来，追着他，像被母亲遗弃的小孩，怯怯地，抽抽噎噎，眼睛蒙了泪水，看不清方向，看不清他的背影。

司马徽则到了大门口，抽掉门闩，大门一开，人怔住了，慢慢退回来，退到院子中间，退到我的眼前。是张保全又来了，一步一步逼回了他。

张保全说镇上抽丁。司马徽则说，抽丁也抽不到我，我是个做生意的。张保全说，可没有哪个条文规定抽丁不抽做生意的。张保全拉着司马徽则往外走，司马徽则不走，张保全和几个人拖着他，从门里拽到门外，院子一时间哭天抢地的。司马徽则的娘闻声跑过来，一见那阵势，一下子就昏过去了。

后来找人去打听，说司马徽则那一晚被带进了协和会嘎罕诺尔镇统监部青年训练所，和二三十号人关在一起，次早会有满系军官把他们接走，具体送到哪里去没人知道。

协和会嘎罕诺尔镇统监部青年训练所，我们是知道那个地方的，是一个专门给青年灌输武士道精神的场所，训练的时候，五十个人一期，一期六个月，要身强体壮的，村子里由保甲长选送，镇上的，抽训徒工和店员。训练起来，学文科和术科，每人操一根两米长的八棱木棍，在操场上练习，青年训练所的主任是个日本人，叫夏秋次郎，说那棍子是"建国杖"，但镇上的人都说是"棒子队"虎洋气。

青年训练所里，除了那个叫夏秋次郎的，还有一个教官，两名辅导员，是中国人，却搭不上话，就算能搭上话也帮不上司马徽则，因为那里只是临时关押他们的一个落脚点，人员的处置问题并不归训练所管。

一家人乱了手脚，司马徽跃去找嘎罕诺尔镇上几个有名的商号，想串联他们一起去说个情，把司马徽则放回来，但不是这个推托，就是那个说不好出面。司马徽则的娘说，你自己的气焰小了，别指着别人能帮你添一把柴。

司马徽则被满系军官押走以后，所有关于他的消息，我只能是"听说"了。我听说半路上有个人逃走了，惦记着那个人会不会是司马徽则，可等了好久也不见人来家里搜查，就知道这等又落空了。我听说有人要逃走，被一枪打死了，可等了好久，也没传回来是叫什么名字的，就想，司马徽则一定还好好活着呢。

9

　　司马徽则一走，善医堂受了不小的冷落。起先，司马徽跃在那里撑着，撑了三两个月，厌烦了，想把善医堂的门匾摘了，做药膳堂。司马徽则的娘扇了他一个耳光，说司马家就剩你这么一个男人了，还容得你这么窝囊？这一巴掌下去，非但没把司马徽跃打出骨气来，倒让他生了怨恨，药膳也不做了，门口的小炉子撤了，按时按点去善医堂呼呼睡觉，来个人，想问个方子，没人搭理。原来那个伙计，见他不是个管事的主，端他的饭碗，终究不会长远，辞了工，另寻出路去了。

　　我那时日日夜夜都在悲伤。总希望睡一觉，睁开眼，又见到司马徽则了。总希望，一出门，伸手撩起门帘子，司马徽则就站在门外了。总希望，走在街上，听见一声喊，转过身就看见司马徽则对着我笑了。可这希望一次都没有兑现过，梦里他也不曾来。幻觉，倒是常常有，追过去，扑了空，呆呆立在那儿，满脸满眼湿乎乎的。

　　司马徽则的娘病了，珠婉嫂子是个贤惠的媳妇，照顾着她，烧水做饭，洗衣打扫。有一天，她坐到我房里和我说话，说，你大哥是个不争气的，但好歹他还守着我，徽则倒是刚性，却摸不着看不到了。那善医堂，你大哥打理不好，我不怪他，怪大发了，也摸不着看不到了，这个家就连个男人都没有了。我说善医堂不能关，关了，徽则回来就没个营生做了。

　　我觉得自己是对的，去找司马徽则的娘，和她说，善医堂，我去打理。司马徽则的娘说，这不成穆桂英挂帅了吗？我说我不是穆桂英，穆桂英的男人死了，我的男人永远活着。就那么的，我成善医堂的掌柜了。

在我一生的大事记里，遇见司马徽则算得上是一件大事。司马徽则被抓走算得上是一件大事。当善医堂的掌柜也该算得上是一件大事。

为了让善医堂重新活过来，我每天都早早去把门开了，屋子打扫了，院子里洒上水，桌椅板凳药柜子全都不染一尘，有人进来了，老早招呼一声。远道来的，烧水沏茶歇了腿儿再走。近边儿的，要是不忙，唠一会儿嗑再回。镇上年轻人少，他们大多被送去打仗了，被送去做劳工了。我在门口摆了茶水和条牌，那些无处依傍的老人，遇着晴天，愿意摸上一把的，就让他们凑个局，不愿意摸上一把的，有闲置的板凳，放在一旁，坐坐，瞅个热闹，喝点儿水，或者翻翻就近几天的报纸，消磨日子。

天长日久，声望又有了，嘎罕诺尔镇周边的村子，都知道善医堂的女掌柜，勤快、人善、口碑高。

一忙，很久也没回榆村了，快要过年时，想看看我的爹娘，还想请耿江湖到善医堂坐诊。善医堂没个叫得响的大夫坐诊，我总觉得对不起那个名号。在诊脉看病上耿江湖还是有些道行的，毕竟，走南闯北的人都见多识广，人是榆村的，我也信得着。

就冷不丁回到榆村去了。

司马徽则的娘向来礼数周全，我这头张罗启程，她那头打发珠婉嫂子备了两盒糕点送到善医堂，让我带回去孝敬长辈。

10

那天回到娘家，一进门，我祖母和我娘有些忙乱，一个拉着我上炕，一个转着圈忙活伙食。我说啥都别做，看看，大家都好，就回去了。我祖母不高兴，说半年没回家了，咋能屁股没坐热就走？好歹要住上一夜。

铁锤又长高了一大截，看起来像个大小伙子了，也不和我说什么，偷偷出去买了两块豆腐丢在灶台上，就坐在一个板凳上，用高粱秸编鸟笼子。斧头四五岁了，在铁锤旁边忙来忙去的，一会儿给铁锤递一根高粱秸，一会儿跑去火盆里扒一个土豆，烫着了，左手颠到右手，右手又颠到左手，嘴上哎哟哎哟的，让人发笑。

我祖母说，你看时间过得多快，一晃四五年过去了，你和司马徽则认识那会儿，斧头还在你娘的肚子里呢。我看着斧头，心里涌出来一股悲凉，堵在喉咙那里，憋得难受。我祖母又说，要是司马徽则没被抓走，保不准你已经怀上了。我不知道我祖母是怎么了，车轱辘话转来转去总也绕不开司马徽则，我坐在炕上，紧紧闭上眼睛，不敢睁开，一睁开，有些东西会跑出来，收也收不住。

后来，我祖母自己叨咕累了，才住了嘴，蜷在炕头上眯起觉来。祖母一睡，我去伙房帮我娘做饭，贴了混合面的饼子，熬了豆腐汤，我娘说，嘎罕诺尔镇离咱们不远，可你回来一趟不容易，多放点豆腐。

我蹲在灶台底下烧火，看着灶膛里熊熊烈烈的火焰，有些抽噎。

我娘看我一下，贴饼子的手在锅沿儿上停了停，说，命里有的，是躲不掉的，当初找李三老给你和徽则批八字，李三老看着八字突然嗫了一下嘴唇，问他合婚不？他晃着头说，人何处，连天衰草，望断归来路；心茫然，一川烟雨，来往任平生。要他解释，他提笔择了个日子说，回去吧。

　　我娘说，我不能理解那两句话的全意，但一细琢磨其中那几个字，又是望断又是衰雨的，心还是有些不落地了。她讲了那天的事，叹着气，又说，他本来就不是你的，你要是不想守着，就当他死了，回娘家来。

　　我没有说话，我想，如果那天司马徽则说要走，我就痛痛快快放他走，笑着对他说，走吧，一切有我。或者说，走吧，我等你回来。那样，司马徽则是不是就可以轻轻松松走了，找到司马长川，等到把仗打完，他还能回到我的身边来？

　　可是，我不是那样的。

那一膛灶火落烬了，我抹去鼻涕眼泪，摆好炕桌，收拾碗筷，准备吃饭。

一个人你见不到他了，就可以当他死去了，死去了，就不再去想他了，是说起来多么轻巧啊。

正吃着饭，王三五的女人来了，从炕上拉下我娘说，让大蛮领着铁锤出去躲几天吧，满铁修铁路，上头又要征人了。村村都有名额，凑不够，说不上谁就找补进去了。

铁锤看着我爹，有些惊慌，他年纪虽然未到十八岁，个子却高、壮实，我娘早说过，前两次征人，要不是找胡二爷作保，差点儿就给征走了。

王三五的女人走了，我祖母说，到底是沾了亲，张保全让日本人吆喝到镇里去了，王三五当了甲长，有个风吹草动还有人给报个信儿。我说三五叔家的儿子也到了够征的年纪吧？我祖母说，你看那三五的女人平时脑袋跟不装事儿似的，关键时候还挺愣实。我说咋了？我祖母说，怕他们宝柱让征兵的征走，趁宝柱睡觉，把宝柱正手的二拇指剁下去了。宝柱疼昏了，她抱着宝柱哭，说，儿啊，你残废了，他们才不会让你去当兵。

我爹饭也没有吃好，把家里家外要紧的事嘱咐我娘一遍，领着铁锤走了。那会儿，天已经擦黑了。

屋子里只剩下三个女人领着一个孩子。舍不得点灯，围着火盆干坐着，谁也不吱声，好像一出声，就会引来一些可怕的东西；好像一出声，这夜晚就会变成一个巨大的幽灵。

斧头睡在我娘怀里，发出细微的鼾声，他淘了一天，睡得正实。火盆子里猩红的火炭一开始还发着光，渐渐暗下去了，三个女人模糊的轮廓在那一缕光暗下去的瞬间，成了三个无比厚重的黑团，撕扯不开的黑，让人心口发颤、发堵、发慌。

也不知道到了几点钟，都歪歪才睡下了，就听见有人砸门。我娘惺惺着，起身去看。门一开，几个人闯进来，后头跟着王三五。那几个人我见过，司马徽则被抓走那天，张保全带去的人，就是他们，一个猪头脸、一个像猴子。

王三五慢一步，凑近我娘说，上头征人，挨家挨户查"国兵漏"，你们家没有够线儿的，也不用害怕，例行公事。正说着，那几个人已经伸手抓住了我，说拿这个顶。

11

　　我和周边村子抓来的几十个男人一起被押往嘎罕诺尔镇坐火车，那些人说会把我们送到很远的地方去参加勤劳奉仕。

　　在路上，有个叫徐宽的男人一眼看出我是善医堂的掌柜，先是有几分惊诧，过了会儿，小声对我说，别怕，找个机会大伙儿帮你逃走，那不是女人去的地方。我说，去了也好，也许能遇见司马徽则。徐宽说，你别傻了，羊入虎口，还能有几个命大的？

　　那天，一到嘎罕诺尔镇火车站，徐宽就告诉我，站口人多，他们几十个男人早就商量好了，一起闹，跑掉几个算几个。怎么死都是死，不如死得壮烈一些。他说，你是女的，到时候贴边些走，找个空子赶紧跑。跑了的，谁也别回头，能跑多远跑多远。我听着，总觉得没有几个人能活了，心里便涌上一些凄凄楚楚的东西，有几个人哭了，咬着嘴唇叫一声爹唤一声娘，想起了自己的妻儿老小。可徐宽说，别娘们识相的了，把眼泪鼻涕都擦了，往后，日子好过了，活着的给死了的烧纸钱，死了的要是能回来取钱，年年七月十五在这火车站门口等着。

　　正说着，到站口了，近年关的缘故，四处串亲戚的多，那些背着行李和年货的，在站口处排着长队等待检查的人，见一些伪警察端着枪压着几十个人进站来，都探头看，我听见那人群里有声音说，还有个女的呢。

　　这日子啊，咋成了这个模样？那些唏嘘声，怯怯的，他们把身子向两侧一闪，腾出一条道来，有的人，干脆扛起地上的包裹，缩着身子退到人群后面去了，手无寸铁，是生怕刮拉到自己的，连火车也不赶了，回家了或者躲到什么地方去了也不知道。

猪头脸吵吵嚷嚷、推推搡搡在前面开路，见到那些包裹鼓的，就伸过枪去，挑过来，扔给后面那个像猴子的，说，猴子，打开，看看晚上能不能下酒？那些被夺了包裹的人，大气也不敢出，忍气吞声，埋着头给他让路。

检票口空了下来。猪头脸和门口的一个警务手相熟，聊起了警务手邻家一个女人的屁股和胸脯，发出一阵阵淫邪的笑声。候车椅子上有一个小孩哭了，声音特别嘹亮，把所有人的目光都吸引过去了，这让他那年轻的母亲慌乱起来，脱下棉袄裹住他，抱起便往外跑。

那年轻的母亲撞到了猴子，猴子故意纠缠，拦着那年轻的母亲说，撞疼老子了，给爷说声好听的。说好听的，爷让你过去。

爷，我错了，我有眼无珠，撞疼了爷，给爷赔不是了。那年轻的母亲，点头哈腰的。

猴子笑了，一伸手把那孩子从女人的怀里拽下来，朝身后一丢，任凭他趴在地上哭着，也不准他娘过去安慰。猴子抓住女人的脖领，细细瞧了一番，朝猪头脸喊，老大，这个细皮嫩肉的，晚上能下酒。

一场骚乱就这么起来了。徐宽给抓去参加勤劳奉仕的人使了眼色，是在说，机会来了。

这就闹开了。是徐宽带的头，他从人群里慢慢凑到猴子身边，小声跟猴子说，爷，我想撒个尿。猴子不准，猴子说上了火车爱咋尿咋尿，又逗引那女人，他扯下女人的头巾。车站的警务手喊检票了，说火车要进站了，他又把头巾丢回去，押着大伙儿从另一个出口往站台走。

火车像一头黑色的笨牛，打着响鼻，大口大口喘着白气，在站台呼哧呼哧停下来。猪头脸走在前面，说让大伙儿上最后一节车厢，徐宽往前赶了几步，又去问猪头脸，最后一节有茅坑吗？他说他没坐过火车。猪头脸用枪把子砸在他的后背上，告诉他少他妈废话。这一下，把机会砸出来了，徐宽勾手就是一拳，不偏不倚，正

47

中猪头脸的鼻梁。站台上突然乱作一团，有人顺着火车道跑了。有人冲下路基，跳到路边的深沟里去了。有人刚一到出站口，就被警务手拦住了。也有身手灵活的，跳过栅栏，翻到站台外面去了。那枪声在人群里炸开了，有人躺在血泊中。不知谁后背上的布袋划开了口子，玉米糌子撒了一地。有人的萝卜干也掉了。有人头上扣着簸箕在跑，女人的哭声浪一样掀过来。

徐宽把猪头脸压在了身下，四只手都抓在一把枪杆子上，他们不是在夺枪，是想利用那枪，压住对方的脖颈，他们的脸都变形了，声音也变形了，像两只野兽，像两个刽子手。徐宽朝下使劲儿运着力气，猪头脸想把他从身上掀下去，下面的，渐渐失去力气，气焰弱下去了，上面的，把枪把子横在了下面的脖颈上，把猪头脸的舌头都快压出来了。

有人叫徐宽快跑，可徐宽的耳朵听不见了，手也撒不开了，他全心让猪头脸去死，他笃定心思杀死一个够本，若是能杀死两个就赚了，却不见后面的猴子，已把枪口对准了他。

我被谁拽着穿过铁轨逃远的，也想不起来了。只记得跑过几趟树林，拽着我的人和我跑散了，剩下我一个人，不知道还要往哪里跑，想回司马家，觉得不妥。想回榆村，觉得还是不对。就朝着霍林河跑，跑到霍林河边上，看到大片的芦苇在寒风里翻过来滚过去，往那深处走，不敢停下来，一直走很远，走到天黑。

　　霍林河，夜下的芦苇荡，好像生命有尽，它无尽。它深、它远，它茫茫无边。

　　我顺着风刮来的方向在芦苇荡里穿行，听见夜里有山鼠出没，听见远处的山包包上有狼在哭。听见月光掠过芦苇尖儿。听到我的心跳震得冰下的鱼片刻不得安宁。

　　我想，徐宽一定死了。

12

　　我祖母曾说我是个命硬的人。她说这话的起因是我娘在生我之前，生过一个男孩死掉了。生了我之后，又生了一个男孩，也死掉了。这在榆村，用李三老的话讲，是个上不挨下不靠的人，命硬着呢。我八九岁的时候，我祖母总担心我不但克兄克弟，还会克爹克娘，就拉着我去霍林河边上认一棵榆树做干娘。那天，我祖母在榆树下堆起一抔土，插上三根香，摆了观音土捏的白馒头，让我跪下去磕头，让我对着榆树叫娘。我祖母说，要是榆树认了我，明年她就不会再发芽了。到了明年，那榆树果真死了，我祖母很满意，她觉得我不会克死我家里的人了。也是从那时起，我总在想，一个命太硬的人，应该不会轻易死去的吧？

　　那晚，从芦苇荡里钻出来，我看到一束光亮，追着光亮走，觉得那是救命的稻草，可不管怎么追，那亮光都隔着遥远的距离，一跳一跳的，永远无法靠近。后来，我听到了鸡叫，那亮光忽地不见了。我又顺着鸡叫的方向去，路过几块坟，进了树林。更深地走，林中有处草屋子，木栅栏围着，看上去还算整齐，像个正经过日子的人家。隔在栅栏外，恍似能听见草屋子里头有人打着鼾，一声一声，诱惑着我，一步一步靠过去。

　　一靠近那草屋子，先是惊动了守在栅栏门口的两条大狗，接着，有人喝了一声，站住！我停下来，那人问，干啥的？我说迷路的。后来才知道他是个略水子，是我误入了匪绺子。略水子，就是站岗的。他端着枪，抵着我，问，哪来的？

　　我见到匪，不是害怕，是又冷又饿又欣喜，激动得眼泪直流，我说，总算见到人了。这一哭，草屋子里的明子簌地点着了，有人披着羊皮袄从里头钻出来，一个略水子上前，说，二柜，是个娘们。二柜围着我绕了一圈，头一歪，说，整里头去。我就被两个略水子拖到草屋子里去了。屋子里的火盆还热烘烘的，他们把我丢在地上，那二柜把火盆往我身边踢了踢，说，里头埋了土豆，饿了你扒出来吃。就冲那句话，我断定自己遇到好人了，伸手去扒那土豆。那二柜问我，你转迷糊了？就是问我是不是走迷路了，我捧着土豆，边吃边点头。他说转到我靠山龙这儿是你命好，吃饱了送你出岗。

靠山龙这个名号，我是听说过的，在霍林河这岸和那岸早已传得沸沸扬扬，司马徽则也曾不止一次和我讲起靠山龙的故事，说他也是嘎罕诺尔镇的人，原本姓顾，名孝义，字宗杰。父亲是个落第的秀才，祖辈有积业，是个家境殷实的主。据说顾孝义天资聪慧，打小有超人的记忆力，十二三岁时已是满腹经纶，到了十四五岁，去赶考，连考五场，经、史、子、集、治国安邦之策、八股文章、格律诗、词，场场对答如流，令考官瞠目结舌。司马徽则讲，顾孝义把权贵看得很轻，本来可以走马为官，却择了一个办学授徒之道，为了能让穷人的孩子学到知识，不收人家的学费和伙食费，还供书，供文房四宝，冬供棉、夏供单。十几年以后，这顾先生落了个家徒四壁，却桃李满园。到了康德元年，伪满洲国国务院查阅档案，发现嘎罕诺尔镇还藏着这样的人才，想请顾先生出山，顾先生一拒再拒，使得当初的嘎罕诺尔镇镇长清水幸雄十分不高兴，说，顾的，反满抗日，必须送思想矫正院。恰巧，清水幸雄的翻译是一个叫关尔吉的人，曾和顾先生有过翰墨之交，偷偷把日本人要送顾孝义去矫正院的消息告诉了顾孝义。那当晚，顾孝义带着家眷逃出嘎罕诺尔镇，把妻儿安顿在新京，自己去了西米岗。西米岗是一个山包包，那上头住着一股匪绺子，那绺子的大当家报号占山佑，请顾先生去做师爷。顾先生说，做师爷可以，有条件，否则宁死不屈。占山佑让他提，他就定了七不抢、八不夺。

七不抢，就是不抢盲、不抢聋、不抢哑、不抢疯、不抢瘫、不抢僧、不抢尼。

八不夺，就是不夺为匪的、不夺娶亲的、不夺殉葬的、不夺搬家的、不夺摆渡的、不夺行医的、不夺鳏寡的、不夺女人。

占山佑听完，一口应下，从此，西米岗多了一个师爷、二柜、靠山龙。

我说我没地方去，转出来逃命的。靠山龙没再说啥，挥手让那略水子出去站岗，扔给我一条羊皮褥子，说吃饱了靠着火盆子躺桥。躺桥，也是绺子里的行话，就是睡觉。他们忌讳睡，管死才叫睡。就像忌讳灯一样，总觉得灯和蹲牢的蹲有点牵扯不清，所以，管灯不是叫明子，就是叫亮子。

我记得那天一直到占山佑领着他的弟兄们回到西米岗，我才醒来。准确地说是靠山龙和占山佑吵了起来，我才醒了。

我眯着眼睛听了半晌儿，听清他们的吵，是因为占山佑插人了，就是说占山佑杀人了。占山佑叫嚣着，老子他妈的也不想插人，可他奶奶的不插人老子拿啥给兄弟们挑片？挑片是分钱，占山佑把布兜甩给靠山龙，说，你的。靠山龙没接，布兜哗啦一下落在地上，首饰和银圆到处滚，占山佑掏出小匣子枪顶着靠山龙的头说，老子放亮子殓了你，你信不信？靠山龙笑，说省省你的火吧，既然我定的七不抢八不夺不好使了，我就没必要再在西米岗待下去了。

靠山龙叫我跟他一起走，说这丫头是我救的，我得带走。占山佑不干，占山佑说，上西米岗的人，除非入伙，否则没有活着出去的。又看见我是个大脚，突然笑了，说这个带到哪里都方便。

占山佑喜欢大脚的女人，是有故事的，也是司马徽则讲给我的，说是占山佑刚刚做匪的时候，抢去一个女人当老婆，可是匪窝常年东躲西挪，女人是个小脚，一逃起命来，跟不上溜儿，占山佑还要照顾她。有一次，眼瞅着要被人追上了，那女人却在后头连滚带爬的，他一来气，一枪把她打死了。

我说我有男人，我男人被抓去当国兵了。占山佑问我婆家是哪里的，我想说善医堂，话到嘴边又咽回去了，我怕他去敲善医堂的竹杠，就说婆家人都死了，剩我一个被抓去当国兵漏，半路逃出来的。占山佑听完竖着大拇指说，有魄！是我占山佑要找的女人。

原本占山佑要夜里拜堂，可夜晚的黑幕还没拉好，靠山龙就带着我出岗了。占山佑领着十几个人追上来，把我和靠山龙团团围住，他对靠山龙说，走也可以，毕竟在西米岗做了多年的师爷，远走高飞，不许再拜别的响马。

靠山龙应下了，拽着我继续走，走了没几步，占山佑在身后头喊了一声，二柜，这么绝情，对不住了！接着一声枪响，一颗子弹从靠山龙的后脑打进去，从额头钻出来，飞了老远。脑浆烟火样的，漫天散开。溅得我满身都是。靠山龙倒下去了，扑通一声。我瑟瑟地看着，眼睛定在那里，身子一软，堆缩了。占山佑仰天大笑，笑过了，马头一调，歪着脖子扔下一句，你身上沾血了，是个不吉利的东西。他扬鞭抽马屁股，那马掀起一路尘埃，逃命一样跑了。

13

那以后，我有过一段乞讨的生活，混杂流，吃讨来的冷饭、咸菜，睡土地庙，睡旧房子，睡废井坑。这在花子堆儿里，算是最下等的花子。

花子是分等级的，嘎罕诺尔镇的花子有打鱼鼓唱道情的，穿得干净利索，谁家办喜事去给唱个曲儿，说个戏文，助助兴，讨点儿钱粮。有花子头扮灯官的，坐软轿，四个人抬着，还呼呼啦啦跟一群随从，吹着喇叭，敲锣打鼓，特别气派，那是上等花子。路过谁家门口，看人家灯的形状不好了，灯不亮了，灯官出口成诗，要罚一罚那人家。糕点店，罚一些糕点，布庄就罚一些布匹，米行罚一些粮食。

各色花子当中，最难缠的是打金钱板敲哈拉巴的。哈拉巴是牛骨头，有点儿像打竹板唱数来宝，那样的花子衣着虽然简陋，却嘴巧心灵，见啥说啥，说起来一套一套的，给了钱就走开了。不给钱的，难免要吃点儿他嘴皮子上的苦头。

有一年正月十五，我和司马徽则去看灯，就见一个花子到了海龙王烧锅门口，敲着哈拉巴，哼着数来宝道：打竹板往前挪，眼前就是大烧锅。大烧锅，酒气香。八仙过海来品尝。不提八仙过海醉酒事，烧锅金钱洒满地，掌柜的好运气，又买房子又置地，傻子今天来道喜，赏给几毛买吃的。掌柜的不理他，他又唱，打竹板响当当，看见那边大酒箱，上等酒，箱中装，一箱一箱又一箱。锅头酒，味道美，酒卖少了兑凉水。掌柜的还不理他，他又接着唱，打竹板响叮咚，咱说烧锅大烟筒，大烟筒，冒火星，一旦着火可不

54

轻。有草垛，有粮棚，酒箱着火全烧净。那掌柜的听到这里，实在不敢再听下去了，赶紧付了钱，让他走。

那花子是专挑有分量的主去讨。从海龙王大烧锅出来，奔着昌信钱庄去了，我和司马徽则看着热闹，一路跟着，想看看他有啥办法从昌信钱庄那里讨出钱来，因为昌信钱庄那个掌柜的是个有名的抠门鬼，能把钱攥出水来，自己都舍不得花一分。

到了昌信钱庄，只见那花子往门口一站，哈拉巴一敲，张嘴唱道：打竹板，响叮当，眼前是家银钱庄，银钱庄，真热闹，人来人往换钞票，拿江钱换奉票，永衡官贴一百吊，金票哈洋最走俏，大清铜子凑热闹。大小头，站人钱，七钱二重大银圆。流通券不可靠，遇见羌帖可别要。私商的街溜子最糟糕，商店倒闭全报销。瞧！掌柜的银钱没了腰，当心胡子来绑票。掌柜的听了不高兴，往外轰他，他一边往后退一边又唱：掌柜的要谨慎，当前时局不太稳，钞票贬值不顶钱，都来挤兑大银圆，挤翻钱庄和账桌，你一倒霉我乐和，咱又多个花子哥。你不给我不走，赖到明天管吃喝！那掌柜的还是不给，伸手要扇他。司马徽则说，他要吹物子了。我问他物子是啥？司马徽则说就是口哨。果然，掌柜的一抬胳膊，那花子就势一坐，嘴一瘪，物子吹起来了。物子一响，一大群花子呼啦聚拢过来，也不说什么，往钱庄门口一跪，齐刷刷一大溜，拍手打掌地哭，跟人家死了人似的，弄得那掌柜的只好赔着笑脸，按花子的人头数加倍给钱。

我讨饭，是为了活命。我既不会敲哈拉巴，也不会唱数来宝。太冷了，也钻过人家的柴草垛。有时候，睡得太沉，天亮之前还没从人家的草垛里爬走，人家出来抱柴火做早饭，撞见了，会吓得"妈呀"一声，用棍子把我驱走。

可那一次，我躲在人家的柴垛里发起了高烧，任人家的棒子落在我的身上，我也爬不起来了。我说，你们打死我吧，活着真是太累了。也许是因为我这样的话，让他们断定我不是个傻子，我就被救到屋子里去了。

还记得那人家姓周，夫妻两个有些年岁了，两个儿子都是光棍，一个女子十八九岁了，有了婆家。说是聘礼都下了，日子也订好了，专等着那头抬着花轿来接人。那女子很会照顾人，我病了五六日，她照顾我五六日。等到我一好起来，她就温水给我洗澡。我坐在那澡盆子里，我说我已经好久没有洗上这么舒服的热水澡了，夏天被雨淋淋，去河里泡泡就算是福气了。她听了，眼睛有些潮润，说，以为自己可怜，这天下竟然还有更可怜的。我问她叫啥名字，她说叫周玉兰。我说咱俩的名字里都有个玉字，我叫王玉娥。她说这个玉字不好，容易碎。

那天，洗了澡，换了玉兰的衣服，一直乱蓬蓬的头发被玉兰拧成了一条大辫子，斜搭在肩膀上，水灵灵地垂落在胸前。她瞧着我说，这一装扮，你可真打眼儿。

我照着镜子，泪水淌了满脸，我都快认不出自己了，我有好久没照过镜子了。周玉兰的母亲是个小脚老太太，我从门里一出来时，她正拄着拐杖在院子里喂鸡，咕咕、咕咕地唤着，忽地抬头见了我，嘴巴张了老大，拐杖一扔，扑着我过来，笑滋滋地来回打量。那样的打量，让我想起司马徽则来，好像除了司马徽则再没人这样打量过我。

我叫了一声周大娘，眼泪又扑簌簌落下，我说我的病好了，我该走了，那周大娘拉着我不肯松手，要我留下来，说玉兰要出门子了，闺女走，当娘的心空。说你要是留下来，能把玉兰走的空补上。

我执意要走，周老太执意挽留，我也不好意思强走，就住下来，和玉兰睡在一铺炕上。夜里，我给玉兰讲我讨饭的事，她说听着像瞎话儿。叹口气问我，你说咱们女的是不是各有各的难啊？我说你有啥难的啊？要嫁人了，好日子才刚刚开始。她沉默了好一会儿，说嫁的人要是自己不喜欢的呢？她问我这话，我是没当回事的，只是在那一瞬想到司马徽则，便顺口说，一辈子就嫁给一个人，还恰巧遇到自己喜欢的，那得多幸运啊！

在周玉兰出嫁的前两天，她把自己吊死了。到她死的那天为止，我已经在他们家住了大半个月。她母亲的意思我能看出来，是想让我给她做儿媳妇的。她问过我，说我们家大树和二树你看着哪个更好些？我笑，说都好。那老太太说，都好你上上心我们家大树，其实大树会疼人。话里话外，那老太太都透着心思呢。她怕我看上了二树，大树成了剩下的，将来不好找女人。

我跟周玉兰的娘说我既不能成为大树的媳妇，也不能和二树在一起，我说我有男人。她问我男人在哪儿？我说男人给抓走了，说不定啥时候就回来了。那周老太太对我生出怜意，叹了口气说，那大娘也盼着你男人早点儿回来。

没过几天，周玉兰的婚期到了，周家准备让她过门子，她那头把自己挂在了房梁上。半夜，我醒来，见她的被窝是空的，起身去找，模模糊糊见一个黑影在空中晃来晃去。喊来她的家人，把她救下来，已经咽气了。

周玉兰一死，周家的老两口儿慌了。那周老爹说，彩礼过来了，媳妇死了，婆家是不能这么人财两空的，肯定要周家退彩礼的。那彩礼坚决不能退，是要给大树和二树娶媳妇的。

那婆家给的聘礼足够多，是个大户，听说有些没落了，老辈儿有抽大烟的，家产都快败光了，但为了娶周玉兰，还是下了血本。

娶周玉兰是做二房，那大户家三代单传，到了这第三代，结婚三四年了，女方的肚子连个动静也没有。一家上下，急得直跳脚，就想出了娶二房的法子。

做人家的二房对周玉兰来说也不是紧要的。她的死，更紧要的是因为那男的走路一颠一颠的，脑袋歪着，得用肩膀扛着才不会歪到胯骨轴子上去。一张嘴说话或者吃饭，左边的嘴角就不停地流口水，所以他左边的大襟总是湿的，不得不总搭一块白手巾在胸前，时不时抓起来在下巴上抹一下。

周玉兰死了，周家的老两口儿把我锁在周玉兰死去的那间屋子里，他们站在门外，扒着门缝儿和我说，闺女，本以为你命好，给我做个儿媳妇，现在儿媳妇做不成了，替我玉兰嫁了吧。给那头一个交代，也不枉你白吃我们家半个月粮食。

14

　　我是被周家的大树和二树绑着送到那大户家的。那场婚礼本来不属于我，所以那堂我是死活不拜的。我一拗，那家人不饶了，把我架到洞房，红盖头还没揭，先给一顿打。

　　那打，是那男人的大媳妇操着鞭子抽的，她落下去一鞭子，自己先抽泣一声，我能感觉到，她是把命运给她的，都通过那鞭子给我了。我闭着眼，受着那疼，听见我的皮肉嚓一下裂开了，嚓一下又裂开了，我想，这世上，没有比这更令人兴奋的声音了。

　　我笑出声来，那样的时刻，那样的笑，让那个女人举着鞭子的手停在半空，她说，你是在笑我吗？我说笑你和我。她身子晃了晃，栽倒在地上，一把掀起我的红盖头。我们互相看着，眼睛里都是噙着泪水的，我说，姐姐，求你放我走。那女人的眼神游离起来，躲过我的目光，看在虚空里。说你留下，起码吃喝不愁了。我使劲摇头，我说我不要这些，我说我不是周玉兰，我说我有男人。她瞪着眼，听傻了一样，跪起来捂着我的嘴，让我不要再说了。她把盖头又蒙在我的脑袋上，摸起鞭子爬起来往外走，用嗓子眼儿挤了两个字，等着。

　　我一直等着，到头遍鸡叫时，听见窗下有嚓嚓声，知道是她来了。

　　现在想想，那天的一切，都是她为我预谋好的。因为本来是该和那个歪歪的男人圆房的，可真到了圆房的时刻，那男人却一直没有出现，那女的站在院子里大声嚷嚷着说，别看今儿个是大喜的日子，但头一宿还是不能随了她，晾晾她的新房，杀杀她的锐气。

想必是那女人虽然不生，但做了那歪男人许多年老婆，在那个家里还是有些势头的，所以，那男人只得乖乖陪她去了。我闹了一个清净，不敢睡觉，怕睡过去，会错过她来。她来时，鸡叫正此起彼伏，一村子的公鸡都雄赳赳的。她拽着我，踩着鸡鸣，七绕八绕，绕到后院的高墙下，梯子已经搭好了，她指了指，示意我上去。我望着她，月光下，她的影子长长地印在地上，人倒是蜷缩得可怜，许是夜里寒气太重了，她搓着手，说，快走吧，万一狗叫起来，你可走不成。

我就走了。一翻过那墙，满村子的狗叫更加猖狂，越来越猛，气势汹汹的，仿佛四周都闪着它们的眼睛，发着蓝光，仿佛随时会一拥而上，将我撕剩成一堆白骨。我不敢走正路，跑出村，便钻进树丛，在树丛的尽头，我又看到那可以隐匿一切的芦苇荡。像我的守护神。我钻到里头，世间所有害怕也都跟着钻到里头去了。

那些害怕推着我跑，顺着那芦苇荡跑，朝着榆村跑，我想我的祖母了，想我的爹娘了，想只要我回到生命开始的地方，一切美好，像撞见司马徽则那样的美好，还可以从头来过。

直到现在，我都不知道那女人的名字，她救了我，我欠她一个情分，一直想找到她，却听说她生了孩子不知道去了哪里。孩子是她跟一个长工怀上的，所以到了她要生产的日子，那大户家把她赶出去了。

15

现在，我的回忆里涌出了胡德才。

我特别想说说德才这个人。我这条命，绕不过天，绕不过地，绕不过爹和娘，更绕不开德才。人活着，说不定啥时候，和啥样的人会像两股麻秧一样被搓到一起，成一根绳子，挣不断搡不开的，就像我和德才。

我和德才在一起过日子，半个世纪的光景，从来没有说过一个爱字。爱，对我和他来说，是雨天的影子，是沙地上的脚窝窝，是河水里的裂纹，是空气上扯开的口子，是个若隐若现、根本说不清的东西。

德才比我年长三两岁，他在世的时候，有时候会突然说，对不住你啊，这一辈子，糊里糊涂就到了尽头。有时候会突然问，你是不是把我当成司马徽则来过的？那样的时候，我便不说话，闭上眼睛，一切斑斑驳驳，谁能说得清呢？

对于我和德才的婚姻，德才是愧疚的，他永远不会忘记我们是怎样结的婚，又是怎样走过的这一生，咋会忘呢？

和德才结婚，是一九四二年。那时候，德才在嘎罕诺尔镇教书，他每个礼拜天都会回榆村，每个礼拜天我都去河边等他，不为别的，是想知道司马家的消息。我回不到司马家去了，司马徽则的娘死了，司马徽跃把善医堂卖掉了，司马徽则连个音讯也没了。每次，德才回来，我都以为他会有新的消息给我，但每次我都是失望的。那天，又去等他，他划着船远远见了我，迟迟不肯靠岸。他的船在水中悠悠荡荡，我立在岸边像一尊雕像，斜阳落在我的身上，

61

又沉到水里，德才终于忍不住了，从船上站起身子，跺着脚冲我喊，他死了！他死了！你不要再来问我他的事！喊完，他死命朝岸上划来，到了岸边，把船拴好，身子踉跄着往村子里跑。我看着他的背影，大声问他，你说真的？司马徽则真的死了？他说，真的死了！千真万确死了！他朝榆村跑去，我踩着那河水，奔着更深处去了。我想，司马徽则死了，我能再见到他的地方，一定是这儿了。

可我又被德才救上来。德才说他跑到村口，一回头发现我不见了，就折返回来。我说你干吗要救我呢？他说，在榆村，我从来没见过这么痴心的女子。

那以后，见德才的感觉像一个亲近的人了。有时候，我去河边的野地里挖婆婆丁、苣麻菜，遇见他，他会给我讲讲他在学校的事儿。他说伪满政府发表了什么要纲，语学过关的，发语学津贴。不达标的，会背上对日不友好的罪名，被排斥出镇。德才不想说日语，德才说这老师他不想干了。我劝他别莽撞，云开见日的时候总会来。他说也许快了吧，现在嘎罕诺尔镇人人都在说伪满洲的国旗，黄的面大。我问他是啥意思？他说，日本人是秋后的蚂蚱，没几天蹦跶了。

德才这句话终究是没有白说的，那以后两三年的功夫，日本人真的被赶走了。只是德才早已不教书了。

德才不教书跟一首《黄族歌》有关。那天是个礼拜日，学校组织学生去种地，去的路上，德才带的班的班长领着同学边走边唱："黄族应享黄海权，亚人应种亚洲田。青年，青年！切莫同种自相残，坐教欧美著先鞭。不怕死，不爱钱。丈夫绝不受人怜。洪水滔天，手挽狂澜，方不负，石盘铁砚，后哲先贤。"唱着唱着，也不知谁开了个头，把歌词用学校里老师的外号重新串联起来，成了一首："大叼一声叫连天，捡臭鱼王教官，可怜可怜，刘大偏抽大烟，臭狗屎张教官，关小猴子跳圈圈，马大傻颤连连，堂堂不落狗打蔫，校长为神之道不离唇，学校早晚开成坟。"

这歌不知怎么传到副校长耳朵里，副校长是个日本人，叫西崛，礼拜一上课，闯到德才的教室，把全班五十几个人提溜起

62

来，挨个问，歌是谁编的？学生都不吭声，西崛手持教棍挨个打，打到累得后脊梁直冒汗，学生还是说不知道，他跳脚，让全班学生去跪太阳。跪了一个晌午，德才实在看不下去，找西崛去求情。他一开口，西崛扇了他一个耳光。西崛说学生是德才带出来的，思想有问题和德才脱不了干系。德才一气就说不教书了，西崛觉得他不教正好可以给那些心里有想法的人一点儿惩戒，先下了辞退令，把他开除了。

　　回到榆村，德才整日栽在炕上，吃不下喝不下的。他有一门亲事，胡二爷说抓紧办了，给德才缓缓精神，好给胡家掌舵。可女方念过不少书，是个新派人，一听说爹娘要把她嫁给一个指腹为婚的男人，闹得要死要活，胡二爷派媒人送去彩礼，她样样数数从窗子撇出来，害得那媒人差点儿磨破了嘴皮，到最后还是抬着彩礼回来了，跟胡二爷讲，不娶也好，咱们本分人家，养不住的。

那样的羞辱，胡二爷还没受过，又觉得和女方家里是几代人的情分，当年从关里一路闯到关外，帮帮衬衬，也算生死之交。就让德才亲自赶着马车去女方家里一趟，可德才赖着不去，他说自古都是男休女，哪有女休男？休了也算了，还要上门去讨没趣，脸面还要不要？

胡二爷辩白，说，就是要脸面，才更要跑一趟。德才不去，他自己去了。胡二爷是想，自己的脸面贴上去，是能把那婚事给说回来的。

哪承想，进了人家的门，那闺女一瞧见他，顺手抓起一把剪子，抓着自己的头发，吼她爹娘说，这事儿要是还没个完了，她立马把头发剃光。这让胡二爷吃惊不小，婚姻的事儿自是没提，和旧友叙了一盏茶的时间，知道那闺女在嘎罕诺尔镇跟着一些人进了什么反对包办婚姻协会，男男女女的，都是些违父母之命、倒反天纲的人，就又赶着马车回来了。

也是想尽快把自己心里那口窝囊气给出了，一回来，胡二爷就张罗着请媒婆吃饭，让人家给物色好的闺女，说人选相当，彩礼是不成问题。那样，德才开始日日相媳妇，七姑八妹看了一箩筐，不是嫌人家鼻子就是挑人家耳朵，胡二爷很是无奈，让德才他娘去找李三老给掐算掐算，啥时候才能动婚。掐算过了，弄个荤油坛子让德才从伙房搬到炕梢儿，在炕梢儿放了一夜，又搬回伙房。说搬过了就动婚了。

荤动过了，德才的婚却还是像个仙人板板，一动不动。有一天，王三五的媳妇突然登了胡家的门，说她娘家那屯，有她个姨妹子，人水灵，就是年纪还轻，相看妥了，也不能立马结婚。胡二爷说，结了婚怕啥，不圆房就是了嘛。王三五的媳妇听了，第二天走了一趟娘家，去她姨娘那里给胡家提亲。

一提就成了，方圆几十里，胡家的声望还是有的，所以一提做胡家的媳妇，那姑娘家还觉得高攀了，没等见到德才的人，就捎来话说，他们是乐意做胡家的亲家的。七月底相了门户，冬天一来，就操办婚礼了。

64

结婚当天，为了抄近道，马拉的大红轿子走了大冰塘，送亲的也坐着马车，车上装着娘家陪送的嫁妆。双吹双打原本是坐在马车上的，越耍越热闹，就从马车上跳下来，在轿子两旁对着轿子吹，惹得那新娘子撩开轿帘子不住地朝外看，那些人见了新娘子的眉眼，更卖力气地闹开了，那热闹能传出去十里八里远，把一只孤狼从大苇塘里逗引出来，在轿子前面坐下去，一动不动。照理说，狼是群居，落单的时候大都不攻击人，可那只狼可能是饿得太久，竟看着眼前的人和马流下了口水。

那些人试图把唢呐声和钹锣声弄得更响亮些，把那孤狼吓跑，却不想那狼步步紧逼过来，惊着了打头的枣红马嘶鸣一声，径直朝前奔去。

孤狼被众人打死了，马拉的轿子却找不见了，那新娘自然也跟着丢了，有人说是掉进冰窟窿里了，也有人说让胡子劫去了，反正就是生不见人死不见尸的，德才为此大病了一场，也戳了胡二爷的锐气，喜日子出了祸事，多少会遭人话柄，但还是强挺精神，又给德才张罗亲事，这一次，李三老说，得找个命硬的，压得住德才的霉运。要说命硬，在榆村，只有王玉娥。胡二爷说王玉娥嫁过了不说，还讨过饭，我姓胡的这辈子最恨讨饭的人。给德才娶这样的女人，我胡家是要败了吗？

后来，德才一天比一天严重地病下去，胡二爷又去找李三老给德才跳神，李三老借着神灵的口对胡二爷说，再这么耗下去，阳气要耗尽了。胡二爷不应。李三老又说，实话跟你说吧，你这儿子还真就跟王玉娥能长远，红线老早把红线一端系住了她的胳膊，另一端拴住了他的腿儿。胡二爷抽闷烟，说，就争不过命？李三老说，天机我都泄露了，剩下的你自个儿看着办吧。

胡二爷怕德才死了，就应了他。

可我不想嫁给德才，我要等司马徽则回来，我跟我娘说，司马徽则早晚会回来的。可是没人相信我的话，他们像亲眼看着司马徽则死了一样，坚信司马徽则再也不会回来了，他们跟胡家说，日子由胡家订，娶的时候也不用操办，毕竟，说起来也都是二婚，只要婚前的礼数到了就好了。胡家都应了。

日子择在正月初六，前一天是个破五日，我祖母嘱我上供进香，拿了酒让我倒进酒盅里点着，送穷神、迎财神。我把供品摆好，把香点着了，那酒，被我一口喝下，然后，倒在供台下，什么也不知道了。

再醒来，人已经睡在德才的新房里了。那是他第一次结婚时的新房，那婚没结成，那房子还按着那天的样子一直留着，好像专为等我住进去一样。

醒来时，德才躺在我旁边。他说，你娘家怕你闹，趁着你喝醉，让我去把你接过来了。

我看着屋顶，我说，司马徽则真的死了吗？

德才说，真的死了。

我说，李三老咋说出那番话来了呢？他真的看到红线老了吗？

德才说，我喜欢你，偷了我爹的两升小米给他。那些要死要活，都是装给我爹看的。

我看着屋顶，感觉它旋转起来，我说，这心里，没有你。

德才说，知道呢。以后会有。

我说，司马徽则会一直在。

德才说，知道呢。你会给我生出很多儿女来。

我闭上眼睛，觉得浑身上下是那么无力。

第二章

夜，阴沉下去了。灯关着。

我喜欢黑灯瞎火睁大眼睛四下里看，看也看不清。那黑像张画纸，记忆一涌出来，会悬空出现许多人的痕迹。也像底版，一幕一幕划过，划完，这一生就落幕了。

有车灯在窗子上闪了一下，接着是一声喇叭叫，我听见长庚从厨房趿拉着鞋子往出跑，边跑边说，回来了。是嘎蛋子。我的来多。秀草也跟着出去了，还吆喝了长庚一句，你慢点儿。

院子里有了一丝不平静。看家狗又不认得嘎蛋子了，它汪汪汪叫着，我能想象出它的样子，准是一边叫一边摇着尾巴。这么个鬼东西，聪明得要命，叫了，是在告诉主人，它尽职尽责了。又摇尾巴，那就是说，万一咬错了人呢？

我的耳朵还灵光，依然能听见秀草埋怨嘎蛋子带了大包小溜回来。嘎蛋子不解释，只是笑。能让父母和亲人都享到他的福，他有理由笑的。他那样笑，总是带着一点儿小得意，羞羞的，还心满意足。

嘎蛋子一进来先推开我的房门，探着头，学一声猫叫，因为他知道我喜欢猫。喜欢猫是老了以后的乐趣，只是那只猫我养了九年之后它突然走了。我知道，那猫之所以走，不是死了，是去山林修炼成仙去了。猫是灵仙转世，不会那么轻易死掉，但也不会到死都守在人堆里，我的猫，一定是通灵的。嘎蛋子也说过，他确实在山林里看过我的那只猫，蹲在树上，两只眼睛里全是幽蓝的光。这我就放心了。

喵！灯也跟着亮了。嘎蛋子坐在了我的炕沿儿边，拉了拉我的手。我不想睁眼，我还在我的回忆里无法出来，我和德才、我和司马徽则、我和榆村、我和霍林河，扯也扯不断的，盘结在我的心上。我还想攒一点儿力气，再细细想想，想起来，又幸福一场，又和他们重活一次。想清楚了，可以无憾些走了。这一生实在太长了，我回忆到这里，才是命运的一个开始。

我脸上挂着笑。嘎蛋子说，这位尊贵的女士，你真安详！

我恍似感受到从河面上刮来的一缕风，风掠过芦苇叶，唰啦啦一阵阵欢悦，像是婴孩奔腾的笑声。最近，我总是听到这样的笑声，尤其是在夜晚。那笑声，好似挂在芦苇尖上、挂在树梢上，又仿佛挂在弯弯的月亮上，有风轻轻一碰，会飘得整个榆村到处都是。

那不是鬼魅，也不是一种错觉，是河流把日子带入另一种时光中，使生命突然悬空起来，犹如睡在悠车里。

我小的时候，是睡在悠车里的。人家说东北有三大怪，窗户纸糊在外、大姑娘叼个大烟袋、养个孩子吊起来。吊起来，说的是悠车，吊在房梁上，推上一推，摇摇晃晃半个日子。

隔壁住着长庚和秀草——我的大儿和儿媳，那房间里放着电视，电视机里头的男女哭一阵笑一阵，音乐也忽悲忽喜，我听来，和在那风里、和在那婴孩样的笑声里，觉得我快要睡着了。这一睡，再也不会醒来了。是没有力气醒来了。这世界上有一种死是老天爷特意恩赐的，就是睡着睡着就死了。

可我的祖母不是，我的母亲也不是，我那些死去的亲人都不是，他们都还没来得及梦见他们的故事就死了，死得突然、绝望、狼狈、让人不忍目睹。那样的死，能梦见什么呢？可一个人走了，是该把她的故事留下来的。留下来了，才会让后人知道，她活过。

有梦境袭来，是我睡着了还徘徊在脑子里的岁月，一涌一涌的，不甘随着我的身体死去，把梦境当作一个通道，爬出来，想在我的灵魂之外得到重生，在霍林河畔再长出根来。

嘎蛋子从我的房间里离开了，是唤我几声之后起身离开的，他是不想再给我添扰，便去了隔壁。

电视声小下去了，他们开始说话，那话题应该都是和我有关的，也许和我的棺材有关。因为我老早就交代过，我不要从殡仪馆弄来的小盒子，我要把我的骨灰安放在一个宽敞的地方，像一所大房子样的，可以随意回身、窗明几净，宴请十个八个客人也不觉得拥塞。所以，我要一口棺材。那做棺的木头，是门前的一棵柳，栽下那柳的时间，距现在已经过去几十年了，那柳长得茂盛，是承载着许多情意的，几十年的风风雨雨不是平白经历过来的。如今，我要走了，想它随我一起走，它的年轮不用一圈一圈绕下去了，这世上的风吹雨淋它都不必再承受了。

这是我靠近死亡的夜晚，这样的夜晚注定不能平静，窗外又有车灯闪烁，接着是一声喇叭叫，长庚和秀草跑出去迎接，是我的长孙女来早回来了，来早声音有些颤抖地问，奶奶怎么样了？秀草说了句怕是就这几天了，来早抽抽搭搭起来。我想，这傻孩子，哭个啥呢？人啊，怎么说都是要过死这一关的，我都九十五岁了，再多

69

看一眼天，多听一声喜，多叹一口气都是占了便宜了。不像我的祖母，死的时候刚刚七十岁，不像我的母亲，死的时候刚刚五十岁，更不像我的弟弟们，死时青春年壮。一个九十五岁的人，死，在她眼里，是不屑一顾的。

我那些过去的岁月，在我的梦境里铺开了场地，很大的一块场地，像榆村西北角的晒谷场，一会儿拉来一车麦子、一会儿运来一车谷子、一会儿垛起了高粱、一会儿又堆起了玉米。我梦境里的场地，不停有人闯进来，一会儿是相熟的、一会儿是我忘了名字的、把那块场地塞满，把我的梦境搅得沸沸不安。他们有的是来给我送行的、有的是来接我走的，接我的人群里有我的母亲，挥着手说，玉娥，总算又见到你了。

我看到了德才，我的丈夫。我有两个丈夫，前一个叫司马徽则，后一个叫胡德才。自打嫁给德才，我就把心分成了两半，一半用来和德才过日子，一半被司马徽则占据着。德才一直耿耿那块地方的存在，活着的时候一旦不顺心了，就喝酒。

他又喝高了，真的成了醉鬼，一摇一晃朝我走来，他说，你来和我葬在一起吗？我还以为你去找司马徽则了。我真担心你会把自己的骨灰抓一把撒到司马徽则的坟前。我说，那些你活着的时候都不肯讲的话，做了鬼又何必讲给我呢？德才笑了，感慨万千，说你要是想和他约会，我倒可以去睡客栈。

我说阴间有客栈吗？德才指了指说，瞧！我看过去，果然看到一块牌匾，黑底白字，写着，客栈。门口出来送客的，是铁锤。我叫了一声，他没有应我。我奔着他去，路过一个门脸，珠帘子在细风中闲闲地摆着，偶尔碰到一起，唰唰地响，有草药的淡香从珠帘子的缝隙里钻出来，我定定去闻，看见司马徽则了，他隔着珠帘望见了我，拎着戥子的手微微一抖，黄铜铸的戥子砣啪嚓一下砸到地上。一个女人问他，你这是怎么了？

我慌忙离开了。

铁锤还是二十出头的样子，看了我好久，问了句，客官要住店吗？我说我是姐姐啊？他说，姐姐？他忘了我了。他死得太久，我又活得太长。他忘了我了。可我还记得，他死在一个夏天。那个夏天因为他的死而变得人心惶惶，然后，有更多的人在惶惶中死去，榆村一下子成了"万户萧疏鬼唱歌"的地方。

16

　　有时候想想，这辈子在很多事情上都要去争个明白，而唯独在婚姻上是稀里糊涂的。这是一件无论是谁都想弄明白的事，然而却是谁都糊涂着。关于爱情，总不是爱了就什么都无所谓的，你想啊，就像我吧，如果让我说出一个最爱的人，那一定是司马徽则了，可我和司马徽则的缘分从开始就进入倒计时了。

　　老了，后辈人和我讲他们的爱情，又来问我的爱情，我自己也懵懵懂懂，什么是爱什么是情啊？爱和情不是一码子事吧？到了我这样的年纪，都情归尘、尘归土、土归我、我归西了。

　　一九四五年八月里的一天，嘎罕诺尔镇公所里空了下来，原来那些日本人不见了，那些给日本人做事的人也都无影无踪。平日里，镇公所门口，总有两个门卫站岗，让人看了不敢靠近。那一日，站岗的没了，威凛之气也没了，大街小巷，人们探头探脑，说日本鬼子跑了、战败了，小白旗一举投降了。有的人不信，有的人胆大，见镇公所里头没人把守，寻个空子钻进去，捡个盆碗、茶缸、衣物和家具什么的，拿回家去用。

　　嘎罕诺尔镇街道上，尽是些苏联坦克和驻守在火车站的护路军，他们高声欢唱，驱赶着日本兵，那些日本军政人员和开拓团四下逃窜，临街的老百姓见了，跑过来，抬起脚踹他们的屁股。

　　有些人把日本人住过的房子也拆了，说万一他们还杀回来，让他们连个住的地方也没有。

　　俗话说，小乱进城，大乱下乡。榆村一下子来了好多嘎罕诺尔镇避难的人，张保全雇了大小车辆，拉着老婆孩子回榆村来了，只

72

是，刚安顿好妻儿，他又被嘎罕诺尔镇伪街长段学逸和协和会的会长李西栋给叫到镇上去，和食为天米行的掌柜章谷、昌信钱庄的庄主顾昌信、海龙王烧锅的郭九久、泰盛典当行的杜元森一起，组建了一个治安维持会，说是镇上群龙无首，这个治安维持会就代行临时政府的职能。

头一回开会时，张保全把胡二爷叫去了，胡二爷心里明白，维持会让他参与，看中的也无非是他的腰包，所以，在会上，胡二爷说，榆村的事，我管。嘎罕诺尔镇的事，我不参与。会开到一半，胡二爷就回来了。那天，他把一家子叫到院子里，说，咱们也开个会吧。他脸上没有表情，看上去像一尊木雕，只有胡子一翘一翘抖动着，让人觉得他的身体里有一条河流翻涌着。德才、德海、德才娘和我在他面前坐下，他看了这个，又看那个，说，嘎罕诺尔镇满大街都传伪公所要撤销了，国民党马上要来接收嘎罕诺尔镇了。德才说，爹，你听有人这样说，我还听有人那样说呢。胡二爷问，哪样说？德才说，说会有八路军和新四军到咱们大东北，接收嘎罕诺尔镇。

德海说，那咱的土地咋办？德才说，人家咋办咱咋办呗。胡二爷把烟袋重新装上，点着，说，心窝疼啊。德海撇着嘴，说，舍命不舍财。胡二爷正好一肚子火没处发，举起烟锅给了德海一下子，火炭儿掉在德海的头发里，嗞啦一声。德海跳起来，扒拉着脑袋说，爹，你疯了！德才拉德海坐下，说，爹，你打德海干啥？胡二爷说，我胡家祖祖辈辈土里刨食，地是我的命！德海说，是你的命你就守着你的命过，还叫我们来开会做啥？德海一甩袖子走了。德才娘也要走，说她去做饭，问胡二爷吃啥？胡二爷说大米和白面藏了好多年了，拿到伙房里，烙饼、捞大米饭，光复了，再不怕当经济犯抓去坐牢了，敞开肚皮吃一顿。

我跟德才娘一起进伙房，听见胡二爷和德才还在院子里说话，胡二爷说，过去粮食出荷、配给、粮食不流通，现在光复了，不一样了，粮商居奇，哄抬粮价。嘎罕诺尔镇也好榆村也好，老百姓都要断顿了。德才说，爹，你说这些是啥意思？胡二爷说，嘎罕诺尔镇的事儿咱管不了，但榆村老百姓的死活，咱胡家得管。德才说，爹，我不懂。难道爹的意思是想给榆村老百姓分粮？胡二爷点点头，说，分了，把咱家的大粮囤子打开，给大伙儿分，咱不能眼瞅着榆村饿死人。德才想了想说，好。

粮食刚分下去，嘎罕诺尔镇有消息传过来，说治安维持会又开了一次会，让商贾大户们协助张保全维持好嘎罕诺尔镇的秩序，迎接国民党政府的接收，还在伪公所的大门口立了一块牌子，上面写着嘎罕诺尔镇治安维持会。

这次，胡二爷把德才叫到他屋里去，小声问德才，你说，国民党真能接收东北？那咱这粮食是不是分早了？德才说，爹，咱是为了救榆村的百姓，有啥早晚的呢？胡二爷说，也是啊，我咋糊涂了呢？

过了没几天，林海学的部队打进了嘎罕诺尔镇，伪公所门口那块嘎罕诺尔镇治安维持会的牌子被掀在地上，林海学在街头演讲，榆村和嘎罕诺尔镇周边的人们都忙着去听。听完，热血像霍林河水一样翻涌，去报名参军的长队，从伪公所门口一直排到霍林河河边上。

我让德才去打听那队伍里有没有一个叫司马长川的人，德才回来说人没打听到，倒是看见伪公所门口的牌子又换了，我问他换成啥了？德才说，换成嘎罕诺尔镇解放区政府。

胡二爷听了，没说话，抱着长庚坐在院子里唱歌，唱苏武留胡节不辱，雪地又冰天，羁旅十九年，渴饮雪，饥吞毡，牧羊北海边。唱着唱着，哭了，抹着长庚的鼻子说，小日本滚蛋了，改天换地喽。

我的长子长庚会跑了，我又怀了身孕，给接下去的日子开了一个好头，德才虽说是个读书人，却更善于打理一些农活。过完年，一九四六年的清明节一到，太阳离大地近了好些，落下的雪花，在半空中化成雨水，掉在地上簌一下钻进土里，惹得小草探出头来不停地张望。德才把那小草铲了，撒上蔬菜的种子，没几天，再来看，满地绿乎乎的。德才说，长大了会开花，辣椒的白花儿不如茄子的紫花儿好看，茄子的紫花儿又没有上了架的豆角花儿一嘟噜一串招人稀罕。我说他都快赶上耿江湖了，张口闭口不离花儿。他说花儿就像姑娘，心里多想着花儿，将来能生出闺女来。我笑他，说，老的都惦记要带把儿的，你这想法在胡家够下十八层地狱了。德才说，管他十八层十九层呢。我乐意。

我不再理会他，去仓房里取了烧纸，到一个十字路口去烧。我说，司马徽则，你来拿钱吧，缺啥少啥自己在那头置办点儿，人家说穷家富路，我也不知道你这一路是走了多远，手头要是紧了，就托个梦来。说完，我又叹着气想，司马徽则从来没有托过梦给我，也不知道是我不够想他，还是他早已忘了我。

维持会一解散，张保全跑回榆村住了下来。有几次，在半夜里，他来找胡二爷，说是商量事情。有一天，张保全又来，进门没一袋烟的功夫，就听见胡二爷骂了起来，他骂，妈了巴子的，我胡二爷在榆村顶天立地，还轮到你黄嘴丫子没褪净的来狗拿耗子？张保全走了，德才跑去问胡二爷咋发起火来了？胡二爷说，那龟孙子让我把家里值钱的分他一半，说不分给他，将来也不是咱们的。德才说，他说将来不是咱的，倒是有道理，可分谁也轮不到他！胡二爷说，就是。是个啥东西？忘恩负义的熊丧货。那以后，张保全再没找过胡二爷，走在路上，碰见了，他啐一口，他也啐一口。

转眼到了端午节，榆村的人张罗着要去嘎罕诺尔镇赶集，德才问我去不去，我没应他。他心里明白我是在乎别人跟我提嘎罕诺尔这几个字的。德才也没去，铁锤说都不去他去，因为我祖母让他去买些彩纸回来叠葫芦。

我祖母是非常看重端午节的葫芦的，她总讲，这挂葫芦是有说道的。说是吕洞宾有一天在天上待烦了，打扮成卖油郎来人间卖油，他想试探人心，把油价标好，让人自己来打油，自己付钱。可人间的人，见没人看着，总是多打了油，少付了钱。有一个小孩，也学着别人的样子提了油回家，还跟他娘炫耀说自己省了几个大子儿。他娘一听，骂了他，让他去还钱，再给卖油郎赔个不是。

那小孩就去了。

　　吕洞宾觉得这孩子诚实，悄悄告诉他，说五月初五药王爷下凡，为了不让人间毒虫横行，瘟病四起，药王会把自己的神药撒在家家户户的屋檐下。如果在屋檐下挂个葫芦，药王会把药撒到葫芦里，灭虫降瘟，保一家平安。那小孩把这个消息告诉了他娘，他娘又把这个消息告诉了乡邻，那以后，端午节有了挂葫芦这一说。

　　斧头嚷嚷着要用嘎罕诺尔镇的柳枝挂葫芦，我祖母笑问他，说挂个葫芦干吗非要嘎罕诺尔镇的柳枝？他不说话。铁锤说，他才不是在乎柳枝，他是想跟着去赶集，集市上有烤毛蛋的，斧头每次去都要赖赖乎乎蹭到嘴一个再走。铁锤说中了斧头的心思，斧头斜着眼睛往天上看，我祖母说馋猫馋狗不上膘。斧头气得一跺脚跑掉了，老早去了河边，坐在船上等铁锤。

　　那一天，阳光落在他们身上像是一层鹅绒，软乎乎的，在脊背上跳来跳去，痒痒的，斧头一会儿伸手抓一下，好像要抓住那阳光样的。船摇离岸边，王三五的儿子宝柱追上来，挥着胳膊喊铁锤，让他把船摇回来，说他也要去。铁锤就把船摇回来。斧头不乐意，斧头说折回去太耽误工夫了，万一烤毛蛋卖没了，这一趟就白去了。铁锤说哪那么倒霉就缺你一个毛蛋？斧头拗不过，宝柱一上船，他赌气冒烟的，也没个好脸子。一路上，铁锤和宝柱唠着嗑，斧头也不插话。别着头，看着芦苇荡里嗖一下跑了只水鸭子，又嗖一下惊了一条鲤鱼，自顾嘿嘿笑。宝柱为了讨好他，说听说斧头算盘打得好？铁锤说，鬼精鬼精的。

上了岸，把船拴好，铁锤和宝柱走在前头，斧头蹦蹦跶跶跟在后面，一缕风卷起几张宣传单在天上打着转，斧头好奇，追过去，一伸手把它们抓在手里。铁锤吼他，让他扔了，说要是人家用过的揩腚纸，看你待会咋吃毛蛋？斧头把废纸扔了，又去踢路边的石头子，一颗石子飞出去，正好砸中一个女人的屁股，那女人虎着脸回过身，不管三七二十一，把铁锤和宝柱臭骂一顿，骂得那两个大小伙子急不得怨不得的，干吃哑巴亏。到了集市，远远闻到烤毛蛋的香，斧头跑过去，嗓子眼咕噜噜吞吐沫。铁锤想惩罚他，故意朝另一个方向走，斧头在后头没好声地喊哥。

那天，也不知道怎么了，等到铁锤把彩纸买完，把二斤猪肉买完，把各式菜籽买完，再回头去找烤毛蛋的，人家刚巧卖光，斧头对着烤毛蛋的炭火炉子，瘪着嘴，眼泪一对一双淌下来，他向来是个皮蛋子，还从来没那么委屈过，一哭，让铁锤自责起来，摸着斧头的头说，哥错了，下次来赶集，哥给你买双份。铁锤牵着斧头的手往回走，斧头不情愿，往后挣着，铁锤一生气，照着斧头的屁股捆两巴掌，才总算把人拽到河沿上。铁锤解船，斧头见不远处有一只死老鼠，走过去，用脚掀掀，腾一下把老鼠踢进河里。

到家时，正赶上吃晚饭，斧头不吃，坐在门槛子上赌气，我祖母为了哄他，从箱子里翻出一盒糕点来，是过年时胡二爷亲自提给她的，她一直舍不得吃，见那盒子红堂堂的，总说，要不是玉娥嫁了德才，人家胡二爷会亲手给咱提糕点？想得美！她把那盒子打开，见几块糕点长了绿毛，用手把那绿毛捡了，也坐在门槛子上，和斧头你一块我一块吃了起来。那盒糕点吃完，斧头眉眼开了，笑滋滋地跑出去，见人就说他吃糕点了。

黑夜睡下，斧头哼哼唧唧的，嚷着要拉肚子，我爹点了煤油灯，带他去茅房，我祖母特别宝贝她这个小孙子，披着棉袄爬起来去伙房掏出两头大蒜，放在火盆子烤着，斧头提着裤子回来时，刚好半熟，她让斧头趁热吃下，说治拉肚子一吃一个准儿。斧头就吃下了，吃过，脸色还是不太好看，我爹说可能是闹虫子，得弄点塔糖吃。斧头一听是糖，有几分期待，捂着肚子叫得更厉害了。一家人都笑他是个馋鬼，他说他是真难受，一点儿都没装，说着，发起抖来，像是冷得不行，我娘和我祖母不敢马虎了，把被子围在他的身上，抠一块大烟膏给他吃。那大烟膏起点儿作用，斧头吃下后，身子蜷着，睡着了。

　　大家以为消停了，也准备睡，灯刚吹灭，斧头又醒来了，趿拉着鞋子往外跑，刚一到门口，哇哇吐了，吐过，又去拉，折腾完，人没了力气，站也站不稳，我娘抱着他，借着煤油灯的光，看见他的眼窝凹进去了，眼圈黑乎乎的，嘴唇起一层白皮，手脚冰冷，我娘有点儿害怕，问斧头哪里难受，斧头声音嘶哑着，说，娘，我渴。

　　天亮时，我爹穿好衣服，去清理斧头的泄物，一到院子里，又跑回来，声音有些怪异地对我祖母说，这孩子咋拉的全是血粪呢？我祖母跑过去看，说怕不是吃那长毛的蛋糕，吃坏了？有些自责，翻出一包白糖，放在茶缸里，给斧头喝。

　　耿栓对来了，给斧头把了脉，抓了汤药，我娘守着火炉熬药，给斧头灌了三天，斧头的病还是不见强。又去找李三老给掐算，说是冲了哪路的神仙，买了黄纸在路口烧，一家人的头快磕破了，还是无济于事。我祖母不肯罢休，用大黄纸剪小纸人，蘸吐沫挨个门上贴，说是贴上了，那些要取走斧头性命的脏东西就不敢进门。可是也不知道是那些小纸人没有尽到责任，还是它们压根也没显灵，因为，就在纸人贴好的那天夜里，斧头抽搐成一团，死死攥着两个拳头去了。他的眼睛始终睁着，像是还惦记嘎罕诺尔镇的烤毛蛋一样。

17

　　我娘总不相信斧头的死是真的，坐在伙房里不肯出来，叨叨咕咕地说，老太太也吃了蛋糕咋就没事呢？这话让我祖母听着很是上火，好像死的该是她，老的代替小的去死，更天经地义些。但阎王爷招人，可不讲究论资排辈这码子事，所以，我祖母哭得最凶，有好几次，背过气去。我爹又是掐大脖筋，又是扎人中，才总算把人叫过来。可也只多活那么三五天，她也又吐又泻，跟着斧头去了。

　　一家子一下死了两口人，这在榆村惊着天地了。有人开始说三道四，说可能是斧头去嘎罕诺尔镇赶集，撞到了司马徽则的亡灵，那亡灵知道自己的老婆改嫁了，就报复王家。我说怎么会呢？司马徽则不是那样的人。那些说三道四的人说，不是那样的人，不一定不是那样的鬼。人变成鬼，谁敢保证是好鬼还是恶鬼？

　　铁锤和德才去嘎罕诺尔镇买了一口棺材回来，把我祖母埋了。斧头是不需要棺材的，他还是个小孩，不能进祖坟，也不能立新坟，我爹用一领草席子把他卷上，扛到霍林河边的土岗，浇上火油点了。

　　斧头和我祖母死的前些日子，李三老本来是要给铁锤说一门亲事的，可姑娘那头听说我娘家死了人，还一下子两个，觉得不吉利，说啥也不相看了。村里人都说那闺女长得俊俏，让王三五的女人去找李三老说合给宝柱，一家女百家求嘛。

　　王三五的女人去了。

　　李三老就真把那姑娘说给宝柱了。

　　那姑娘长得结结实实的，能背能扛，干起活来比男人还有力气，王三五的女人喜欢得不得了，逢人便说有福不用忙，没福跑断肠。意思是说铁锤没福气。

铁锤天天闷闷不乐，要么躺在炕上一动也不动，要么坐在屋檐子底下发呆，我去找他说话，我说你不能这样，这个家你是顶梁柱啊。他说，姐，你是没看到，斧头那天眼巴眼望盯着人家的毛蛋咽吐沫，我要是知道他会死，那天我就让他吃个够。

铁锤总是说着说着就哭，一听那哭声，我感觉自己的心上坠了一块铁坨坨。我说人死了，哭也哭不回来，人家宝柱都要娶媳妇了，你也得挺起精神，娶个媳妇回来，这家就又兴旺了。铁锤说，我还哪有心思娶媳妇啊？斧头在那边要是知道我还有心思娶媳妇寻乐子，还不天天夜里趴窗户叫我的魂儿啊？我劝不了铁锤，他和斧头感情深，斧头是跟在他屁股后头长大的，只得随铁锤去，自己心里的坎儿，只有自己迈才能过去。

宝柱吃订婚酒那天，榆村的人都去宝柱家看新媳妇，王三五的女人那天很大方，炕上放了烟笸箩，还炒了瓜子，去了男的，让姑娘给点烟倒水，去了女的，让姑娘给倒水抓瓜子。瓜子皮吐满地，都夸王三五的女人有好命，找了好儿媳，说那姑娘一看就是个麻利人，将来一定会过日子。德才他娘也去了，她倒不是个爱凑热闹的，只是给王三五的女人捧场子，要不，人家会说你日子过死门子了，连个人情也没有。

德才他娘人情好，去谁家串门子从来不空手，那天给宝柱的女人带了一块她自己做的胰子。老太太手巧，一到冬天，听说谁家杀猪了，老早就问人家猪胰子还要不要，不要了，她捡回来，把上头的油摘干净了，摁在大石头上捣，捣碎了，往里头加火碱，有时候还加点香草粉，一遍一遍捶打，让猪胰子里面的东西和碱啊香草粉啊什么的揉到一起，再捏成自己喜欢的样子，放在阴凉处阴干，用的时候拿出来，洗脸光溜溜香喷喷的，还能防手裂口子。是稀罕物。那姑娘拿到了手，对德才娘格外热情，德才娘高兴，回到家，多吃了一碗小米饭，还说，铁锤还真是没福气，那么好的闺女。

到了夜里，她突然不舒坦，和斧头还有我祖母之前的毛病一样，嚷着拉肚子，接着又大口大口往外吐，折腾了一夜一天，把胆汁都吐出来了。德才去找耿江湖要大烟葫儿，想泡了水给他娘灌下去，水熬好了，人却断气了。德才娘死时裤子没穿上，是蹲在茅房里不停地拉，拉死了。死了，手脖上戴个金镯子，胡二爷说，谁都别往下摘，这么个物件，还是我们结婚时给她过的彩礼，一辈子没离她的身。

德才他娘死了，比斧头死，比我祖母死，更让榆村的人惊慌。因为他们死的时候，都说是吃了长绿毛的糕点才死的。可德才娘没吃长绿毛的糕点也死了，这死就有点儿说不过去，胡二爷请李三老来家里，让他给看看是不是哪里犯毛病。

李三老来了，还带一个人，是从嘎罕诺尔镇请来的一个老太太，说是搬杆子搬得好，大神都愿意请她当二神。那天，他们点了满屋子煤油灯，把李三老用块红布蒙了，那老太太敲着小铜锣开始搬杆子，唱调好，唱词也一套一套的：

日落西山黑了天，家家户户把门关。喜鹊老鸹奔大树，家雀燕子奔房檐。

行路的君子住旅店，当兵的住营盘。十家上了九家的锁，只有一家门没关。要问为啥门没关，敲锣打鼓请神仙。左手敲起文王鼓，右手拿起五王鞭。

文王鼓，柳木圈。方的方，圆的圆。上面拴上八根弦。四根朝北，四根朝南。四根朝北安天下，四根朝南定江山，中间安上哪吒闹海金刚圈，上面串上八吊钱。

说完鼓再说鞭。这把鞭，男使一尺五，女使一尺三。赶山山就倒，赶海海就干。

想当年此鞭落到二郎手，二郎用它赶过单山。此鞭落到帮兵我的手，我给老仙来站班。一点狐，二点黄，三点蟒，四点长，五点那冤魂死后上了房梁。老仙家你不来，我就搬。搬到来年三月三，搬得王母娘娘懒着赴那蟠桃会，搬得九天仙女下了天。

老仙家那个往前走，一走走到狼崖头道关。头道狼崖有人看，要问头道狼崖谁把守？秦琼净北来站班。秦琼神把头抬，里神放进外神来。净北神把头低，里仙莫把外仙欺。

老仙家那个往前走，一走走到狼崖二道关。二道狼崖有人看。要问二道狼崖谁把守？二郎哪吒来站班。二郎神把头抬，里神放进外神来。哪吒神把头低，里仙莫把外仙欺。

老仙家那个往前走，一走走到狼崖三道关，三道狼崖有人看。要问三道狼崖谁把守？来到灶王老爷他的身边。灶王老爷本姓张，家住上方张家庄。大哥名叫张天师，二哥名叫张玉黄。剩下老三没啥事，宁愿下方当灶王。灶王老爷把头低，里仙莫把外仙欺。灶王奶奶把头抬，里仙放进外神来。

芝麻开花节节高，谷子开花压弯腰。玉米开花一嘟噜毛，高粱地里插黄蒿。老仙家我看你影影绰绰来到了……

82

那搬杆子的唱了一个时辰，把李三老的神请来了，李三老好像屁股坐在了冰块上，全身都是抖的，抖出一身汗，让人看了打冷战，直咬牙帮骨。他说，是王家的老太太在底下缺伴儿了，找德才娘下去唠嗑。还说我祖母生前爱看条牌，还得抓两个人下去凑一桌。前面那句不打紧，后面这句让人发毛，尤其是那些和我祖母一起玩过条牌的，白天夜里不能安生，生怕一不留神被我祖母抓下去凑桌了。那些日子，我祖母坟头的香火很旺，榆村的人，有事没事都去烧几张纸，念叨念叨，有的还去找李三老写符，用红布包了，挂在霍林河边的老神榆上。一时间，老神榆上红衬绿、绿配红，特别抢眼。

宝柱的新媳妇听说德才娘死了，吓得连那块胰子也不敢用，心横了又横，把胰子丢到宝柱家门口的粪坑里了。她跟宝柱说，榆村一到晚上就瘆人巴拉的，她想早点儿回去。宝柱娘生怕这一回去两个人的婚事会竹篮子打水一场空，本来该给那闺女添置的衣服也没添置，嘴上说，你这样急着回去，连去嘎罕诺尔镇给你买些东西的时间都没有了。

那闺女干活麻利，说话也麻利，听宝柱娘那样讲，说没时间去不要紧，把钱给我，我自己攒下留着以后过日子也行。宝柱娘老大不乐意，又抹不开脸，只好掏了钱。宝柱送那闺女回家，正赶上闺女家夯土墙打院套，宝柱留下帮着干一天活，第二天晚上才回来。宝柱娘说，能留你干活，看来这婚事还是保准的。可她这头定心丸吃下了，没过几天，那头却捎来了不好的消息，说是闺女又拉又吐，折腾了几个日子，死了。那头还特意问王三五，说，和你们家宝柱也订婚了，死了该算你们王家的人。宝柱娘哇一声嚎起来，说那我们家宝柱以后还咋娶媳妇了？宝柱不管他娘那套，说进祖坟，这辈子做不成夫妻，下辈子还能在一起。

王三五的女人急了，去找我爹，坐在我家炕上一直哭，我娘也跟着哭，我娘是想起斧头了，边哭边喊我的儿啊！王三五的女人先是想劝劝我娘的，一见我娘哭起来没完没了，劝也劝不住，就把眼泪抹了，拽着我爹到外面说，想进咱们王家的祖坟，这事你给拿个主意。说到底，祖坟可不是想进就进的。我爹自打我祖母和斧头死了，总是打不起精神，觉得屋子是空的，外头是空的，心里也是空的，百事哀泣。他说，家务事，还是自个儿看吧。王三五的女人很生气，说，看你是狗尿苔不济长在金銮殿上，看你是萝卜不大辈大，才来问你一句，要不然，拿你当人，我还嫌耽误事呢。

五三五和他女人拗不过宝柱，回头，祖坟上又添了一座新坟。宝柱在那坟前哭得背过气去，王三五的女人跳着脚骂他是没囊气的东西，说你娘死了你都不能这么哭。

这话还真让王三五的女人说着了，她死的时候，宝柱一滴眼泪也没掉。不是宝柱不孝顺，是看的死人太多了，宝柱都不会哭了。王三五的女人死在我娘的后头。在我娘没死之前，胡二爷总觉得榆村是犯了邪，榆村人说再请李三老跳神，胡二爷说李三老太老了，他的神可能也糊涂了，要不，都跳过一次了，怎么邪还是没有驱走呢？人家都说远来的和尚会念经，胡二爷就亲自出马，去嘎罕诺尔镇请一个势头正旺的新大神。以前从来没见过，但扬在外头的口碑很好，说她是刚出道的，大神在刚出道的头三年里，都是相当灵验的，看病、过阴、掐算风水，弄啥都是一弄一个准。

胡二爷慕名去了。一进那院子，抱着香火排队求神的人站了长长一溜，有年轻的，有年老的，有破衣烂衫的，有衣着体面的，有男的，有女的。胡二爷站在了最后，他很耐心地等着，以为等得越久，心越诚，神越容易被感动。可轮到了他，日头刚好偏西了，那新大神有个规矩，日头一偏西她就要关门养精神了，火燎屁股的事也得等明天再说。

胡二爷走到嘎罕诺尔解放区政府门口，看见一个小酒馆，进去喝酒，要一大碗海龙王的烧锅，想把自己喝醉。在榆村，大伙儿都眼巴眼望看着他呢，好像这死人的事儿，胡二爷把着关，说得算样的。

酒正喝着，小酒馆里又来人了，那人胡二爷认识，叫杜仲存，早些年是个开私塾的，装了一肚子墨水，上到官，下到民，见了都敬慕几分。胡二爷自然也不例外，要说起来，德才小的时候，杜仲存还做过他的老师，只是后来杜先生的私塾在日本人的眼皮子底下实在办不下去了，就关了。杜先生有好些年不在嘎罕诺尔镇了，这突然一见，胡二爷心里一喜，起身上前施礼，尊了声杜先生，问，你还认得我吗？那杜先生是个好记性，愣一下，猛地抓住胡二爷的手臂，回，哟，胡二爷。

两个人坐下去，胡二爷叫小二添了两样小菜，又端来一大碗酒，请杜仲存喝。杜仲存说，在外头漂十几年，一个人时最惦记喝上一碗咱嘎罕诺尔镇的烧锅。胡二爷说，落叶归根，人越老越恋家。

嘎罕诺尔是杜仲存的家。那天，杜仲存告诉胡二爷他这次回来，是要在家办学校了，叫嘎罕诺尔镇第一中学。说德才以前不是教过书吗？让他来我这儿干。新学校成立，正是招贤纳士的时候，现在兵荒马乱，四邻八乡想找个文化人比摘星星都难。胡二爷一听，因为榆村闹死人而生出的肝火当即去了一半，想当初自己供德才念书，盼就盼他出人头地，谁承想教了两天书又回去种地。他干了大半碗烧锅，觉得这趟请大神耽搁下来，也许正是大神有意成全。遂兴头大起，和杜仲存喝得烂醉如泥。

杜仲存往外指了指，说胡二爷，瞧见没有，民主政府了，你手里攥着那些土地该撒撒手了。

说到土地，胡二爷胡子直翘，使劲蹾着酒杯，说，地是我的命，撒手了，我活不成。胡二爷哭了，一边哭一边说，我活这一把年纪，德才他娘死，我也没这样哭。

第二天进展顺利。胡二爷早早去大神家门口站着，人家起来倒尿，他嘣嘣敲门，那大神隔着门板骂祖宗，胡二爷也不生气，笑呵呵把来意说了，又把出马的赏钱从大门下塞进去。听见人家把钱袋子捡起来，用手掂了掂，接着，大门开了。

跳大神的从门里一出来，胡二爷把她请上了马车。马车是杜仲存帮他雇好的，雇马车前，杜仲存拍着胡二爷的肩膀说，老哥，信我的，这大神你别跳，跳也白跳。那不是邪，那是虎烈拉。胡二爷说，啥拉也得跳，榆村的人都等着我想招呢，我能想到的，只有这一招。杜仲存不再劝了，只嘱咐一句，德才要是想教书，早些来找我。

那一次跳神，是我见过的排场最大的一次。不是在谁的家里，是在榆村的土地庙前。

榆村的土地庙在榆村的西北角，在霍林河的岸上，在那棵老神榆的脚边边上。那一天，庙前旺起了香火，一村子的人全都赶到庙前进香。香炉在庙前排出几丈远，上供的烧酒、红布、糕点、馒头、鸡蛋堆了满满一船。那大神走时，是要载走的。

锣声、鼓声、唢呐声，声声成片，光搬杆子的就有四个人。可那大神还是嫌搬杆子的排场不够，非要凑五个。胡二爷想到了李三老。

李三老没露面，胡二爷特意让王三五去请，请一次没请来，又请了第二次，还是没到，胡二爷用拐杖敲着老神榆说，还想让我亲自去请他吗？真的就亲自去了。见李三老正跪在地上对着自己的堂口磕头。磕过，端起酒壶在自己跪的地方淋下去一圈烧酒，划根火柴，扔上去，噌，燃起一个火圈圈，把他罩在里头。他说，所谓好女不嫁二夫，忠臣不事二主。敬人如此，敬神更不可违。胡二爷说，你要我三顾茅庐吗？李三老笑了，嘬了一口酒说，人家三顾茅庐是请，你这三顾茅庐是辱。我一个跳大神的，你要我去搬杆子？胡二爷说，我是为了榆村。李三老说，白瞎榆村人对你的指望，你还不是惦记你在榆村人面前的脸面。

李三老没请动。好在邻村赶过来凑热闹的人群里，有个会唱二神的，很想在人前亮亮嗓子，便补上去了，才算救了场。

那头开唱，胡二爷这头支了桌子，亲手执墨，写了副对联挂在庙门两旁。

上联：在深山修身养性；

下联：出古洞济世扬名。

横批：福德正神。

由长庚贴上去的。胡二爷说，童子无罪，更能感动天地。

可是，天地一定是在长庚去给土地庙贴对联的那一瞬间，喜欢上了他，然后，把长庚带走了。与我，连个商量也没有。

19

　　长庚发病是在我娘走了以后。那天的神，请得实在失败。不是神没来，是神来了，神附在那个跳大神的身上，开了金口说，单枪匹马入人间。孤村独水。一声令，千人冢。

　　榆村人造孽了。

　　榆村罩上了死亡的气息。榆村人说他们要离开。我爹也要走。他想拉上我娘一起走。我娘不干。她说，你让我往哪里去呢？这里飘着我死去孩子的魂。白天，站在霍林河边上，听那河水呜咽，我娘说是斧头在哭。夜里，水声潺潺，她又说是斧头在嬉闹。风掀过芦苇，她说是斧头在里头藏猫猫，要是蹚着河水，顺着风吹过的方向去找，一准能抓到斧头的影子。所以，隔三岔五，她就跳到河里去了，我爹总得守着她，稍不留神，就要从河里把她捞上来。所以，我爹要走，我娘哪也不去，她离不开霍林河。离开这河，她的魂儿也会跟着没的。

　　榆村人都说，我娘的死，不是闹虎烈拉死的。他们说我娘是下到河里淹死的。但是我知道，他们说得不对。因为我娘是个特别爱干净的人，她在我祖母和斧头死了以后就说过，那样的死太埋汰了，活一辈子不能体体面面的，死了，怎么也要干干净净。她跟铁锤说，儿呀，要是我也闹了虎烈拉，如果我自个儿能爬到霍林河边上，我就自个儿爬过去，让霍林河水把我洗个干干净净。

　　我娘确实是死在河里的。我想她一定是闹了肚子，一定是猜想自己快死了，便趁着还有力气，去了河边，把自己洗干净以后，才横在水里，守着一撮芦苇，抓着一捧泥，去了。

榆村的人在不断死去。杜仲存几次捎来口信说让德才去他的新学校报到，可德才的心颓丧着。他说，这日子过了今儿个，没明儿个了，哪还有心思教书？胡二爷用吐沫啐他，说，爷们要有个爷们样，就是刀架在脖子上也得站着死。一个跑肚拉稀，死了几个人你就囊巴了？德才不服气，和他吼，说，你当我是怕死的？当年在公学堂教书，整日对着日本人，我也是顶天立地的。胡二爷说，不就是被人家给辞退了吗？又不是赚了一块金坨坨，还能拿出来显摆一辈子？

辞退？听起来总是屈辱的。德才心有不甘，尤其这样被胡二爷骂，还是骂出一点血性来，他赌着一口气，去了嘎罕诺尔镇，住到嘎罕诺尔镇第一中学的教工宿舍里，像个上学的孩子，只有礼拜天才回来一次。

胡二爷见德才也是个指不上的主，只好把家里的大事小事往德海肩上压。德海那时候十七八岁了，书只读过一两年，笔一拿起来就闹着头疼脚疼的，胡二爷为此没少打他，可德才他娘说，酱缸里的蛆你能抓到秫秆里养吗？他根本不是那里的虫。这样，让他念书的想法只能作罢了，任着他不是捕鸟就是抓鱼的。

好在德海除了不爱念书，在别的事儿上，都是一点就通的。帮着胡二爷打理家事，打理榆村的事，样样周全。只是，他爱听野台子戏，得空爱往村头的梁家跑。梁家的男人叫梁贵友，是个吹唢呐的，悲悲喜喜的调子开口就能吹上来，谁家办喜事他去给吹《抬花轿》，谁家办丧事他去给吹《大悲调》。农闲的时候他跟着野台班子走，从这村到那村，他吹唢呐人家唱戏，闹了一个好快活。那野台班子也没白跟，到了该娶媳妇的年龄，梁贵友娶了一个唱戏的回来，家里头整天热热闹闹的，一年到头，总有唱班子吹拉弹唱，好些人都愿意往他家跑，不光为了听曲儿，还为了看那些花花绿绿的女子。那些女子，男人们跟她们打情骂俏她们也不害臊，张口回男人一句更狠更露骨的，男人的心毛剌剌的，夜里睡觉，会冷不丁笑出来，说着梦话都不忘来一句，操，骚娘们。

德海就是让梁贵友家来的一个戏子勾去魂儿了。那女的姓黄，

89

叫黄月容，个子不高，细眉细眼的，大嗓门，《大西厢》唱得好，
德海总说一听她亮嗓子，就不知道她到底是人间的黄月容，还是
《大西厢》里的崔莺莺，这闹得他神魂颠倒的。榆村这头人死得正
欢，他那头非说要请个野台班子来，给榆村的老老少少唱上一天，
把榆村的丧气赶一赶。胡二爷背地里找到他，说，老话讲婊子无
情，戏子无义，你别想整个戏子进我胡家的门。德海说，我哥娶媳
妇那阵子咋就啥都依顺他了呢？胡家娶女人要讲干干净净，那王玉
娥嫁过人咋算？胡二爷说，你混账！戏子能和王玉娥比？德海说，
你觉得是戏子不能和王玉娥比，我倒觉得是王玉娥不能和戏子比。
胡二爷说，你翅膀硬了，和我绕？德海说，起码黄月容心里只有
我，你去问问王玉娥，她心里头我哥占了几斤几两？你去问问她，
逢年过节的烧纸都是烧给谁的？胡二爷不吭声了，闷着头抽了半袋
烟，磕了烟灰说，我看这起码算有情有义。

　　德海从此不待见我了，左右看不上我，连长庚他也看不上了，
他捕来雀子，长庚追在他后头叫小叔叔，他瞧也不瞧一眼，回头去

梁家，叫上黄月容，俩人儿去霍林河边上生一堆火，把那雀子用铁丝串上，架在火上烤，那香味，裹进清风里飘回来，常常把长庚惹馋了。所以后来，长庚死了，我是没法原谅德海的。因为长庚死的那天，说的最后一句话是，娘，小叔叔又去河边烤雀子了吧？那天，我抱着死去的长庚走向河边的烟火、走向河边的笑声、走向那扑鼻的雀子的香气里，立在德海和黄月容眼前，我说，德海，用你的烈火烤个长庚尝尝吧！

长庚在那烈火里烧成了灰烬，我看着我的长庚变成烟雾在霍林河上打着转转，又朝更远的天上飞去。我在心里说，长庚，到天上去吧，天上没有虎烈拉，天上只有雀子陪你一起飞。

我还说，娘，你在那头，又多了一个陪伴。

20

嘎罕诺尔镇被戒严了，用榆村的话说是里不出外不进了。德才被隔在了霍林河那岸，我在这岸遥遥望着他。我又快生了，总担心生的时候看不到德才。我祖母死了、我娘死了、德才娘也死了，我的身边再没有可以依靠的女人了，我要生孩子的事儿，因为她们的不在，让我有了一丝恐惧。我去找铁锤，我说我从来没有这么害怕过，我说我不是怕死，我是怕孩子落地那一刻我筋疲力竭地听着一个婴孩的哭声。一个生命，在死亡遍布的时候来了，总是让人担心的。铁锤说，姐，去找王三五的女人吧，不管怎么说，她是咱们的亲戚。咱们只剩下这么一门亲戚了。

就去找王三五的女人了。和她说了好些话，像是她老了，更加慈悲，也像是我老了，不再年轻气盛，我们像亲戚那样诉了许多衷肠，我从来没叫过她三五婶子，那天叫了，还哭了。哭得特别投入，像我对着的人是我的母亲。她说，你别哭了，老话不是讲大难不死必有后福吗？你经历得多，也许是个有福的人。我说，福是个啥东西呢？我最亲的人都走了，他们把我的福也带走了。她还是嘴快，说，你不来，我也惦记着这几天去找你，和你说点儿要紧的事儿。我问她啥事？她说，嘎罕诺尔镇封城之前，你三五叔见到司马徽跃了。

我的心咯噔一下子，说是不是司马徽则没有死？她说，司马徽跃只说当年司马徽则被抓走以后，半路上逃了。他也是听别人讲的，问他具体逃到哪里他也说不清，因为再也没见人，连个书信也没有，怕也是凶多吉少的。她叹着气，说，要是没封村封镇的，把

92

这些和你说了，你还可以去嘎罕诺尔镇找找司马徽跃，现在，说了也是白说。我说就算不封镇，我这样一个身子，又咋好去找司马徽跃呢？会被人家说成吃着碗里的还惦着锅里的吧？

那天从王三五家离开，我和三五婶子再也不得见了。我这头生孩子，她那头死了。她和那些所有死去的人一样，都是静悄悄的，说走就走。宝柱要去嘎罕诺尔镇给她买棺材，可是镇上已经进不去了，就算进去也没有棺材卖。宝柱只好用了一口柜子把他娘装进去，葬了。葬宝柱娘那天，宝柱扛着灵幡，一路撒着纸钱，三步一叩头，说，娘，你走在儿子的前头，儿还能给你尽孝，要是儿先走了，谁还能给你收尸？好好走吧，也不用惦记啥了，早一天，晚一天，都会过去陪你的。宝柱没哭，倒是送灵的人，都落下泪来，不为别的，是都觉得过了今天，明天就没指望了。

离死神太近了，能看见死神盯着榆村，眼睛里冒着烫人的光。

德海不信那个邪，照样捡个空钻进梁贵友家，倒在人家炕上，听黄月容唱曲儿，一听听到大半夜。胡二爷三天两头拄着拐杖去梁家找他，把他堵在炕旮旯儿，劈头盖脑一顿砸。胡二爷砸完德海，点着黄月容的鼻子说，你别费心思，进不了我胡家的门。黄月容说，你也别费心思，我死了都得埋在你们胡家的坟地里。不信，咱走着瞧。她是笑着说的，所以胡二爷格外生气，胡子哆嗦着，骂了句做你娘的美梦！胡二爷往外走，黄月容抄起梁贵友的唢呐吹《句句双》，头晃着，身子挺着，拔着，欢天喜地的。胡二爷听了，以往挂在他脸上那些让人一望能生出敬意的光，渐渐颓下去了。

那以后，他的腰身也弯了许多，拐杖更是离不得手。有时候，他会像魁木爷那样搬一张凳子坐在大门口，眼神在虚空里飘浮着，偶尔，一摊鼻涕淌过嘴角，他把袖子提到手心里，攥着，抬起胳膊抹一抹。人家见了，招呼说，胡二爷，晒太阳呢。他说嗯。再没别的话了，像尊门神。

孩子出生了，是个小子，我还叫他长庚。长庚过满月那天半夜，德才从嘎罕诺尔镇偷着跑回来了，进门时，整个人水淋淋的，他说不敢划船，是钻到水里游回来的。他还带回来一个男孩和一个女人，是蒙古人，孩子叫布日固德，黑乎乎、浓眉大眼，有四五岁了。女的叫敖登，二十五六岁的样子，很好看，筋骨结实，只是见了人怯生生的。我看她一眼，她把头埋到布日固德的身后去，跟她的孩子说，快谢人家救了咱们。那孩子木木的，巴巴地望望这个，瞅瞅那个，末了，说一句，我要吃饽饽。

饽饽，是玉米饼子。那样的年月，家里又添了两张要饽饽的嘴，我是不高兴的。胡二爷更是不高兴。可德才说，过霍林河，在芦苇荡里撞见了，总不能见死不救。胡二爷问，救得过来？德才说，杜先生说了，你把土地分下去，就救得过来。胡二爷听了，愣了半晌，回过神来时，骂了句，分你娘个腿？你教书听杜仲存的，我过日子可不要他杜仲存管。

敖登的来历我不清楚，德才也不清楚。她是个能干活的女人，怕我们赶她和布日固德走，总是拼命干活，劈柴、做饭、收拾院子里牛马吃剩的秸秆，把它们拉下的粪便都用土筐拎到粪堆上。我做饭，她抢着烧火，饭好了，她又躲得远远的，非要等我们吃过了她才吃。胡二爷说，那是不行的，你又不是来做活的，说到底还是客呢。几天过去，觉得她很好，再没人提要她离开的事，我在厢房里腾出一块地方，可以睡下两个人，这样，她算是在榆村安顿下来了，有了笑模样。

有时候，干着干着活，会听见她和布日固德唱好来宝，她唱，五大河的八大桥，是哪一个皇帝修的？五千斤的闸门，是哪一个好汉举起？牛大的黑斑虎，是谁用拳头打死？没认出自己的儿子，是谁用箭把他射死？布日固德唱，扎咴咻，真的那样吗？五大河的八大桥，是唐王额真修的。五千斤的闸门，是好汉秦琼举起。牛大的黑斑虎，是武松用拳头打死。薛仁贵用自己的箭，误杀了亲生的儿子。

敖登还会拉胡兀尔，每次，那弦音一起，弯弯绕绕的，在心头颤动，恍似光阴停下来了，再也不会失去什么，或者失去的正悄悄回来。

21

榆村又相继有人死去，魁木爷死在土地庙前的土坑里，被一层层蒿草遮盖着，要不是那天榆村遭遇了一场意外，想找到他的尸体还真要费些功夫。

魁木爷死在白天，确切说是晌午以后，因为王三五说吃晌午饭的时候去叫他，他还冲王三五摆摆手，说，以后，这家里又要省下一口粮了。榆村的人好似都看透生死了，魁木爷说那样的话，王三五也没有悲伤，反倒说，爹，早死合适，早死有棺。魁木爷开了一句玩笑，说，你女人死得早，棺呢？王三五说，她死得急，没抓手，你要是死了，我把门前那棵老榆树锯了，给你做料子。魁木爷说那可使不得。不说老榆里头藏着鬼魅神灵，就单说这个"榆"字，也万万不能做棺。榆，就是愚。俗话说榆木疙瘩不开窍，埋进祖坟，晚生下辈，辈辈不知理。魁木爷说宁用一领席子，也不用榆木棺。

到了夜里，有一队人马沿着霍林河岸，直奔榆村来了，本来死寂寂的村子，突然狗叫成片，听上去，像是阴曹地府的小鬼全都从地下钻出来，要把榆村所有的人抓走。长庚在那狗叫声里不肯睡去，狗叫大声，他哭得更大声，要跟狗比嗓门似的。德才不得不从被窝里爬出来，点了灯，叫上德海，爬到屋顶看个究竟。

黑夜里的声响总是比白天更能镇住人的魂魄。我坐在炕上已经能听到马蹄踏破尘土的声音了，乌泱乌泱，越来越近。屋顶上，德才和德海踩着房顶的步子有些慌乱，一开始是缓的，后来小跑着顺着梯子滑下来，德海喊，都起来，抄家伙！胡二爷说土枪在西厢房，接着，一阵噼里啪啦开门关门声。

敖登抱着布日固德闯进来，说，胡子来啦！她把头扎进我的被子里，全身筛糠样地抖。布日固德倒是不在乎，油灯下，他抬头看着我，笑滋滋说，胡子来啦。

大门里和大门外开始交火了。子弹从窗子打进来，我和敖登抱着孩子趴到炕沿根儿底下，哭也不敢哭，叫也不敢叫，只有长庚天不怕地不怕，扯着嗓子号啕，布日固德说，他哭得真让人心烦。

大门里的人终于没抵挡住大门外的攻势，那胡子的队伍里有一个特别矮的人，像四五岁的布日固德那么高，从狗洞爬了进来，把大门闩打开了，胡子一涌冲进来，嚷嚷着把所有的明子都点着，要亮亮堂堂的，那个矮人说，到贵地喊金子，不抢花票不抱童子，众儿郎填瓢子解解饥渴，借点高鞭子就走。那意思是说，他们要钱要粮，不抢女人也不绑孩子，吃顿饭，拿了钱走人。

灯火一明，柴火堆里一只正在抱窝的老母鸡探头探脑咯哒哒叫个不停，那匪子里突然有人兴奋起来，跨过去，瞧了瞧鸡轱辘里的鸡蛋，说有碴子吃。他顺手把那鸡拎起来，鸡脖子一拧，鸡头一丢，嘴对着，咕咚咕咚吞鸡血。布日固德一直没哭，这回哇的一声哭开了，那人呲着沾了鸡血的大嘴，对布日固德笑，说，小孩，别哭，一会儿有鸡肉吃。他那血盆大口，让布日固德哭得更欢了。敖登把他拖进伙房里，安抚了半天，总算消停下去。我们开始做饭，各个门口都被两个胡子把守着，整个榆村从先前的枪炮声中消沉下来，胡家大院在那样的肃静里，只能听到刚刚吸了鸡血的那个人在大声说笑，像是讲了什么荤段子。

鸡炖好，已经后半夜了，是德才端上去的，德才说，女人在伙房里都不准出去。炖鸡的时候我加了粉条，因为那粉条，德才挨了一个耳刮子，那个匪头子嚷嚷着，谁他妈放的？我怕他们崩了德才，从伙房里跑过去，说，我放的。

我往那一站，看了那匪头子一眼，竟是占山佑。那匪头子也认出了我，说，妈的，是你？他上前一步，说，你他妈给老子使绊子。我说，只知道好吃，不知道你们的讲究。他说要不是下山前占了一卦说今天忌讳女人，老子非崩了你。饭也没吃，锅碗瓢盆砸了一地，占山佑手一挥，一队人搬着粮食、衣物、钱财，扬长而去。

后来才知道，胡子是忌讳炖鸡放粉条子的——绊腿了。那天，这绊腿一说，还真的应验了。他们照着地上躺着那颗鸡头指向的方向走，走了十几里，遇到了另一伙胡子，胡子对胡子，占山佑被打死了。再后来，还听说，占山佑的胡子窝里闹虎烈拉，连窝端了。

那晚，听到枪声，人们纷纷往霍林河里跑。耿江湖跑到土地庙前，朝那蒿草里一钻，摸到一个冰凉的尸体，他不敢动，守着那尸体。到天亮一看，是魁木爷。

耿江湖撒腿回村子，说，魁木爷死了，魁木爷死了。到了家门口，一个跟头栽下去，再也起不来。他其实也是得了虎烈拉死的，可他老婆逢人便说是魁木爷给吓死的，尤其是见了王三五，鼻涕一把泪一把地说，我们家那跑江湖的没了，以后这日子可咋过？自己的爹把人家给吓死了，王三五总觉得欠了耿江湖老婆的，下雨的时候，耿江湖家的房子漏了，王三五去给抹泥。刮风的时候，耿江湖家的窗子破了，王三五去给修窗。犁地的时候，耿江湖家的牛病了，王三五去给拉犁。后来，耿江湖家的老母猪要配种，要赶去邻村找公猪，王三五说啥也不干了，和耿江湖的老婆吵了起来，说今天你们家的猪配种，我应了，明天人也发情了，我还给你配人不成？把耿江湖的老婆气着了，买了三大捆烧纸，每天，日头往霍林河里一坠，她就抱着烧纸去王三五家门口烧，拍手打掌地哭着说，我那可怜的亡夫哎，你要是有神有灵，就让吓死你的人断子绝孙。

22

天上下雨，打雷的时候，雷公想要劈死人间作恶的人，看走了眼，会把好人给劈死了。像耿江湖老婆的咒语，骂的是王三五，死的是铁锤。铁锤死的那天，我的天塌了。我爹原本挺拔的腰杆，过了一夜再看，佝偻了，老了十几岁一样。他常常坐在房檐根儿底下，望着屋后的河水，一袋烟一袋烟地抽，偶尔撸下袖子，擦一下眼角，叹长长一口气。他本来就是个不怎么爱说话的人，那以后，更是没话可说了。只是，有一次见了长庚，突然笑了笑，说，铁锤要是也活到结婚就好了。

那话恰巧被敖登听去了，敖登特别伤心。我知道，铁锤的死，除了我和我爹难过，还有一个人更难过，就是敖登。从敖登和铁锤第一次见到的那天开始，我就知道这两个人的眼神，撞出火花来了。村子里冷不丁多了一个蒙古姑娘，即便在死神的俯视下，人们的心里还是流露出了几分好奇，尤其是铁锤和宝柱。没事的时候，就往我那里跑，让敖登给他们拉胡兀子听，还让敖登教他们唱：这美丽的科尔沁大草原，饥饿的羊羔在这里生息繁衍，耄耋老人守着霍林河畔，颐养天年……那样的词调，在生死面前，显得过于宏浑，他们总是唱着唱着突然一声不响，彼此看上一眼，目光又突然跳开，神色慌张，面容潮红。宝柱说他一天看不到敖登心里就像缺了啥似的，铁锤从来没说过那样的话，只说，敖登告诉他，敖登，是天上的星星。

敖登迷了宝柱，迷了铁锤，也迷了德海。自从听了敖登的胡兀子，听了敖登的好来宝，听了敖登的歌声，德海有一段日子不去梁

98

贵友家了。梁贵友有几次到胡家大门口转悠，见他出来了会问，咋好久不见你的影子了呢？德海说，老爷子管得紧，脱不开身。梁贵友笑，说德海你扯不扯？只要胡二爷不绑你，多紧能管住你？他说，是不是看上那个蒙古丫头了？德海说，看上谈不上，看着新鲜倒是真的。梁贵友说，你要是看上蒙古丫头了，就当面跟黄月容说清楚，省得那闺女一天到晚唱悲调。德海说，说清个二踢脚啊？我这也没咋着啊。梁贵友拿他没办法，回去也不知道和黄月容说了什么，黄月容往后天天都要哭一场，一哭就唱：黄月容我独坐绣楼眼泪汪汪啊……

梁贵友那个唱戏的老婆实在听不下去了，备一桌酒菜请德海喝酒，德海去了，原本是四个人喝，喝到大半夜，梁贵友和他老婆走了，屋子里只留下了黄月容和德海两个，他们继续喝，把那样的黑夜喝得像科尔沁大草原一样漫无边际，他们在那辽阔里打滚、奔跑、追赶、欢跳、嬉闹。黄月容搂着德海的脖颈说，这天灾人祸的，说不定哪天就撒手去了，可我们呢，还没尝过欢爱的滋味。

德海就跟她欢爱了。没多久，黄月容怀上了孩子。

黄月容摸着肚子来找德海那天，撞见敖登教铁锤拉胡兀子。敖登的手握在铁锤的手上，那弦子发出嘣嘣楞楞的声响，让人听了也嘣嘣楞楞的，黄月容顺着那嘣嘣楞楞的声音把厢房欠开一道缝儿，那弦在两个人的手里一紧，嘣一声断了。敖登抬头瞪着黄月容，黄月容一乐，说，该换弦了。

说完，黄月容站在院子里喊，胡二爷，我黄月容怀了你胡家的种，你给我出来。声音尖利，吓得鸡飞狗跳，胡二爷满脸挂不住，抖着胡子，说，真是个不知羞臊的。

胡二爷出去了，站在黄月容眼前，拿烟袋锅子指着她，说，生下来，抱给我，我胡家养得起。黄月容跳脚，说，你个老难缠，不让德海娶我，我就住下不走了。说不走，还真住下了，自己动手，把一间闲置的厢房收拾出来，和德海在里头有说有笑。

胡二爷一点法子也没有，一趟一趟去德海娘的坟头，哭了好几场。打那以后，院子里热闹了，一侧，敖登拉胡兀子，悲悲怆怆。

一侧，黄月容唱曲子，喜笑欢颜。

铁锤死的前几天，胡二爷和我爹曾坐在一起商量，说让德才和铁锤带着我和长庚离开榆村，因为这虎烈拉，看上去一点也没有收敛的意思，反而一天比一天猛烈下去。榆村的人眼见着少了，多起来的是到处流浪的狗，它们的主人死了，它们饿得难忍，满山遍坡地跑，跑到那些新坟跟前，遇到没有棺的，把坟土扒开，从里头拽出腐烂的尸体，吃得全身粘满污血，臭烘烘冲着天狂吠，像是对天有天大的不满。尤其是夜里，那些幽蓝的眼睛一闪一闪地望着榆村。我不知道是不是我的记忆出了毛病，现在想起来，觉得它们的身形有耕牛那么大。那样的庞然大物，让整个村子的人都感觉自己早晚会像坟坑里的死尸一样，被野狗扯成一块一块的，下辈子再想投胎，也不能是个囫囵人了。

铁锤问，可以带走敖登吗？胡二爷说，带上敖登，就得带上布日固德，逃难的路上，拖娘带崽是大忌。让你们走，是要保我长庚，保我胡家血脉。铁锤说，敖登不走，我不走。我爹扇了他一个耳光，铁锤急了，说，不走，就不走。

敖登知道了，抱着铁锤哭，她劝铁锤走，说自己命大，等灾难过去了，铁锤回来，她一准还在。铁锤说不，说敖登不在身边，逃到哪里都和死了一样。那天夜里，宝柱和王三五走了，他们走后，德海和黄月容也走了。年轻的，有点力气的都想往外逃，可逃得多了，榆村就被封得更严实，等到铁锤想带着敖登一起走那个黑夜，张保全已经带着人，把榆村围得连只麻雀也飞不出去。榆村的人像被困在了一口枯井里，要生、要死，都得听天由命了。

铁锤死在一间废弃的土房子里，那是他和敖登经常偷偷约会的地方，他们常常在那里见面，到了他要死的时候，那破旧的土房子前，仍然传来敖登的胡兀子声，我想，一定是铁锤跟敖登说，再给我拉一段胡兀子吧。他一定是听着悠扬的胡兀子死去的，一定没有一点痛苦。

23

　　下到榆村来做防疫的，一开始全都由张保全领着，给村民做检查，给村里的每户人家消毒，让大家把灶膛里扒出来的草灰倒进厕所里灭菌。榆村的人照做了，可人还是一个一个死。尤其是铁锤死后，张保全再也不进榆村，他觉得那么年轻力壮的人都死，说不定什么时候，会轮到他自己头上。他拉着村里几个和他对脾气的，在村外搭了窝棚，日日夜夜封锁着榆村，让榆村成了孤村。

　　如果说榆村那些死去的人是死鬼，那么，还活着的人，就是活鬼，像幽灵一样被关在了一个盒子里，与外界没有一点儿瓜葛。张保全说，榆村的人一定是上辈子做了太多的孽，天要收了榆村了。

　　嘎罕诺尔镇也开始有人死去。嘎罕诺尔镇的人说，是榆村的死牵连到了他们，他们不饶，选了几十个身强体健的男人，在一个没有月亮的深夜，从霍林河那岸游过来，和村外的张保全聚头，把火种扔到榆村的房顶、柴垛、坟地。那些死了主人、到处流浪的野狗，在坟场里掏野尸充饥，火飞过来时，还没来得及闪开，就溅到它们身上烧开来，疼得它们一路狂叫，火球一样乱串。熟睡的人们，有的醒来，大声哭喊。有的还说着梦话，就被塌下去的房梁埋在里头。

　　我那次没死，多亏了敖登。

　　敖登说过，白天用来干活，夜晚用来想念铁锤。所以不管多黑多长的夜，敖登都睁着大眼睛看着天空。晴天，数星星，阴天，在心里唱歌。她说数星星的时候，铁锤也帮着她数，唱歌的时候，铁锤也学着她唱。她说那些时，我想告诉她，我也一直这样想念着一

102

个人，希望他有一天突然出现，把他的脸再贴到我的脸上。但我没有说，我觉得司马徽则这四个字不该沾染上死亡的气息，尽管，他们都说他死了，尽管，我总是给他烧纸，但他在我心里，活得比谁都旺。

那夜，是个阴天，我看见敖登坐在院子里，想她一定是在心里唱歌，就和她一起守着夜，她教我轻轻唱：

> 我思念阿哥拉起的琴弦
> 我留恋赛马场上的画卷
> 阿哥像雄鹰翱翔在蓝天
> 我牵挂毡房前那双眼睛
> 像格桑花一样开得娇艳

那样唱着唱着，泪水淌下来了；那样唱着唱着，野狗叫起来了；那样唱着唱着，一个火球窜进来了；那样唱着唱着，火光冲到天上来了。

敖登冲进厢房去抱布日固德。我跑进屋子去抱长庚，叫醒了德才，德才去叫胡二爷。胡二爷跑出院子一看，身子一软，瘫在地上。

眼前的榆村，大火连成一片，从南到北，从东到西，通明着，榆村从来没有在夜晚那么亮堂过，过年的时候也没有。胡二爷一声长叹，说，救不住了！救不住了！

我想去叫醒我的爹，我宁愿他在虎烈拉中死去，也不愿意他困在大火中叫我的名字。我抱着长庚，在大火通明的黑夜里一路奔跑，一路叫着爹。他是我最后的亲人了，不能再离开我，如果他在这场大火里死去，我不知道我该怎样在这世上活下去。一个没了娘，再没了爹的人，不管多大年纪，也是孤儿。我不想做一个孤儿。

火焰包围着我爹的宅子，浓烟从他的屋顶冒出来，我放下长庚，朝那火里扑去，却被一只大手死死钳住，回头去看，是德才。他对着我摇头，他说进不去了。我推开他，说那是我爹！他说，你爹也不想你去送死！我骂他就是混账，他说是啥都随你，可你不能去送死。我听见我爹在大火里嘶喊，而我站在那烈焰之外，看着烧落的房脊扑通一声砸下去，把我爹和他的嘶喊声重重埋在里头。

他的嘶喊变成烟雾，在我耳边飘来荡去，几十年都不肯散掉。

我在我爹的喊声里昏死过去。在我昏死的时候，德才带我离开了榆村，去了嘎罕诺尔镇，投奔他的亲戚。但是到了那里才知道，他亲戚一家都闹虎烈拉死去了。德才又去找杜仲存，杜仲存先是吓一跳，接着惊讶地说，没想到你还活着。

杜仲存是仗义的，他安置了我们。

那是我离开嘎罕诺尔镇多年以后，第一次去了那里，不愿想起和不愿忘记的，瘟疫、大火、恐慌、思念又都混杂在一起，我觉得自己像一团麻，被撕成千丝万缕，又把千丝万缕攥在一起，扯不开，搡不断的。

那次，胡二爷没走。胡二爷说榆村是他的，他也是榆村的。活要活在这里，死也要死在这里。还说，你们好好活着，如果我死了，你们还可以再建一个榆村。

104

敖登也留在榆村了，她说她本来就是个没地方可去的人，如果能死在榆村也算是有了葬身的地方。她那话被她说中了，那场大火之后，敖登是榆村最后一个闹虎烈拉死去的人。她的葬礼是胡二爷领着布日固德一手操办的，没有给她诵经文，没有给她备"玛尼树"，只是用白布把她裹了，从窗子抬出去，抬到霍林河边上，涂上火油，让她在大火中成了灰烬。布日固德跪在一旁跟胡二爷说，爷爷，我额吉说布日固德是草原上的雄鹰。

胡二爷没有说话，看着那火光落下去，手摸着布日固德的后脑勺，说，孩子，起来吧，把你母亲的尸骨捡起来，扔到霍林河里去，霍林河的水，是从科尔沁草原上流过来的，会流到大海里去。

21

一切都是有尽头的。瘟疫也一样，闹过了，像没事儿人一样，又溜走了。冬天来的时候，榆村在大雪里归于平静，嘎罕诺尔镇也归于平静。一九四七年春天，杜仲存开办的学校又开始有了生气，德才又去教书，我带着长庚从他的学校门口走过，看见操场上那些欢蹦乱跳的孩子，想着春天真的来了，我们该回到榆村去了，胡二爷几次捎来口信，说土地松软了，我们该重建房屋了。

从嘎罕诺尔镇走的前一天，我打算去善医堂看看，听说那里又开了起来，名字还是老字号，但是主人却和司马家没有瓜葛了，我只是想看看那几个字，看了，就像见到司马徽则的脸一样，会让我的心发烫。

那天，我遇到了珠婉嫂子。是心里想着要见到司马家的人就好了，结果一转身就遇到了。在善医堂门脸子前面不远的地方，珠婉嫂子挎着柳编篮子，里面装了一棵白菜从路边走过。我喊珠婉嫂子，她停下来望我，打个愣神，朝我凑了凑，叫一声，玉娥？一脸诧异，又看了看长庚，问，你的孩子？都这么大了？她应该是有话对我说的，可看了长庚，却只感叹一句，可真是岁月不饶人，好像是眨眼功夫一样。我说，有司马徽则的消息吗？她说有了。我问她是活着还是死了。她说一直活着，还活得好好的。我让她细细讲，珠婉嫂子把菜篮子放在路边，拉我坐在墙根底下，说，跟长川叔在一起。

他命大，被日本人抓走以后逃了，去找长川叔了。以前日子不好过，他也不敢捎回口信来，现在，他才敢让长川叔告诉家里。我问她长川叔在哪儿？她说走了。上次和林海学一起来扩军演讲，他还上街发宣传单了呢。我听了，脑袋陡然嗡地一下子。我想，德才对我撒谎了。他那次一定是见到司马长川的，可他从未提起过。珠婉嫂子又说，你瞧，老镇公所门口竖起的解放区的牌子，是埋进土里竖起来的，竖得多牢。长川叔他们还会再回来的。

那天，珠婉嫂子还告诉我很多，说司马徽则还不知道我嫁给德才的事，让我好好等他。我说该告诉他，骗他我不忍心。珠婉嫂子说那是长川叔的意思。不告诉也好，他在打仗，枪林弹雨的，总得有个盼头。我告别珠婉嫂子的时候，和她说，下次不管是司马长川回来还是司马徽则回来，都要告诉我。一定要告诉我。珠婉嫂子哭着走了，边走边嘟囔着，这是造了啥孽啊？

我要回到榆村去。带着长庚去坐船，划船的人不在，我把长庚放在船上，把那船解了，也坐上去，让那船顺着水漂啊漂啊，一直漂到芦苇荡里。河水拍打在船上，船轻轻地摆着，太阳也跟着一摇一晃的，模糊起来。长庚在那摇晃里笑出了声，我的泪水跟着他的笑声，一起漾在水波上，一跳一跳的，从西往东奔流着。我说，长庚，一切都像上天安排的那样，再也回不去了。长庚被我扭曲的声音吓到，笑着的眉眼拧成一个结，大声哭起来。芦苇荡里，腾地飞起几只水鸟，在天空打着旋儿，啊哦，啊哦地叫着。我想在脑子里翻出一些关于司马徽则的记忆，好的也好、坏的也好，想起来，就能感觉到他的温度，嗅得到他的气息，看得见他坐在红马上，听得见那马蹄踏冰的声音。他在水上漂过，又在那波光里倒映成影子的模样。

榆村到处是黑黢黢的土框框，上面还粘着鬼魅，偶尔，走过一片房场，会从废墟里探出几颗圆溜溜的眼睛，躲躲闪闪的，生怕一望就望见了死神，会不由分说带走他们。

胡二爷已经把盖房的檩木都准备好了。这回，他说老房子要换换地儿，盖在离霍林河再近一些的地方，省得再烧起来，远水救不了近火。动土的日子是李三老择的，盖房那天，榆村还活着的人全都去了，王三五和宝柱也去了。虎烈拉一过，他们就回来了，和榆村的人一起，开始新的生活。

德海和黄月容也回来了，他们是在房子盖好的时候回来的。盖房的时候，胡二爷说，房子要多盖一间，他们早晚会回来的。

那次，再建榆村，我们用了半年的时间，张家的盖好了，去忙李家的，李家的弄完了，又去帮王家的。像一群蚂蚁，搬的搬，扛的扛。男人垒房框，上房梁，女人打苇帘子，做伙食。都拼命地干活，拼命地想过个消停日子。

德才那段日子教完课就跑回来，把盖好的新房子里里外外抹得光溜溜的，看上去像从泥土里长出来的，无拘无束，又板板整整。他把房子打扮得那样好，对我说，这样的房子，住起来，才配得上你。我听了，没有应他，他的话，自打那次见了珠婉嫂子以后，我就很少应了。房子弄好，德才给自己烫了一壶酒，盘着腿坐在炕上喝，喝到一半，脸变得又紫又黑，拉着我的胳膊说，为啥？我说啥为啥？他说你心里知道。我说，你心里不知道吗？亏心事你到底做了多少？他说我亏心个屁？眉眼竖起来，从来没有那样厉色过，我的胸口冒出一股寒凉，本想一五一十问他的话，全都憋了回去，只是在心里想，他早就做好了瞒我一辈子的准备，我问得再多，也不会有结果。

就不再和德才那么较劲了，只等着司马徽则有一天回到嘎罕诺尔镇，我去见他，让他知道，我是他不必再等的人就好了。

那天，德才连夜去了嘎罕诺尔镇，到学校时，已是半夜，杜仲存蹲在学校大门口的一棵树下抽烟，见了德才，把烟掐了，说，你爹的地，劝通了没有。德才说，劝过，没劝通？杜仲存说，区干部让我组织学生工作队，到农村参加清算斗争。德才冒了一脑门子汗，问，咋个清算法？杜仲存重又点了一根烟说，砍大树，挖浮财。再也不能黑爪子挣钱，白爪子花。这回，要的是物归原主，土地还家。德才说，浮财我们家是没有了，让土匪抢过，让大火烧过，有的也就是土地。杜仲存说，土地就够了，年初的时候柳屯斗争觉悟不高，对地主张大哈哈搞了假斗争，只分了浮财，大树没砍倒，还煮了夹生饭，农会的领导权没有真正掌握在贫苦农民的手中不说，还搞得那张大哈哈怀恨在心，勾结一伙土匪，把村长和农会干部都给打死了。德才说，这个我知道。杜仲存说，知道就好，虎烈拉闹完了，瘟疫斗完了，得和地主斗了。

德才听完，慢慢蹲下去，说，给我一根烟！

　　杜仲存组织的学生工作队还没有进到榆村，胡二爷恍似就预感到了什么，那天德才走了以后，他在夜里睡着睡着突然爬起来，站在窗外叫我，说，玉娥，起来跟爹说说话。我披了衣服到院子里，见他抽着烟袋，堆缩在窗子底下，我问，爹，咋了？胡二爷说，做了一个梦，吓了一身冷汗，睡不着了。我问他梦见了啥？他说都是小时候的事儿。

　　胡二爷小时候的事儿我是不了解的，听了有些好奇，便让他讲下去。他就讲了。说他们胡家在他小时候有几十个长工，种地的种地，磨豆腐的磨豆腐，放马的放马，各管一摊，各尽其职。那个放马的叫刘二，老婆死了，自己带个儿子过。那儿子长到八九岁时，刘二央求胡二爷的父亲让孩子在胡家干点啥，挣口饭吃。那孩子长得瘦小，胡二爷的父亲觉得也干不了啥，就说，饭该吃就吃，干活就算了。

　　那孩子灵巧，吃了饭总是不闲着，要么扫院子，要么割猪草，谁喊他一嗓子让他去跑个腿，他准是一溜烟去，又一溜烟回，忙忙乎乎的，胡家里里外外总能撞见他的影子。胡二爷和他年龄不相上下，有时候胡二爷背书，把他叫过去，让他坐在那里，胡二爷念诗词给他听，他坐着坐着便屁股疼，看见猪拉了屎，或者鸡刨了食，他拎着粪叉子跑过去，赶紧拾掇。胡二爷说他是朽木不可雕也！他嘿嘿笑，说，念那玩意儿，叽里咕噜的，怪受罪。

　　后来那孩子不在胡二爷家待了。去了胡二爷的九叔家。他那九叔，我是听我祖母讲过的，娶了两房老婆，大老婆比他大五岁。俗话说，女大五赛其母，胡九叔自然满心不舒坦，碰巧那大老婆肚子不争气，给他生了三个孩子，都没一个续香火的，他借口要儿子，又纳一房小。小老婆比他小十六七岁，给他生了两个儿子，两个儿子都过继给了大老婆，管小老婆叫婶子。

胡二爷的九叔是抽大烟抽死的，他大老婆也是。那时候胡二爷的父亲担心家产被老九败光，把他赶出去分家另过，胡九叔分出去，胡二爷的父亲为了不亏待他，给了他土地，还给了他一群马。胡二爷的九叔挺满意的，只提了一个要求，说，马群给了，马倌儿也得给。刘二起先不愿意去，后来胡二爷的九叔说，到我这来每个月多加一升米。虎子喂猪，刨去吃喝，每个月三升米。

虎子就是刘二的儿子。刘二当初掂量了一下九叔的家当，确实是殷实的，就动心了。可大烟那东西，缠磨着胡九叔，他的日子，没几年就落没了，地没了，马没了，当初给刘二多加的那一升米也没了。胡九叔的大老婆嫌虎子能吃，每顿饭都给他定量，那孩子饿得不行，去猪槽子边捡苞米粒吃。胡九叔的大老婆看见，操着镐头砸上去，只一下，就把那孩子砸死了。

出了人命，那大老婆没主意了，那小老婆倒是镇定，见大门口堆着一垛小山样的高粱穗子，那穗子上完场，打完粒，虎子平日里烧炕，用二齿子往下捯，好好的一个大垛，硬生生捯出一个洞来。她就把虎子往洞里一塞，爬上去几脚把垛尖儿踹塌，塌下来的高粱挠子砸进洞里，把虎子埋在了里头。他们逢人便说虎子是让高粱垛砸死的。可胡二爷说他梦见了虎子，一直冲着他笑。不是好笑，是要看他笑话的那种笑。胡二爷叹着气，说，一个带着冤屈的人冲你笑，能有啥好事啊？何况，梦都是反的。

那晚河里的蛙声特别响亮，比着赛似的，这边落下，那边响起。胡二爷听着，把一袋烟又装上，说，老话讲，家趁万贯，带毛的不算。所以当初我九叔分出去过，我爹宁愿给他一群马，也要守着攒下的地。现在看，这地也不算咱的了。我明白他的意思，是想把土地分出去了。自己主动分出去，还会落个思想觉悟高。他抖着胳膊擦了擦鼻子，该是哭了。随即站起身，说，你跟爹来拿点儿东西。

　　我跟他去了他的屋子，他点了油灯，让我坐，自己从炕角的一个箱子里拿出一个木匣子，打开，看了许久，说，咱家的地契，都在这。你拿着。我有点惶恐，摆手说这个我不能拿。他说，拿着吧，还有这个呢。他把手伸进怀里，拽出一块白布，压在木匣子上头，说，哪块地分给谁，我都写得清清楚楚。明早，你把这事办了。我说，非这样不可吗？他说，非这样不可。我们都沉默下去，我把他交给我的东西抱在怀里，看着他在一跳一跳的灯光里摇晃，但是，硬是站直了，不肯倒下，说，回去睡吧。我也再睡一会儿。

　　我从胡二爷的房里出去，他把灯灭了，传出号啕声，那样一个老头，钢浇铁铸样的，一旦哭起来，把蛙鸣也镇住了。

　　次日，天一亮，我抱着长庚照他白布黑字上交代的，把那些土地分出去了。回去的路上，碰见王三五去嘎罕诺尔镇召开贫雇农代表大会。和他一起去的还有耿江湖的大儿子耿财，耿财嘟囔着说他不想去，一见到当官的腿就抽筋。王三五提溜着他，说现在的官和过去的官可不一样，现在的官是咱农民自己的官，要不咋会给咱分田地呢。

那天王三五和耿财到了傍晚才回来。那会儿，德海正在河边抓泥鳅，耿财撞见了他，老远就喊，三五叔当上贫雇农团团长了。王三五嘿嘿笑，德海木木地看着他们，自打房子盖好，他和黄月容回来后，德海总是木木的，黄月容生了病，整个人蜡黄蜡黄的，李三老说那是肝病，生吞泥鳅管用，德海就天天抓泥鳅。黄月容每次见了我都说，嫂子，那泥鳅进了肚子里，还扑棱棱直蹦呢。

26

　　贫雇农团团长的职责是啥？榆村的人不懂，王三五让耿财敲着梁贵友家唱戏时用的小铜锣，从村头到村尾喊了一遍，让大伙儿到老神榆底下开会。开会是件新奇的事儿，榆村的人想听听王三五能把会开出个啥名堂来，毕竟，以前召集开会，都是开胡二爷的会。所以，王三五往前头一站，榆村的人起哄，笑着、叫着，说，三五，张得开嘴吗？你还贫雇农团团长，自己封的吧？

　　王三五不管那套，整了整衣襟说自己是真正劳苦功高的贫雇农出身，谁说风凉话就是和地主穿一条裤子。下面没人敢说话了，虽然，榆村斗争地主的大会因为闹虎烈拉，没有像别的村那样开展起来，但地主这头衔有些晦气了，大伙儿还是听得出来。阶级界限还是拉开了，和地主穿一条裤子，这样的罪名谁也担不起。

　　那天开会我没有去，因为就在那天我生了一对双胞胎，她们又瘦又小，像是一副活不成的样子。德才抱去给胡二爷看，胡二爷靠在炕上，瞄了一眼说，宁做太平犬，不做乱世人，这两丫头，命贱。德才说，爹，你给起个名字吧。胡二爷摆摆手说，丫头片子，我不起。德才把那两个孩子抱回来，说，命贱又怎样？丫头片子又怎样？乱世也要活出芬芳来，我一下子来了两个闺女，她们还可以做伴呢。德才给她们起了名字，大的叫芝芬，小的叫芝芳。

　　傍晚，王三五来找德才，说是要见胡二爷，想当面问问他为啥不去开大会？是不是在闹阶级情绪？德才说，不是闹情绪，是病了。说话间，王三五闯到胡二爷屋子里去了，掀开胡二爷的被子，问，是真的，还是装的？胡二爷从炕上爬起来，盯着王三五看，王

114

三五气焰在那样的眼神里有点蔫萎了，声音也缓和了些，说，说到底，咱俩还是亲家，要开诉苦大会，我总得体现出大义灭亲的境界来。胡二爷说，地我给大伙儿分了，浮财我没有。王三五说，有没有，你自个儿说不中，坐你们家炕头上说不中。胡二爷说，那咋说才中？王三五说，到诉苦大会上去说。说到诉苦大会，王三五的腰杆子又挺了挺，他想起他是贫雇农团团长来了。

胡二爷到底被王三五拖到诉苦大会的前台上去了，王三五让大伙儿有冤的诉冤，有苦的诉苦。下面的人没动静，王三五说，到了分清敌我的时候了，别做尿包，眼瞅着敌人在眼前，还都一杠子压不出个屁来。为了提醒大伙儿谁是敌，谁是我，他给榆村的人全都做个标记。他让耿财给大伙儿发布条。说贫雇农戴红布条，中农戴粉布条，富农戴黄布条，地主戴白布条。耿江湖的老婆自打耿江湖死了，掐半拉眼珠子，看不上王三五，可看着耿财胳膊上戴着红布条跟在贫雇农团团长的屁股后忙前忙后的时候，又露出几分喜色来，她觉得耿财有出息。

耿财发完布条，王三五让大伙儿自己往胳膊上系，胡二爷系了白布条，德才系了白布条，德海系了白布条，黄月容也跟着系了，德海和黄月容的孩子叫长东，系上了白布条，长庚，系上了白布条。芝芬和芝芳不能到场，他们就把白布条发给我了。我让黄月容给我系上，黄月容噎着嗓子说，早知道嫁给德海得系白布条，就不嫁给他了。我说现在说那些有啥用？你长东都那么大了。长东站在她脚边，仰着脸往上看，说，妈，你哭啥啊？戴个布条也不沉。

黄月容给我系上了白布条，王三五站在台上趸摸一圈，走下来，到我面前，盯着我的胳膊看了又看，说，有点儿不对劲。我问他啥不对劲？他说，大侄女，你参要是还活着，你们家起码是个富农，富农该戴黄布条。我把头扭向一旁，我说，三五叔，我现在嫁了德才，我是胡家的人。他说，就是呢。你这就复杂了。戴黄的也不对，戴白的也不对。耿财机灵，说那就戴个两道杠吧。跑过来又递上一个黄布条，王三五接过去，说，叔亲自给你系上。我看着他，眼泪淌下来。我说，三五叔，在榆村，我的长亲只有你了。他的手抖了一下，把白布条的活结一下子打死了。

第一个跳上前台诉苦的是刘二，说当初要不是胡家分家，胡二爷的父亲把他分给了胡九叔，他的虎子就不会死。这一说开，榆村的人都嘀咕起来了，一开始是小声的，后来竟有些把持不住，有的人哭了，多多少少都受过胡家的气。胡二爷被耿财踹了一脚，跪在地上，地上的石头子钻进他的膝盖里，血洇泥土里，开出一朵花来。

耿江湖的女人也站出来，说，我们家虽然和胡家没有瓜葛，但受过富农的气，王玉娥她奶奶活着的时候，隔三岔五就去找我们家耿江湖要膏药，拿了就走，从来不给钱。沿流水勾起了老冰排，宝柱说，爹，我也要诉苦！王三五说，你有啥苦？宝柱说，小的时候，逢年过节，王玉娥领着铁锤拿着糕点去看我爷爷，临走，总是换走咱们家两个猪蹄，回家给她奶奶吃。榆村的人都笑了，不是笑宝柱，是笑我祖母占了人家两个猪蹄的便宜。李三老说，那算啥，你们不是也吃人家的糕点吗？王三五觉得挂不住脸了，说拿膏药、吃猪蹄都是小便宜，他要听大便宜，让榆村的人大胆地说，王家也好，胡家也好，谁占了贫苦大众的大便宜？

下面又鸦雀无声了，王三五急得跳到桌子上，说，都说一笔写不出两个王字，可我这个王就要和王玉娥的王写出个不一样来。他从口袋里掏出个早已写好的王字，那王字上面的一横短，中间一横稍长，底下那横最长。他说，这是我王三五的王，劳动人民的王，上顶天，下立地，根正苗红。又把王字倒过来，说，这是王玉娥的王，想一手遮天的王，可惜自己的脚跟太小，根本抓不住地，必然倒在劳动人民的脚底下。老神树底下的人突然拍起了巴掌，他们说，王三五说得好啊！

后来，我写了十几年那样的王字，上面一横最长，中间一横稍短，底下那横最短。

　　那样的场面，光一个王字是掀不起热闹来的。榆村的人越来越热衷那场热闹，他们都想在那场热闹里贡献自己的一点力量，让那热闹像火一样，更加旺盛地烧起来。

　　王三五带着耿财去找胡二爷的小九婶子，就是那个胡九叔的小老婆。那女人已经老了，不管春夏秋冬，整日躲在炕角，披着一张羊皮暖身子，她见了人只会说，冷啊，冷。

　　她是真冷，自打胡九叔死了，她就一个人守在霍林河边的窝棚里，那是早些年榆村的牛倌儿和马倌儿搭建的，为了放牛放马的时候避避风、躲躲雨。后来，胡九叔死了，胡二爷的小九婶子被她的两个儿子赶了出来，她没地方去，就住到那里。我和德才没结婚的时候，胡二爷总是打发德才隔个十天半个月背些粮食过去。等到我结婚了，胡二爷就打发我过去，说，你去，能和她说说话。可每次我去，她都很少说什么，说得最多的就是冷啊，冷。有时候，冲长庚笑笑，阴森森的，能把长庚吓哭。

　　王三五跟胡二爷的小九婶子做工作，他说，你看你穿不像穿，吃不像吃，你知道是为啥吗？小九婶子说，我穷呗。王三五说，那你为啥穷呢？小九婶子说，我老了呗，男人还死了。王三五说，那为啥你男人那么早死了呢？小九婶子揉揉眼睛，说，大我十几岁呢。

　　王三五觉得小九婶子没说到点子上，又引，说，你要是不给人家做小老婆，能嫁给一个大你十几岁的吗？这句话把小九婶子惹着了，呸地朝王三五啐了一口，骂道，你当我愿意嫁吗？我当初要不嫁给胡九叔，我们全家都得饿死。

王三五抹去脸上的吐沫星子，嘿嘿笑了，说，说了半天，你才说到点子上。这不就是胡家欺负你吗？这叫趁火打劫，你这是苦，是冤屈，得说出来，说出来我王三五给你做主。小九婶子不信，从上到下看了王三五一番，说，你自个儿的衣服还打补丁呢，能给我做啥主？

王三五耐住性子开导，说，小九婶子，你说你儿子为啥不叫你娘？这下戳中了小九婶子的心窝子，她瘪着嘴，快哭了。只是，太老的人是没有眼泪的，小九婶子也没有，他们的泪水都在这一生里流尽了。可小九婶子还是抹了抹眼角，说，这样讲，我还真是苦大仇深呢。

这样，小九婶子被开导到诉苦大会的台上去了。她往台上一坐，指着胡二爷说，你胡家黑心啊，我生了儿子，胡家人却不让他们叫我娘。这一说下去，七百年的谷子八百年的糠全都扯出来了，台子底下的人声泪俱下。小九婶子兴致渐涨，突然指着胡二爷，说，他，还对着我耍过流氓。

这一声，把榆村的人弄得不知所措，所有的目光都盯着胡二爷。胡二爷怔怔盯着小九婶子，忽地喷出一口血来，叫了一声，我的小九婶子啊！倒下去了。

耿财从井里提上来新鲜凉水，泼在胡二爷身上，揪着他的头发让他跪直了，让他好好听小九婶子说下去。小九婶子没有停下来，她讲，那是她刚生完第一个孩子的时候，下不来奶，接生婆说是奶管堵了，让孩子咽咽就好了。可那新出生的孩子不咽，嘴巴一碰到奶头就哭。胡二爷的母亲就拉着胡二爷去咽，胡二爷那时候七八岁，咽着咽着，把一只手扣在了小九婶子的另一只奶子上。小九婶子讲完，长叹一声，我那时候，也刚刚十五六岁啊。

这一倒下，胡二爷再也爬不起来，抬到家，德才不干了，说，再上台让我去。胡二爷说，你别急着跳脚，爹能扛的，爹扛，爹要是死了，自然你去扛。

胡二爷站不起来，跪不下去，再斗他，用门板抬上，往前面一摆，打不得没关系，总还是骂得的，骂一句他又不会死。啐还是啐得的，啐一口他又不会疼。胡二爷不喊也不哭，他在那骂声和啐声中安静地闭着眼睛，像是享受他曾经的辉煌和荣耀一样享受着榆村的唾骂。

有人上前骂他，说他凭啥不生气还带着笑？那分明是不把愁苦大众的批判放在眼里嘛！有人说，胡二爷藏了浮财，曾亲眼看见他三更半夜一手提着灯笼，一手抱着木匣子下到门前的菜窖里。

一拨人扛着铁锹去挖胡二爷门前的菜窖，从窖壁到窖底，统统挖下一层土来，结果啥也没找到，榆村人失望极了，可他们不想败兴而去，站在院子里琢磨很久，想琢磨出一点儿希望出来。等他们收起家什，就要离开时，耿财上气不接下气地跑进来，说，跟我走。他们又欢呼起来。

耿财带他们去了胡家的坟地，耿财指着一座坟说，下头埋着胡二爷的老婆子，那老婆子死时，手脖子上戴了一个大金镯子。咱们活人老百姓，吃不上穿不上的，他胡家死人都戴大金镯子。没道理。

大伙儿的铁锹挖下去了，镐头刨下去了，坟头上面的青草倒进泥土里，清香的草浆淹没在腐烂的味道里，那棺材还尚好着，那味道还是蹿了出来，飘在榆村的上空，久久不肯散去，像一个刚刚辞世的灵魂，还惦念着榆村的风、榆村的云、榆村的水，还有榆村的人。

28

榆村的斗争大会搞成了先进，嘎罕诺尔解放区副区长亲自找王三五去谈话，说上头要下来人视察，榆村是典型，是模范，他要把上头的人带到榆村来，让王三五好好讲讲工作是怎么开展的。

到了上头真来视察那天，王三五说不能抬个半死不活的老头子上台让人家看，万一死在上面没法收场，就有人提议把胡二爷换成德才，德才那时候已经不在嘎罕诺尔镇教书了，他一上讲台就会被学生给轰下来，杜仲存让他先回家避避。

那天，多亏了李三老。王三五给贫下中农开会，李三老偷着溜出来，绕了好几道弯趴在后窗上叫我出去，他说，玉娥，你心里要有个准备，胡二爷禁不住折腾了，要整德才了。我慌了神，说，那咋办？李三老说，你娘家和胡家都不是坏人，我才来给你通个信儿，信儿我捎给你了，主意还得你自己拿，反正你记住，不管咋整，最好别让德才出面，有了第一次，就有下一次，整出毛病来，你这一家人靠谁活？

李三老说完就走，我站在那里，哭也不是，悲也不是，天和地旋转起来，摇晃着，摔在地上，但我对自己说，千万爬起来啊，你自己是你自己的亲人了，如果你不扶自己起来，没人扶你起来了。

那天，我让长庚和布日固德照顾好芝芬和芝芳，独自去找王三五。我想，他是我叔，这亲戚远近不说，祖宗到底还是一个，总不会说划清界限就真的划清了。一路上，我想起我没出嫁那阵子，三五叔爱抽烟，不管啥时候去和我爹唠嗑，我爹总是把烟笸箩拽到他面前，让他拣好的烟叶子抽。魁木爷活着的时候，我祖母做了什么可口的，总是说，去喊一声你魁木爷，咱们王家，老一辈的，也就我和他了。虽然魁木爷很少来，但我祖母的心思总是到了的。那次，日本鬼子抓国兵，还是三五婶子告诉我爹和铁锤出去躲躲呢。这些，多有亲戚的样子啊！

可我到了王三五那里时，王三五却说，你们胡家的事，胡二爷出不了头，就得德才出头，德才出不了头，那就换成德海，反正你得让我对上头有个交代。我说胡家出个人就行是吗？他说是。我说那好，我来。王三五看了我一眼，冷笑着，说，吓唬我呢？我说，不是吓唬，是这次我非要替胡家出这个头不可。他点着头，说，好啊，我这个当叔的还真想成全你。我说，你就是要成全我。

后来我跪在他的面前，说，三五叔，看在一个祖宗的分上求你成全我！他往后退了退，说，做人别太精明，你以为换成个女的我就没办法了？群众的眼睛是不揉沙子的，你和地主扯上关系了，又是个富农出身，你不往前抢，大伙儿都处处看你不顺眼，你要真上了台前，捡不着便宜。我说我没想捡便宜，是觉得一个家，男人不能倒下。

上头派下来的那个人是司马徽则。

当王三五知道来的人是司马徽则时，我已经被捆上绳索，推到台前了。司马徽则坐在台上，开始是满意地笑着，直到看见我，那笑才渐渐消失了。

八年过去了，再和司马徽则遇见，竟然是以这样一种方式，我的目光撞着他的目光，我们的目光里都长满陈年旧事，生着翅膀的希望被猎枪打断，沾着尘埃的身子陷入泥潭。司马徽则慢慢站起来，我却堆缩在人群面前。往事一股脑儿撞击着胸口，我的心开始疼，疼得像一千只手在撕扯它，血在我的胸膛淌成了一条河。

不知道是王三五有意安排，还是司马徽则提出要和我单独说话，那天的大会一开完，我被带去王三五家。是宝柱带我去的，把我推进门他就走了，我朝里屋探了探头，就看见了司马徽则。他闷坐着，说，进来吧。

进去，我们相对无声。我的手指绕着衣角，他说，我以为我再也见不到你了。过得好吗？我没有应他，泪水噼里啪啦砸在他跟前。他说，你二十七岁了，要知道很多事哭也哭不回来了。我哭得更厉害，说，你给我讲讲你是咋活下来的吧。

司马徽则说，被抓走那天，他被塞进了有盖子的货车里，走了一天，夜里去坐船，坐了一夜，天亮时靠了岸，也不知道是啥地方，后面用枪顶着，就下了煤坑。我说，那你是咋逃出来的？他接着说，在煤坑了干了差不多一个月，有天到矿上集合，都给洗了澡，上百号人光溜溜地站成一排，日本人叫来大夫做检查，眼睛、耳朵、鼻子、嘴巴、心肝脾胃肾，一样都没落下，统统查了一遍。查完了，年轻的，没毛病的，给换了新衣服，还给吃了馒头和五花肉。

司马徽则学会抽烟了，掏出一根，点上，才又说，都猜不着他们要干什么，只是，打那天起，我们不下煤坑了，有教官教我们日语，还教日本礼节。司马徽则眯着眼睛，烟快烧到他的手指了。他说，又过了半个月，那个教官说，你们，挺好，去到我们日本女人那里睡觉，她们都没了男人，你们去了可以随便塞古塞古。

后来司马徽则不忙不慌瞟了我一眼，说，玉娥，我是做好了死的准备的。我绝对不会去塞古一个日本女人。天黑的时候，日本女人各个拿着牌子去管理机关登记，把我们带走，带走我的那个女人叫夏树，每次去她的家里，她都倒一杯咖啡给我，她说就说说话吧。我们就说话。天亮，她送我回原地，管理员问她我的服务好不好，她总是笑眯眯看我一眼，说，他很配合的。

后来呢？我低着头问。

后来，司马徽则沉思了一下，说，后来，夏树说她讨厌这没完没了地打仗，她扑在我的怀里哭了一场。

后来呢？我问。

后来，我想到了我的妻子，她的眼泪在我的心里像霍林河一样弯弯延延，我给夏树讲了我们的爱情，她听了，哭得更厉害，第二天，没有把我送回原地，竟放我走了。

司马徽则说完，我再去看他的眼睛，藏着一缕柔软的光。他站起来，抱住了我。

29

　　我的二儿出生时，刚好是在司马徽则那次走后的十个月。在我所有的五个儿女当中，德才是最看不上长北的。我知道，在德才心里，这个儿子他是替别人养的。很多时候，他醉了酒，会把长北举起来，细细看那眉眼、嘴唇、耳朵、发际线，连头旋儿也不放过，看着看着，他会说，这孩子像谁呢？我懒得和他解释，很多事，越解释就越麻烦。更何况，那天司马徽则只是站起身来，抱了我。我不再是十几岁的小姑娘了，我坚信，那一抱是不会抱出一个孩子让德才来养的。

　　可德才不信，夜里，他会突然扳过我的身子，问，你心里那么在乎他，我不信你们只是抱了一下。他一定亲你了，还做了啥？德才说这些的时候，我会在心里翻出那拥抱来，像狐裘一样，温暖，奢侈。

　　我还会想司马徽则的离开。那天他经过我的房前，我站在大门口，看见他骑着高头大马过来。想着这次他走，我还要等到何时才能再见到他呢？他停下马，跳下来，站在一棵柳树下面，远远看着我，我们都没再说话，就那样看着，把时间都看得不再转动。小风悠悠摆着柳枝，一会儿挡住他的脸，一会儿又从他的脸上移开，我笑了一下，他也笑了一下，我朝他挥手，示意他走。他从腰间拽出一把刀，回头砍了一根柳枝，插进泥土里。他说，玉娥，它会发芽的。

　　我望着那柳枝，说，我懂。

　　司马徽则朝霍林河走去，和他的高头大马一起上了船，在芦苇荡里消失不见。我的魂灵差不多丢了，随着司马徽则的远去，我的魂灵也掉到河里去了，我扑向那河水，看着遥远的那一岸，呼唤着司马徽则。四野传来回声，也叫着司马徽则，一颤一颤的。

到了年底，嘎罕诺尔镇派来了一支文化宣传队给榆村人唱戏，戏台子搭在老神榆底下，四乡八野都赶来看戏，骑马的骑马、骑驴的骑驴、赶牛车的赶牛车。演《白毛女》，还唱了《起来 蒙汉的人民，我们要团结一心》。那歌，布日固德只听了一遍就全记住了，日日哼在嘴边。

哼了没几天，王三五找上门来，拽着布日固德的手问，胡家人打你了吗？布日固德摇头。又问，胡家人饿你肚子了吗？布日固德摇头。王三五说要带布日固德走，布日固德哭了，说我不走。我想把布日固德留下来，王三五说，咋可能？留在地主家这不是破坏蒙汉团结吗？布日固德被王三五带走了，送到了嘎罕诺尔镇的孤孩院里。

送走布日固德那天，胡二爷上吊死的。他的死在榆村一直流传着两种说法，一种说法是他挨不过斗，吓得上吊了。还有一种说法是我见了司马徽则，败了他们胡家的门风，气得上吊了。我认为胡二爷的死和前一种说法有关，可德才坚持认为没有第二种说法的存在，胡二爷就不会死。他这样的坚持就像坚持长北一定不是他的儿子一样，平日里不会表现出来，醉了酒，就会哭一场、闹一场，把旧事从头翻到尾。

司马徽则无意间插下的柳枝长出了嫩芽，德才一闹起来，我会守着那柳枝坐上一夜。德才有好多次要把那柳枝拔了，我说，拔了可以，但是，你要记住，你要是拔了这柳枝，你咋给胡二爷收的尸，就咋给我收尸！德才相信我做得到，只好任由那柳枝毫无避讳地疯长，长成了遮天蔽日的样子，长到了我死的时候，可以拿来做我的棺。

胡二爷一死，德海就张罗着要分出去另过，他说也不为别的，就是黄月容的身子不好，分出去，照顾起来方便些。德才不大乐意，说爹一没，家就散了。可德海还是另起了锅灶，从此，一个院子住着，却井水不犯河水的样子。黄月容那一身黄病，撑到了一九四九年冬天，再也撑不下去了，她要死时，一手拽着德海，一手拽着长东，说，好日子才刚刚开始，她的命却到头了。德海让她别胡说，说他以后还要听黄月容给他唱《大西厢》呢。黄月容笑笑，说，德海啊，你再找人，可要对我长东好。德海说他不找，到死也不找。说他会牵着长东的手，去黄月容的坟地和黄月容说话。黄月容说长东长大了，娶了媳妇，不能陪你去，你就自己去，抽一袋烟，唱几句西口韵，再回。德海点头，黄月容拽着他们的手松开了，再也不能唱曲儿了。

张保全死在哪一天我不记得了。真是糊涂了。但我还记得他死的那段日子，我夜夜梦见铁锤。铁锤总是对着我哭，叫着，姐姐啊姐姐啊，下面的日子真是凄苦啊。我总是惊出一身冷汗。就醒了，半夜里看着窗外，空荡荡的天上，孤零零地挂着一枚月亮。

后来，去找李三老解梦，李三老说，得给铁锤成个家。说正巧，嘎罕诺尔镇死了一个姑娘，可以给铁锤办个冥婚。

就去那姑娘家求了亲，稍稍过些彩礼，把骨灰抱回来了。

就是那天，张保全被带走了。是镇上的区长找他，问他那些年跟日本人干的事。从此，张保全再没回过榆村，因为那以后没几天，镇上就传来消息，说要枪毙张保全了。

这是天大的喜事一样，榆村人都跑去嘎罕诺尔镇看热闹，回来时，沸沸扬扬讲了好久，说张保全死时，双手被捆绑在身后，跪在地上，被一枪命中印堂，脑浆迸裂，趴在地上了。

我脑子里想象着张保全的尸体，觉得，他早该死了。

第三章

　　门前那棵老柳，横在地上，它轰然倒地时，我听到一声叹息，像司马徽则发出来的，司马徽则留在这世上的，和我有牵绊的，唯一物件，就要陪我而去了。

　　长庚领着一群人，砍去老柳的头冠、枝丫、被岁月的手掌摩挲出来的硬皮，使它变得孤零零的，比我更早一步成为一具尸体，它的尸体，将裹着我的尸体，一起去另一个世界。

　　另一个世界在哪儿？我不知道。老柳也不知道。我们都顺从地等着另一个世界的到来，好像彼此一起走，就有了伴。

榆村最好的木匠叫李广德，最好的画匠是梁黑子，他们总是摆在一起。早年，李广德给人家做家具，梁黑子就给人家画柜。现在，做家具的少了，李广德给人家做棺，梁黑子就给人家画棺。

我仿佛陷入沉睡之中，所有的人都叫不醒，可我听得见他们每个人的声音。包括李广德和梁黑子的对话。李广德说年纪大了，这是他这辈子做的最后一口棺，梁黑子喉喽着嗓子，说这是他这辈子最后一次画《二十四孝》。我的棺，长庚嘱咐过他，画满孝。

在我的一生中，一切都尘埃落定了，死，是我最后的大事。我满意长庚的安排，我这样的年纪，四世同堂，是受得起二十四孝的。

锯木声响起来了，老柳先前还是圆滚滚的，现在，已经变成了板片，梁黑子看着那些板片说，这棺做好了，不光要画《二十四孝》，还要在棺头画兽面，兽面用虎头，虎头两侧立柱上写对联，上联书：一生仁善留典范，下联书：半世勤劳传嘉风。

虎头下方画灵位，书我生卒年月、生辰八字；灵位两侧绘金童前引路，玉女送西天；盖板画北斗七星；底座画山水云石；棺尾绘百子图，谓我家族兴旺、儿孙满堂；廊檐和基座要五颜六色。梁黑子是有经验的，他画了一辈子棺，德才的棺也是他画的。

院子里聚来了更多的人，整个榆村的人。他们都赶来等着我死去。死亡，是榆村的一件热闹事，和结婚一样热闹。如今的榆村，结婚的少了，像我这样年纪的多了，死亡也多了，我算活得最老的一个。九十五岁，不是闹着玩的，不是随便混混，就会活到这把岁数的。

有人趴在窗口，说老太太还活着。听上去，好像我活着，碍着了他们的事。但这也不怪他们，榆村，向来这样，年轻的人死去，让人悲伤，到了我这个年纪，死，是一件喜事，他们都说过了八十死，就算喜丧。可我觉得，丧，再怎么喜，又能喜到哪里去呢？我的儿孙们还是哭了，他们说话的声音是颤抖的，我能感觉到，这气氛，越来越阴沉了。

我想说，我死了，你们都不要哭。但我发不出声音，只是翕动着嘴唇，来早以为我渴了，用棉签蘸着凉水往我的嘴里滴，像那孩子的眼泪似的，让我心疼。

我的被褥、寿衣，摆在枕头边上。白缎子被面绣了八仙，黄绸的褥子跟流淌的金水一样。寿衣，他们准备随时给我穿上。那些很好看的丝绸，很早前的一个闰年，秀草领着来早，还有来早的两个姑姑、我的二儿媳、老儿媳，她们一起做的。上衣十一件、裤子九条。外衣青蓝，绣了五福捧寿，镶了大红里子，和帽子上面的缀红顶子一个颜色。红好，红，意味着红红火火，死去的，红红火火，活着的，更要红红火火。她们做好的时候，让我试穿一下，试穿完了，问我满不满意，我说满意，都是多子多福积德积来的。

李广德是李三老最小的儿子，对榆村的很多过去，他像我一样清楚。我还清醒的时候，喜欢和李广德唠嗑，会唠起很多过去，会突然难过，会觉得我们这一辈子，在榆村这个地方，从命里剥茧抽丝，拽着自己那根生命线，绕啊，挣啊，终于又把自己束成了茧，然后，带着对人世的无限留恋，去奔赴下一个行程。

灵魂继续赶路，躯体不肯离开，要在这土地上，打下烙印，竖起碑位，告诉路过我坟头的人：有个人，曾以那样一种方式，活过。

长北回来了。长安也回来了。他们的妻儿都回来了。这个家，已经很久很久没有这样热闹过了。我在这种热闹里，享受着一种盛誉，这是死亡带给我的盛誉。所有人，在看着我慢慢死去的过程里，对我过去的一切过错，都不再记怀。他们在品谈我的好，好似我这一生，一直都是完美的。我曾在命运的驱使下，对某个人某段光阴生出来的某些埋怨和恨意，都在这一刻化为乌有。

这看起来，死，也是一件好事。

我不再恐惧死。我为我的死筹划了一生、等待了一生、这一生只为这一天而活。那么爱，是为了爱到死；那么恨，是到死都要恨；那么执着，是想死了都攥住手里的一切。

但是现在，我的手掌是摊开的。我不会带走这世上一片树叶。除了一口棺、除了我的寿衣、除了我对过去，恍惚还残存的记忆。

那些记忆叠着梦。我梦见了一场厮杀，和我脖子上挂着的一串玛瑙石有关。

那是二〇一三年，来多去打工，回来时，带给我的一串战国红。就在那当夜，我戴着它入睡，做了一个梦，梦里，战马长嘶，剑气如虹，醒来，我摩挲那石头，告诉来多，战国红这个名字，是这石头的命，石头有命，人也如此。

那梦，今又叠在我的梦里，两个梦，在交错，像是老眼昏花出现的玄影，后来，那长嘶的战马和如虹的剑气，都在梦里退隐了。

另一场战争接着来了，人影绰绰，我看见宝柱背着锅盖大的行李，在人群里穿行。我想叫住他，我颤着身子追过去，我说，宝柱，你去哪儿？他冷冷看着我。耿财在前面朝宝柱招手，宝柱跑了过去。他们勾着肩膀，在我的梦里嬉笑着，渐行渐远。

那笑，就像宝柱疯了一样。

30

记忆里有那样一个夏天，酷闷，燥热，天，仿佛总是被一层雾气遮掩着，太阳混沌了，睡意沉沉。那个夏天，我一直为没有雨发愁，而那样的天，总让人觉得，下一秒，会落下雨来。

但是，没有一滴雨落下来，整整一个夏天，草木一碰即可成灰。

榆村的庄稼在地里垂头丧气，它们就要死了，却又总也不肯一下子死去，一寸一寸折磨自己，像是故意和自己过意不去，那样不舍，让人看着心疼。榆村的人去找王三五，让他想法子救救禾苗，救活它们，人才能有活路。嘎罕诺尔镇也下达了命令，让下面的村屯自己想法子，找生机。争取年终末尾能保证自给自足。

王三五开始组织榆村的人抗旱自救，他让宝柱和耿财写口号，连夜贴到村子的墙上，第二天一早起来，村里随处可见红彤彤的大红纸：人人要吃饭；人人要抗旱；救一棵收一碗，救三棵吃一天，救一垧打几石；男女齐浇田，老少总动员；战胜天灾吃饱饭。

那样的口号一贴出来，人人都像瘪了的气球重新灌饱了气，有了精神头，挑着扁担的、端着盆子的、背上罐子的、赶着马车拉上抗旱桶的，都去霍林河边掏水，一趟一趟运到庄稼地里，喂给那些饥渴的禾苗，希望它们能像婴儿喝了奶水一样，转眼就长大，结出果实，让人们享受收获的欣喜。

可事与愿违，半个月下去，榆村人鼓胀的气势像被针扎漏了一样，颓丧了，气馁了，坐在河边，坐在地头地尾，再也爬不起来。

无论王三五再怎么吆喝，再怎么去刷墙上的口号，人们的心都无法再振作起来。霍林河的水还是一分一秒往前流着，榆村的人却知道，无论他们再掏多少河水浇到庄稼地里，救活的，总是少数。太阳的光，比禾苗更贪婪地吸走了大地的水分，大片的庄稼，依旧没长到结穗，就焦糊在地里。庄稼再也浇不下去了，人们的心突然像一摊散沙，他们任凭头顶上晒着，脚底下烤着，像庄稼一样萎靡下去。

倒是嘎罕诺尔镇那些商户们，整天捧着报纸，读那上头的新消息，说中国人民抗美援朝总会发出"推行爱国公约，捐献飞机大炮，做好优抚工作的号召"。于是，昌信钱庄、海龙王烧锅、食为天米行、铁匠炉等许多商号集体出动，在自己的商铺门口设了募捐箱，自己带头捐款、捐粮食、捐衣物，一火车一火车运到朝鲜去。

王三五去镇上开会，看见那些运送物资的火车还运送志愿兵，看到那些参军的孩子，都跟宝柱那么大，胸前还戴着大红花，唱着歌，雄赳赳气昂昂的，心口的血就一涌一涌的。

王三五从嘎罕诺尔镇回来，做好了饭，烫了一壶酒，非要和宝柱喝点儿。宝柱心慌慌的，一个劲儿问王三五，是不是他做错了啥？王三五眯着眼望着宝柱，像望着一块宝似的，直到宝柱毛愣愣起来，他才问宝柱，想去当兵不？宝柱一听当兵，低下头，看着自己的右手，嘬了一口酒，说，缺了个二拇指，打不了枪了，还当啥兵？王三五说当兵不一定非要打枪。宝柱纳闷了，不打枪当哪门子兵？

王三五那天耐性特别大，掰饽饽说馅儿地给宝柱讲，当兵不一定非要打枪。战勤兵就不打枪。宝柱问他啥是战勤兵？王三五说护理员、技工、警通员、民工、水利工程员、输血队、后方军事设施修复、军需物资运输、战勤通信联络……工种多着呢，就看你想不想干？

宝柱听王三五一口气说了那么多，觉得王三五是要动真格的了，闷下头，舔着酒盅子，嘟囔着，我娘当初剁我一根指头，就是不想让我去当兵。王三五笑，说那时候是啥兵？现在又是啥兵？现在你娘要是还活着，保准因为剁了你那根指头悔青肠子。

宝柱没主意了，撂下酒盅说要想想。王三五说，那就想一宿。

天擦黑时，宝柱去找耿财商量，耿财一听乐了，说宝柱要去，他也去，一起去，是个伴儿。

有搭伴儿的，宝柱再不犹豫。王三五赶紧去镇上给宝柱和耿财申请担架队。担架队都是农民。榆村的人，男人女人争着抢着去报名。德才也要去，去找王三五，王三五说德才成分不好，去了，给志愿军抹黑。

宝柱和耿财他们走的那天，村子里敲锣打鼓给他们送行。我领着长庚，站在霍林河边上，看他们上了船，胸前戴着大红花，细风一吹，微微抖着，艳得直扎眼睛。长庚抓着我的手说，等他长大了，也去当兵。

王三五一直把宝柱送到嘎罕诺尔镇，看着宝柱上了火车，听见宝柱也唱着雄赳赳气昂昂的歌，要跨过鸭绿江时，才满意地从对岸划着船回来。

王三五和耿财娘是军属了，他在村里开会时说，没出战勤的劳动力，得给出战勤的民工家属代耕，让德才负责管好耿财家的地，还要每天给耿财娘挑一水缸水。德才一听还挺高兴，问王三五这是不是也算支援抗美援朝？王三五骂他是地主死性不改，干啥都想给自己邀个功。说那抗美援朝还能轮到你支援？

德才不敢再说话，好生伺候着耿财娘的地，给耿财娘挑水，隔三岔五，还把耿财娘的院子也打扫了，下雨阴天，耿财家房顶漏雨，德才也小心翼翼给抹好。德才说，好好表现，大伙儿就不跟咱们划清界限了。可在耿财娘那里，德才干德才的，耿财娘从来不和德才说话，怕人家说她和地主穿一条裤子。有一回，德才干完活，拿起她家的一只碗喝水，喝完把碗放在锅台上，前脚出门，耿财娘后脚把那碗丢出来，说，也不能和地主一个碗里择食。

打那以后，德才腰间总是揣着一个军用水壶，灌满水，渴了，喝自己的水，他说，也不怪耿财他娘，地主是臭狗屎，谁也不想踩脚上。话是这样说的，可我知道，德才的心里是揣着憋屈的，他的

133

火气大了，常常无故埋怨起我来，要不，对着长北吼，吓得他愣眉愣眼，不知道自己做错了啥。

嘎罕诺尔镇政府的大门口新竖了一块木牌牌，刷了锅底灰，黑亮亮的，上面，平时写些宣传标语，写些什么什么运动的新进展。到了礼拜天，会专门腾出大块空白，用来发布赴朝人员的死亡名单和立功名单。

王三五总往镇上跑，去看那名单。每次，从嘎罕诺尔镇回来，耿财娘保准站在河岸上等他，问他俩孩子都好？王三五说都好。耿财娘眉开眼笑，要给王三五炒两个菜，让他去家里喝点。王三五去了，酒一下肚，他给耿财娘出主意，让耿财娘养猪，卖给国家，送到前线慰问子弟兵。耿财娘问他，送到前线耿财能不能吃到？王三五告诉她能，说耿财吃了她养的猪，过年就不想家了。抬起担架来更有劲儿，能为国家多做贡献。

耿财娘高兴了，不光养了猪，还孵了鸡仔、鸭仔，说到时候都送到前线去，送得多，耿财能多得几块肉。

耿财娘去割猪草，王三五见了，不让她一个人干，让她去找德才，说她是军属，得好生优待着，要是有个波波坎坎，耿财咋能安心打仗呢？

德才去割了。家里粮食少，德才吃不饱，干着干着活就在地里倒下去。耿财娘说德才还在摆地主少爷的架子，干活的时候在地里睡觉。她和王三五告状。德才说那可不是睡觉，是胃疼，眼睛直冒金星。王三五不信，说德才这疼那痒的都是当地主时的娇贵病，不彻底治治，就得总犯。德才当时没接王三五的话，回到家里越想越气，坐在门槛子上抽烟，我特意给他贴了两个玉米饼子，他也没吃，孩子们盯着直咽吐沫，德才就让孩子们分着吃，孩子们不肯，德才抓起来从窗子扔出去，桌子也掀翻了。

那天，芝芬和芝芳牵着手哭了，长北却跑出去，拍拍那两个饼子上的土，虎吞吞吃起来。后来，德才把一根烟抽完，说耿家的工他不代了。要杀要剐随王三五。

我堵住德才的嘴，生怕他说的，让谁听去了，闹到王三五的耳朵里，孩子大人都不好过。德才头靠着门框，嘤嘤哭，说活不下去了。那样子，让我的心揪起来，怕他寻了短，嘱咐他可别像孬种样的活着，要是胡二爷还在，保准不希望看到他现在这样。德才笑，冷冷地，说胡二爷？不也上吊死了吗？我有种不祥的预感，背地里嘱咐长庚，好生看着德才。

那是初冬，傍晚，我去给耿财娘挑水，临出门时德才说外面下了清雪，让我走路当心，下雪天走路要当心，走夜路也要当心。我说走夜路你不接我吗？德才说接一次两次，哪能次次不落？人活着，总有些路是要自己走的。我出了门，给耿财娘的水缸挑满水，突然看见那水面上晃起一张脸来，阴沉沉的，眼神里全是哀伤，一点一点隐到水底，爆竹一样碎了，在我心里响起了回声，那声音说，玉娥，如果有来生，我再娶你。

我撂下水桶往回跑，到家的时候，看见德才把自己挂在房梁上。我砍断绳子，拍打着德才的脸，骂了他，他醒来，睁一下眼睛，又闭上，慢慢喘匀了气，说，不是我想死，是看见我爹了。我说，你爹说啥了？德才说，我爹给我一条绳子。我抱着他，我说，胡二爷给你绳子，不是让你上吊，是让你抓住它，往上爬。德才更凶地哭起来。

过了很久，德才才稍稍转好，去给耿财娘挑水的事，他又挑起来，进腊月门了，从耿财娘那里回来，和我说他在耿家碰到王三五了，王三五和耿财娘说耿财和宝柱立了功，还得了奖。嘎罕诺尔镇政府大门口上贴着他们的名字呢。

德才说王三五和耿财娘都生了一个好儿子，给榆村争光了。他那天破天荒哼了句，三国征战民不宁，血水成河江水红。

31

一九五二年的春天，榆村成立了农业生产合作社，合作社实行土地入股，按质定级。按畜力强弱，评分入股，草料由马主供应，治病由社里负责，集体饲养，粪归公有。按劳力强弱，技术水平高低，评工计分。集体办伙食，按劳力出粮。农具归公，作价折粮，秋后按股分红。

王三五是社主任。耿财娘当上了伙食管理员。李三老管理农具。李广德那时候刚刚初中毕业，做了会计。德海掏全村的厕所。他不乐意。王三五在大会上刚宣布完，他就跳上去，说他要和德才断了手足之情。说胡德才不再是他哥，死了，也绝不埋进胡家的祖坟。那天，德才就在会场旁边站着，眼睛盯着德海，眼泪扑簌簌落了一地。

那话果然是管用的，王三五带头给德海鼓掌。大会散场，德海当天从胡家的宅子里搬出去，住在合作社旁边的马圈里。王三五给他安排了新活，喂马，收拾马粪。德海特别满意，千恩万谢的，说只要把他从地主的行列里区分出来，干啥都行。

掏大粪的活，落给德才了。德才没心思去计较，夜里，倒在炕上，说，德海不认我也就算了，连胡家的祖宗也不认了。他不认祖宗，那长东呢？长东到底还是胡家的根。

德才让我去把长东找回来，他不想让长东跟着德海受苦。说德海毕竟是个男人，四季轮下来，难免缺棉少单的。我本不想去，可又不想德才太难过，就去了。德海不领情，淡淡说，我自己的儿子，我自己养。

德海那倔劲儿耿财娘很是喜欢,见了他就要夸他是个爷们。问德海想不想再找一个女的过日子。德海说自己穷,拿啥找女人?耿财娘说她有一个亲戚是柳屯的,叫邹大云,男人得了肺痨,干不了出力的活,德海要是愿意,可以拉帮套。德海说根正苗红的贫下中农才能拉帮套,我刚跟地主撇清关系拉个屁?耿财娘骂他脑子浑,都赌咒发誓死了也不进胡家的坟地了,还怕个啥?德海说啥也不怕那也不拉。耿财娘说德海是破大碗,没人稀罕,自己还端上了。不管咋骂,德海由着她,就是不吭声。耿财娘再见到他,总是远远啐上一口,骂他,熊色。

嘎罕诺尔镇原来只有善医堂,朝鲜一打起仗来,突然多了两家后方战备医院,卫生列车每天一列、两列往医院里运送伤员。原本宝柱立了功,王三五的精气神是天天焕发的,可自打看见那满火车满火车的伤病员,王三五像霜打的茄子似的,蔫头耷脑,很长一段日子都不离口的二人转小调也丢了,整天守在医院门口数那些人脸,从早到晚,那些人脸都是陌生的,他就回家烫壶酒,喝下,好好睡一夜。第二天起来,再老早跑嘎罕诺尔镇去,看那黑板上头公

137

布的死亡名单。

有一段日子，那黑板空了，没了死亡名单，立功受奖的名单也不再公布，这样，战场上的一切消息都杳无音讯，像宝柱失踪了一样，王三五烦躁不安，坐不住，站不稳，整个榆村的人都在背地里说，王宝柱一定是死了。

这死的消息一放出来，一切都有鼻子有眼儿传开来，有人说宝柱脑浆炸出来了，淌了一地，有人说宝柱被抓去当了俘虏，有人说宝柱被活活剥了皮，还有人说宝柱的眼睛被挖出来，让美国大兵一口给吞了。

王三五不敢回到榆村来，在嘎罕诺尔镇那两家战备医院之间不停跑着，总想跑出一点儿消息来，到头却日日失望。

耿财娘也天天往老神榆上挂红布条子，是请李三老画过平安符的。夜里，去霍林河边的土地庙烧香，求各路神仙保佑。有一回，被德海撞见了，说耿财娘是平时不烧香，临时抱佛脚。耿财娘恼了，起身去抓德海的脸，说德海这是变着法咒耿财呢，耿财要是有个三长两短，就和德海没完。

那天，下雪的缘故，嘎罕诺尔镇原本敞开营业的门房都紧闭起来，街道上的小商小贩也都蒙了摊位，躲进茶馆里喝茶去了，只有几个卖柴火的老汉，还蹲在墙角，搓着手。耿财娘前一日卖了鸡鸭，还有一头肥猪，冒着雪去嘎罕诺尔镇扯了几尺白花旗布，准备拿回家染成黑色，给耿财做一身新棉袄棉裤，打胜仗回来时，一进门就给他换上。她还想志愿兵就要吃到她的猪肉了，耿财也能吃到。耿财一咬到那样的香味，一定就知道是娘的味道了。

本来冷清的街道迎头来了一拨伤兵，耿财娘见了，心一下子不平静，怦怦撞着胸膛。有一种恐惧压着，使耿财娘喘不过气来，昏头昏脑，竟在里头找起耿财来。找也找不见，拽过人家的衣袖问，你认识耿财吗？你见过耿财吗？

那夜，王三五来敲耿财娘的门，让她穿好衣裳跟他去嘎罕诺尔镇，说耿财回来了。耿财娘以为回来的还是那个囫囵的耿财，乐颠颠去了，见到时，耿财躺在医院里，双腿没了，只剩下一个干瘪瘪

138

的上身，支撑着一个血肉模糊的脑袋。耿财娘当即昏了过去。

到了一九五三年的夏天，宝柱也回来了。宝柱折了一条胳膊，精神还出了问题，他一回来，住进战备医院，伤好了，又住进精神病院。那精神病院，是专门收治朝鲜战场上回来的志愿军的。他们到底是怎么疯的，没有人知道。

宝柱不认得人了，会在半夜里爬起来，把行李捆好，背在肩膀上，扛着笤帚，站在医院的大门口喊紧急集合的口号。也会绕着院子跑，跑着跑着，趴下去，说卧倒，前面有敌人，我们快被包围了！宝柱会反复在梦中喊一个名字，耿财，耿财。每次，宝柱一那样喊，王三五就想让宝柱见一见耿财，他以为见了，宝柱的病能去掉一半，或者全部好起来，可是，耿财除了见他娘，谁都不见。

王三五很着急，想了个法子，叫德海过去，天天监视着耿财娘啥时候出门，说耿财娘出门了，把耿财给他偷到宝柱跟前来。

德海不干，说一看到耿财那副样子，就瘆得慌，心里突突直跳。王三五说不去也行，你不是说和胡家断绝关系了吗？不是说自己再不是胡家的子孙了吗？那去把胡家的祖坟刨了，挫骨扬灰。德海办不到。王三五让他两条路选一条，选好了给个答复。德海没辙了。

德海天天去趴耿财娘的墙头，有天，终于看到耿财娘出门了，就钻进屋子，把耿财扛在肩上，往王三五家跑。到了那，把耿财往宝柱的跟前一丢，宝柱吓得哇哇乱叫，头埋进被子里，拽都拽不出来。倒是耿财，神色不改地看着眼前的一切，好像和他没有关系一样。王三五说耿财你给我句实话，宝柱是咋疯的？

耿财望着屋顶，开了口，只说了三个字，你不懂。王三五骂起来，说耿财你他妈别和我卖关子，老子过的桥比你走的路都多，老子啥不懂？

可我见的生死比你多。耿财依旧淡定，说，在战场上，那些用尸体堆起的山丘，要用多大的勇气爬过去，你永远不会懂。疯了的，也是英雄。王三五嘤嘤哭起来，他把被子扯开，把宝柱的头揽在胸前，抱着他，用手轻轻安抚，他说，爹是不是不该送你去前线啊？

耿财说，不是你不该送他去，是这世上不该有战争。耿财让德海送他回去，临走时对王三五说，能帮我弄点儿卤水吗？想吃我娘的卤水点豆腐了。王三五说，中。

过了几日，王三五去嘎罕诺尔镇开会回来，真的给耿财揣了一瓶卤水回来。兴颠颠给耿财送过去，怕耿财喝了，故意放在门框上，以为那样耿财就够不到，可到了傍晚，还是听到耿财娘呜呜滔滔的哭声，她找到王三五的门上，骂王三五，说是他害了耿财。

王三五帮耿财娘把耿财埋了，耿财娘坐在坟前跟王三五说，你给我儿立个碑吧，就写烈士耿财。王三五说，光写烈士不够，要写英雄烈士。耿财娘说英雄烈士好，就写了"英雄烈士耿财之墓"。

从那以后，耿财娘和王三五搭伴儿过起日子来，她说耿财是死了的烈士，宝柱是活着的烈士。她给宝柱养了几只鸽子，宝柱很喜欢，一看见那鸽子落在屋檐上，就会消消停停看上老半天。

32

　　王三五又找德才的小脚，那次是因为啥，我一点儿也想不起来了，只记得，那天夜里，刚收完麦子，王三五和德才就在老神榆下吵起来了，榆村的人围着，看着他们吵，王三五觉得颜面扫地，抬手把油灯砸在了德才的身上，灯油顺着德才的衣服蔓延下来，火苗也就势蹿了上去，一瞬间，德才被火包裹着，皮肉烫开的声音吱吱作响，他在人群里狼一样嚎叫着，跌跌撞撞，朝霍林河跑去。他跳进了河里，一眨眼，沉下去了。

　　德才生不见人，死不见尸，无影无踪。我天天去霍林河边望，白天望黑夜，夜晚望天亮，望不到德才。

　　日子那么长，长得望不到头。

　　榆村的人都说德才死了。我想，就算他死了，我也要见到他死去的样子。那时候，我快生长安了，我不相信肚子里的长安那么可怜，还没见到爹的样子，爹就死了。

　　王三五和我一样不相信德才死了，他坚信是我把德才藏起来了，他在大会上说只要撬开王玉娥的嘴，就能找到胡德才。榆村的人说王玉娥的嘴不好撬，双身子，打不得骂不得的。王三五说就没有想不出来的招法。

　　那天，王三五从地里干完活回家，看见宝柱蹲在太阳底下剥甜柑，面前摆着一口耳锅子，剥出白胖胖的甜柑虫扔进锅里，虫子滚一下身子，放了挺儿，烫死了。王三五拍着宝柱的脑袋笑，说我宝柱就是心眼儿多。

　　王三五去合作社的马圈里找德海，让德海找块铁板放在太阳底下烤，烤到打一个鸡蛋上去，嗞啦一下就能熟时，去叫他。

德海照着做了，到了正午太阳的热劲正足时，王三五把大伙儿叫去开会，又叫李广德和榆村的几个年轻人来绑我，说是怕我跑了。

我还记得，那天我正翻着柜子，找出孩子小时候用过的尿布、小被子，打算拿到太阳底下晒晒，让它们沾上点儿阳光的味道，给长安出生时用。

德才在的时候，在门前拉了一根长绳子，用来晾衣服。我把那些小被子和尿布都挂在上头，在心里祈祷德才能活下去，那样，家还是个家的样子。就在那时，李广德和几个年轻人闯进来，把搭在衣绳上的东西通通扯下来，丢在地上，什么也不说拽上我就走。我的心张了一个跟头，肚子也狠狠地疼了一下，身子软瘫瘫的，泥一样堆下去，额头冒出细密的汗来。

那几个年轻人，他们渴望热闹，希望看到一个快要生孩子的女人被拉出去受惩罚，看见我折腾来折腾去的样子，高兴地围住我，说，王三五说了，抬也要把你抬到会场上去。

我看见他们在我面前摇晃起来，天地也摇晃着，那本来蓝得一汪水儿似的天，像是要砸下来了，要把我压扁，压到泥土里去，我喘不过气来。我快死了，肚子更加紧地疼起来。

李广德从那几个人后面走出来，朝后挥挥手，边示意那些人往后撤边说，我来和她说几句。那几个人退后了。李广德冲我使了一个眼色，俯下身子，伸出手，想拉我起来，我却不敢握他的手。我看着他的脸，他说，起来！伸手抓住我，猛地一拉，把我从地上拖到墙角，还没待我弄明白怎么回事，便听见他说，我爹让我告诉你，王三五要让你躺热铁板，你想法子把后背垫上些东西，省得烫伤。我盯着他的眼睛，他也看着我，忽又低下头去，说，安顿一下孩子吧。

孩子早都吓傻了，站在屋檐下哭泣，我看着他们，觉得这世上还有比疼痛更折磨人的东西撕扯着我。我慢慢挪向他们，牵着他们的手，进了屋子。炕上落着几缕阳光，破旧的席子上浮动着无数细小的尘埃，像汹涌澎湃，像人潮人海。此一去，我竟不知道自己还能不能回来了，我是那么小，那么小。

我看着长庚，像个大孩子了，告诉他照顾好家，不管发生什么，不要出这个门，等娘回来。长庚的眼泪水晶一样挂在睫毛上，他让我放心，说他们一定会听话，说他们没有爹了，不能再没有娘。我一把抹去长庚睫毛上的水珠，让他别胡说，他有爹，只是我们现在找不到他了，总有一天他会回来的。

我往外走，忽想起李广德的话，就把一件旧袄扯了，捆在后背上、屁股上、腿肚子上，又穿好外罩，跟他们一起去了会场。

会场上站满了榆村的老老少少，每一次大会，都比嘎罕诺尔镇的集市还要热闹，只是这一次，他们鸦雀无声。盯着台上的王三五，盯着在太阳下散着热的铁板，他们等着躺铁板的人出现，等着看到躺铁板的人在上面怎样死去活来。而那铁板，像个恶鬼，吞着光、吃着热和那些看热闹的人一样，要烫死我。

我走过来，人群立刻闪出一条路，台上的王三五好似已经等得不耐烦，见了我，露出了几分欣喜，笑一下，冲着下面不断发出喊嘘声的人群往下压了压手，让他们安静。我在他面前站定。我不敢看他的眼睛。

我垂头听见王三五说，王玉娥，现在你交代胡德才在哪儿，我还能给你个不遭罪的机会。我摇头，说，我不知道。王三五指着铁板说，那就上去躺一会儿，躺一会儿你就知道了。

我站在铁板前，觉得肚子要坠到地上了，觉得肚子里的生命感受到了我的躯体就要遭受折磨，他不堪忍受那苦难，他想找到一个出口，开始他新的人生。我闭上眼睛，我说，快出来吧，娘和你一起扛。

王三五跳起来，说把她给我摁下去。

有几个人冲过来，跃跃欲试，我看了看他们，笑了一下，弯下去，一手捂着肚子，一手挂在地上，慢慢躺在铁板上。

热气，一下子穿过旧袄的棉絮，朝我的皮肉蒸腾过来，汗水混着泪水一起流进头发里，顺着头发滴落到地板上，嗞啦一下子，嗞啦又一下子，那声音，像一颗心落进了翻滚的油锅里。

天上没有一朵云彩，蓝得不像话，像是和王三五串通好了，要给我点儿颜色看看。亮眼的光像万箭穿心，在我的眼前喷出一摊血来，红红烈烈的。德才在那红里走，一边走，一边回过头来对我说，玉娥，我没有死，你要顶住，要等我回来。

德才的身影后来又变成了司马徽则，司马徽则对着我哭了，他说，玉娥，我想你啊，夜夜都能梦见你，你也会梦见我吗？他朝我跑过来，他的脸就要贴到我的脸上，他的手努力够着我的手，我也抬起胳膊想抓住他，我说，我也会梦见你啊。

肚子像是灌满了风的鼓胀布袋，被无数只手撕扯着，我扭曲着身子，努力张开嘴，想把司马徽则喊回来，想告诉他我快死了，想让他救救我，或者，我死了，替我给孩子们找个好的地方。可是，他远远走了。眼前，又是那空落落的红。

两瓣嘴唇，在烈日下风干成树叶，枯萎着，裂开口子，隐隐地，渗出的血滴，滚到下巴上，粘成一粒，始终不肯坠落。

我的下体，想从我的身上抽离出去，要把我扯成千万个碎片，同烈日一起埋葬给黄昏。

人群开始躁动，他们的声音像盘旋在天上的大鸟，叨啄着我，从鲜活到死去。

羊水和血渗透裤子，从铁板上淌下来，我听见有婴孩的啼哭声幽怨地飘出来，同霍林河水的呜咽一样，远一下近一下。

风扫过苇尖儿，唰唰，掀起一阵细浪，把我的长庚也吹来了，他从人群中冲出来，跌倒又爬起，叫着娘！娘！你不要死！

我听见长庚给台上的王三五叩头的声音，听见他哭着对王三五说，三五姥爷，你放了我娘吧！

那哭声让榆村的女人也生出了慈悲，她们学着长庚的话，她们说，放了长庚他娘吧。女人们团团围过来，围成一面墙，让我的长安就那样出生了。

在天地间。

33

转眼，长安两岁，德才仍杳无音讯。那一年的大年夜，别人家都灯火通明，忙着包饺子吃年夜饭，我领着孩子团坐在火盆旁，听外面的爆竹声，榆村人的笑声，热热闹闹，在黑夜里飘荡。

芝芬把门开了一道缝儿往外看，过了一会儿跑回来，说外面的笑声和爆竹声都飞到天上去了。芝芳把她拉回来，摁在火盆旁，说那是别人家的热闹，不准她出去看，芝芬就哭了。我把她揽在怀里，告诉她，等他们的爹爹回来了，我们也可以放爆竹。芝芬说，爹爹在哪儿啊？

长庚已经长成小大人的模样了，从炕上跳下去，跑到外面，操起一个马鞭，在窗户前甩起来，啪啪作响。芝芬抹了泪水，和芝芳跑出去，欢喜地叫着，说和爆竹声一样，让长庚甩起来，再甩！再甩！长北和长安手扶着窗台，咯咯笑着，看着他们在外头闹腾出自己的欢乐来。

我走到伙房，想给孩子们做一顿像样的饺子，可东翻西找，除了几穗夏天时晒干的玉米，什么也找不到。伙房里，盆是空的，碗是空的，锅里好久没沾过油星儿，干巴巴生出铁锈来。墙角，还有几个土豆，我想奢侈一回，给孩子煎土豆片，让他们过个像样的新年。

我给土豆打皮，洗净，切成片，给灶膛生起火，把切好的土豆贴在生锈的铁锅上，没有油，土豆片贴上去，一正一反一个翻身，照样两面焦黄，香飘四溢，捡一片放在嘴里，好吃。还是那么好吃。

我蹲在灶台边想起了我的娘，我的祖母。记忆，随着那香味回到过去。我的眼泪淌下来，落到铁锅里，嗞啦，像我娘的一声轻语，就在我身后，她说，要栽土豆啦！

要栽土豆喽，娘会把上一年精挑细选出的优良品种，全都拿出来，倒在屋地中央，再搬来个小板凳，坐在一大堆土豆中间，满脑子都是土豆的样子，掰着土豆栽子。祖母会在一旁唠叨她，要先选好芽胚，土豆身上的小坑就是芽胚，找到那个小坑，再找好切点，千万不能把芽胚切坏，也不能切偏，切坏了就等于切死了，切偏了种到地里，土豆栽子水分丢失，会自己干死。娘笑盈盈听着，每年春天都把掰土豆栽子当成头等大事。一家人一年的菜和我们冬天要打牙祭用的零食都指望着这土豆呢。娘总说，土豆是家常菜，庄户人家，一年到头天天得和土豆打交道。土豆都吃不上溜儿，日子更没法过了。

土豆开花喽！夏天的时候，娘常常兴奋地和邻家的大婶打着招呼，炫耀着。邻家的院子里种满了扫帚梅，还有大芍药、小芍药。我常常跳过墙去，偷偷摘来三五朵，别在头发里，回到家中对着镜子让娘看美不美。娘啧啧地说，美啥美？净知道臭美。这世上最美的花就是土豆花，土豆花多好看，要粉有粉、要白有白、要紫有紫，开得满地新鲜。

我说，土豆开花有啥用？又不在上面结土豆？我顶撞着我娘。娘笑我小孩没见识，说上面的花越多，地下的土豆就越多。我说土豆花不香。我摆弄着头上的大芍药，紫紫地夺人眼目。

闻不到土豆花的香，那是你不热爱土豆。你不是庄稼人？你不爱土豆？娘把我的芍药抓过去团了，丢在地上。

我爱吃土豆，但我不爱土豆花。我看着骤然失去颜色的芍药嘟囔着。没花哪来的土豆？娘白着眼睛。

土豆开花的季节也是豆角结荚的季节。娘常在春天栽下土豆时，选出三五条垄，在靠近地头的地方，土豆与土豆的间距间种上豆角。

豆角结荚时，娘领着我和铁锤去土豆地摘豆角。这种活，我是乐意去做的。因为土豆地里年年都会长莜荬，结出的果实就像鸡眼睛般大小，未成熟时是绿色的，成熟以后有黑色的，也有黄色的，又甜又香，密密麻麻地赖在土豆地里，诱惑着我的嘴巴。

摘豆角毕竟不能天天去，有时候趁着大人白天睡着的空当儿，我撺掇铁锤给我壮胆子，溜出去，向村子东头的庄稼地跑，专找土豆地往里钻。不管谁家的地，只要悄悄摸进去，准能碰到好吃的莜荍。吃饱了，我和铁锤互瞅着，他的脸绿一道、黑一道的，我对着铁锤嘿嘿乐，铁锤却说，你还乐我呢，你的脸也不比我好哪去。

等到土豆地两旁庄稼的阴影漫过来，把太阳给遮没了，我和铁锤才想起该回家了，可又不敢回。是回得太晚，大人肯定等急了，赶在他们气头上准挨打。索性一不做二不休，再拔两棵莜荍秧扛回去，说专门带给祖母的，兴许一打马虎眼，祖母还能给讲讲情，这顿打就免了呢。不过我的馊主意，大多时候不奏效，一般都是铁锤看娘的表情不对，撒腿就跑，而我，总是被娘抓过去，出气。

娘会边打我边问，还敢不敢去土豆地败祸了？把土豆秧都踩倒了，土豆花都碰掉了，把土豆地都踩硬了，土豆长不成大个儿了。她总是有一大堆拿土豆说事儿的理由。

每到秋天，起了土豆，要用马车往回拉。我想起我们家屋子里靠墙角的地方，我爹挖了一个很深的窖，是专门用来装土豆的，我们都叫它土豆窖。那么多的土豆，会把一个深深的窖填满，我爹还要在窖上面围上苲子，苲子一圈一圈往上围，围了一人多高，里面还是土豆。

起回土豆的当天晚上，娘要做辣椒焖子，烀一锅土豆，不烀太大的，也不烀太小的，挑匀溜儿的，拳头大小的，烀上一锅。娘说了，起土豆这天吃烀土豆，明年的土豆还能大丰收。我和铁锤最爱吃。尤其是面乎乎的土豆蘸上辣椒焖子上面漂着的那层油，有咸滋辣味，抹在土豆上，嚼在嘴里散着奇异的香。我和铁锤常常为了争上面那层油，打翻饭碗，吵个不分上下。我急眼了，用筷子把辣椒焖子搅混了，上面的油混到酱里面去了，铁锤扯着嗓子哭起来，我又怕挨母亲打，小声哄他，你别哭了，一会儿油还会再漂出来的，你要是再哭，油就吓跑了。铁锤不哭了，眼巴眼望瞪着辣椒焖子，看着一层细细密密的油珠儿钻出来，漂了一层，就破涕为笑。

冬天总是最温暖的。我爹会在炕沿儿底下支一个铁炉子。小炉子一烧，所有的寒冷都被拒之门外了。夜晚来临的时候，一家人围在旁边，母亲纳着鞋底，父亲招来三两个村中的老友喝茶水、嗑瓜子，有一句无一句闲聊着。而我和铁锤是绝对不会安静下来的，跑到土豆窖里摸出几个大土豆，在铁炉边上放一块木板，让祖母用小刀把土豆一片一片切下来，贴在炉盖子上烙着吃。

火候要是找得好，烙出的土豆片灿灿金黄。最好是玉米瓤子火，玉米瓤子着到火焰已落，却正炭火星红，温度最高，把土豆片放上去，一正一反一个翻身，熟了，飘出土豆的香气来，金黄金黄的两面锅巴，光看着也定会馋死人的。先赏给祖母，祖母是尊，是长，是劳苦功高，没有祖母，哪有现在的一切？

再赏纳鞋底的娘一片，娘冬纳鞋底、夏做棉衣，屋里屋外的一把好手，难得闲下来，难得有一份闲情，守着我和铁锤，看我们忙来忙去。娘吸了一下鼻子说，真香咧。带着一脸柔和的光，不过手，直接用嘴接走我手里的土豆片，继续纳她的鞋底去了。

再赏喝茶水的爹一片，爹总是那么眯着弯弯的眼睛带着笑，无论我们多淘都不管。爹不要，搪不过我软磨硬泡，还是乐滋滋吃上一片。

那时候，似乎每一个冬天，都一样地守着那个小火炉，傍晚，无论下雪，还是刮风，总是那么温暖，飘着土豆的香。而现在，一事一事过去，我成了娘那样的年纪，却不能给孩子那样的日子，仅有的那几个土豆，时时刻刻都在提醒我，过了今天，明天就没有着落了。

我一屁股坐在地上，想到死，死了，就再也不必受这人世间的罪。可外面传来孩子们的欢笑声，那欢笑支撑着我，让我忍受住所有煎熬，又往前奔。

长庚从外面跑回来，手里攥着一只巨大的耗子，他对我说他用鞭子抽到一只耗子，我们有肉吃了。我说耗子肉不能吃。把土豆片端给他，让他领着弟弟妹妹一起吃。可长庚看着那土豆片，问我猫能吃耗子，为啥我们不能吃？我说猫喜欢吃耗子，我们没吃过。长庚眨了眨眼睛，说，娘，那就吃一次试试吧，总比没肉吃好。芝芬和芝芳也跑进来，她们眼巴巴看着我，她们说，娘，吃一次肉吧。他们的眼神里全是渴望，那耗子仿佛变成鸡，变成鸭，变成了一口肥嘟嘟的年猪。

我从地上爬起来，想，好歹也是肉。那就吃吧。五个孩子，都努着红鲜鲜的两片唇，身子也雀跃起来，围着那只耗子，欣喜若狂。

可是一只耗子是不够分的。长庚明白我的心思，说他还可以弄来几只，风一样跑出去，拎着水桶，去水井前打水，他是要灌耗子洞，这样的游戏，他以前玩过很多次。

那晚，我把长庚捉来的耗子剥了皮，用铁条穿好，架在火上烤，香味一噬一噬地往外溢，五个孩子，蹲守在我的身旁，咽着唾沫，一个劲儿地说，真香真香。一只野猫守着窗台叫。也不知谁家的狗在院子里转着圈儿。长庚说，娘，它们也馋肉了。

长庚端来盘子，把焦黄的耗子肉摆在盘子里，放在炕沿儿上，芝芬和芝芳伸手去抓，长庚说，先别动，咱们多闻一会儿，多闻一会儿就多香一会儿，吃进肚子里，香味就没了。他们凑近盘子，吸着鼻子，大口大口吞着那热气。那热气里勾魂的香味，在屋子里绕来绕去，孩子们围着跳起舞来，他们拉着手，围成一圈，长庚嘴里念着歌谣，小皮球架脚踢，马莲开花二十一，二五六、二五七、二八二九三十一……

热气散尽，香气渐渐弱下去了，长庚把盘子端起来，站在最中间，高高举着，说，娘，你唱一首歌吧。我说唱啥呢？长庚说就唱娘的宝宝露笑容。我笑了。他说的是《摇篮曲》。

我唱起来：

月儿明

风儿静

树叶遮窗棂啊

蛐蛐儿叫铮铮

好比那琴弦儿声啊

琴声儿轻

调儿动听

摇篮轻摆动啊

娘的宝宝

闭上眼睛

睡了那个睡在梦中

在那样的歌声里，长庚把盘中的肉分给芝芳、芝芬、长北、长安，最后一块留给自己。他们举着那肉，就要享受那盛宴了，娘的歌声，是那场盛宴的礼炮。为了那场盛宴，他们的脸上都挂着专注、期待的神情，他们在等长庚发出开始吃的口令，然后一起把肉放到嘴里。他们在等我的歌声唱完，一起分享。

门就在那一刻被推开了。进来三个人，我的歌声戛然而止。

前边的是两个年轻的小伙子，后头跟着宝柱，他们说，是王三五让他们过来看看，地主家过年吃啥？

宝柱看着盘子里的肉，惊叫着，肉！肉！肉！他跳着脚，揪过长庚说，你偷了我的鸽子！长庚把他推搡开，说这不是鸽子，是耗子。宝柱不管，宝柱认准那是鸽子了，把他们手里的肉都抢过去，

151

放在盘子里，抱着盘子往外走，他说要回去找他爹，让他爹主持公道。

那两个年轻人把长庚带走了，他们坚信是长庚偷了宝柱的鸽子，他们带着长庚去王三五那里说，确实在王玉娥家里看到了几根鸽子的羽翎。王三五听了，手脚发颤，当即把长庚关进马棚旁边的饲草房里。和德海一墙之隔。

我无计可施。我想到了德海，想让德海照应一下长庚。我去找德海时，他正在给马拌草料，他头也没抬，说了句，胡家的事儿，我管不到。他扔下拌草料的木叉子，抓起马槽子旁边的柱脚上挂着的铁挠子，给一匹马梳鬃毛，不理我了。

我看着他的背影，我说，你是我在榆村唯一的亲人了啊。德海丢下梳马鬃的铁挠子，回了屋关上门，把我隔在门外，门板的缝隙钻出一缕灯光，黄淡淡的一摇一晃，像是在嘲笑我，也像是为我悲伤。

饲草房里，长庚敲着门板小声地叫娘，我望着黑洞洞的里头，唤长庚的名字。长庚说，娘，你别哭，这里头还有耗子呢，待会儿我再抓两只，明天咱们还烤耗子吃。我从门上的窗格子伸进手去，想摸摸长庚的脸，长庚把一只手递过来，碰着我的指尖说，娘你回吧，长安找不到你，又该哭了。我想，我是该走了，我不能在这里对着长庚傻哭，我得去想法子把长庚弄出来。我说，你好好在这里睡上一觉，过了这个大年夜，明天就又回到娘的身边了。长庚说嗯，声音颤抖着，我猜他是哭了，脸上一定全是眼泪，所以不让我碰他的脸。

我往回走。路上的爆竹响作一团，烧给阴间的纸钱已成灰烬，在天空中打着旋儿，那旋儿里裹挟着一股炭气冲撞着我，让我平生第一次生出了要宰人的念头。我想回到家里拿上一把镰刀，踹开王三五的房门，掀了王三五的饭桌，然后像割高粱一样割掉王三五的脑袋，挂在老神榆上，风吹、雨淋、日晒、鹰啄。

我进了院子，大门里头又静又黑，屋子里没有孩子的闹嚷声，他们一定都已睡下，一定胡乱横在炕上，脸上一定还粘着泪滴，这让我的心好像挂着一个铁坨坨，直直地往下坠。我想在黑夜里摸到他们的身体抱在怀里，吻去印在他们脸上的泪痕，他们那么小，我不知道用怎样的方式让他们忘记恐惧、忘记饥饿、忘记那耗子肉的香气。

　　门就在眼前，我不知道该如何推开它，不知道该如何面对孩子们的眼睛，不知道以后的日子怎么过活。门却自己弹开了，黑暗里有一个更黑的暗影闪出来罩住我。我叫一声，谁？

　　那黑影大口大口地喘着气，没有说话，可他的气息、他的温度，让我的心瞬间吊到了嗓子眼，我说，德才，是你吗？

　　他没应我，双手胡乱把我推开，翻身上了院墙，逃走了。我没敢去追，转身回到屋子，看见孩子们平静地睡着，那个黑影，并没有惊扰到他们。

　　我点了灯，看见炕沿儿上多了一个布袋子。抓过来，打开，是半下子小米，朝里掏一把，有一沓子钱，我把那个袋子抱在怀里，血一股脑儿涌到头顶，我想，是德才，他还活着。

34

天还没放亮，我去找李三老，鸡鸣和狗叫此起彼伏，让人不能心安，找不到一点依靠。

一进李三老的院子，站在他的窗下，听见他屋子里有烟袋锅敲打炕沿儿磕烟灰的声音，还有李三老的咳嗽声。我想，李三老人不坏，会给我拿个主意的。就敲他的窗。他问谁啊？我说玉娥。他说大过年的你跑过来干啥？我说长庚让王三五给抓了。

他一孩子，抓他干啥？李三老叨咕着，来开门。

李三老让我进屋。他叨着烟袋在炕沿儿上听我说完，闷坐半天，叹口长气，说，赶紧去嘎罕诺尔镇找一个人。我问他找谁？他往前凑了凑，说，司马徽则回嘎罕诺尔当区长了。我的心兔子一样往外蹿，我说，真的吗？李三老说，榆村，没人敢替你说话，说了也不好使，还得受牵连。

我说，我不明白，王三五为啥处处要我不好过？李三老说，说来话长，那时还没有你。其实，要说起胡家来，也就是到了胡二爷这一辈人，才活出点仁义道德，祖上虽没大恶，德行却也没攒下。王三五在胡家做了半辈子长工，你可知为啥？我摇头。

李三老说，当然是你魁木爷先犯了错，年轻时是个好赌之徒，输得家徒四壁，是被你爷爷赶出家门的。你爷爷原以为他自己支门过，会怜惜日子，可魁木爷不争气，他把老婆输了，去找你爷爷筹钱往回赎，偏赶上你爷爷重病，去给他张罗钱的路上，人死了。

那样，魁木爷去求胡家，胡家的老爷子从不做亏本生意，说，钱有，只是借给你，你拿啥还？你知道魁木爷咋说的？

154

李三老说，魁木爷昏了头，说赎回来给你睡，也不能给那些赌鬼睡。胡老爷子笑，说，睡女人我不稀罕，毁我名声，倒是缺一个马倌儿。他是看上了王三五，让王三五做他的长工。魁木爷一口答应了，还千恩万谢的。

就那样，王三五他娘给赎回来了。只可惜是个烈女子，疯了，跳到河里淹死了。

李三老说，你看，胡家和王三五家揪扯着呢，王三五心里憋着气，他咽得下？他是早想报这个仇了。

李三老说，去找到司马徽则吧，你以后的日子兴许好过些。我犯了犹豫，不是不想去找司马徽则，是放心不下孩子们。李三老看我犯难，说去镇上赶早不赶晚。

从李三老家出来，背上长安就走。走到霍林河边时，突然觉得不对劲，心想，万一我走了，王三五收拾长庚可咋办？又从河边折回榆村，直接去了王三五那里。

那会儿天放白了，王三五正好起来撒尿，等他尿过，我隔着木门叫他，说，三五叔，我来给你认错了。他拎着裤子把腰带扎好，见是我，歪着脑袋问，大清早犯了啥错？我说，鸽子是我偷的，和长庚没干系，你想想，他一个孩子咋能抓到鸽子呢？王三五嘿嘿笑说，一个孩子是没那本事，可我要是不放长线，能钓上你这条大鱼吗？我说，啥意思？王三五依旧笑，阴森森的，说，胡德才死在外头了，你再嫁一回啊。

王三五让我嫁的是嘎罕诺尔镇的一个劁猪匠，早些年我就知道他，一辈子没碰过女人，是个聋人，不管别人说啥，都咧着嘴笑。

我看着王三五说，德才没死，就是死了我也不嫁。王三五说，没死？人在哪儿？我垂下头说，我不知道。王三五说，没人逼你，嫁不嫁随你，想不想胡长庚今天放出来也随你。其实，我是为你好，嫁给劁猪匠，你就改变身份了。我猜王三五一定是收了劁猪匠的钱，想啐他一口吐沫，可我一碰到他的眼神，还是忍了。我说，三五叔，你容我想想。

我背着长安去霍林河坐船到了嘎罕诺尔镇，在区政府那门口一

155

直张望着，等司马徽则。

中午时，司马徽则从院子里出来，我不敢叫他的名字，他在前面走，我在后面跟着，走过了最热闹的街，又绕过了两条胡同，背上的长安突然哭了，他听到孩子的哭声，回过头来远远看着我，先是不认识，后来猛一下认出，便大步迎过来，在我面前立住，嘴巴张了又张，想要说点儿什么，最后却只说，前面到家了。他又朝前走去，我走在后头，不远不近地跟着他。

司马徽则住在一条胡同的尽头，偏僻是偏僻些，但宅子不错，早些年听人讲过，是一个军阀从窑子里赎出来一个妓女，本来打算娶回家，可是大老婆领着几个姨太太一起闹，到底没让那妓女进门，那军阀没法子，在嘎罕诺尔镇找个僻静的地方，盖一所房子，把那女人安顿了。再后来，那军阀又发现那女人住在新房子里并不安生，和以前经常去找她的一个嫖客勾勾搭搭，一来气，开枪把女人打死了。打那以后，宅子空下来，嘎罕诺尔镇的人都说里头闹

156

鬼，是鬼宅。可司马徽则不信鬼，他说，要是真能碰到鬼，倒可以和她聊聊鬼世界是个啥样子的。

大门朱红，手一推，吱嘎一下，笨重的声响，能把人的胆子碾碎。门旁有两棵梓树，开着细碎的白花，香气飘了二三里。司马徽则说，这里安静，没人敢住的地方，有人住进来，也没人轻易来打扰。他说，你是头一个客人。客人这个词，让我觉得他生疏了。他回手关了门，再看我时，先前的冷色没了，把长安从我后背上解下来，放在院子里的藤椅上，让我坐，忙着抓花生和糖块给长安，忙着倒水给我喝。他说，你饿了吧？我给你弄吃的。我说，你别忙活了，我有事来求你。他愣了愣坐下来，手不知放在哪里才好，在裤缝儿处来回地摩挲着。好久终于说，坐下来心口疼。

院子里的丝瓜架上，蝈蝈在叫，一声长一声短；屋檐下有几只麻雀唧唧啾啾；风从墙外翻过来，带来一阵叫卖，磨剪子来戗菜刀。长安剥着花生斜在椅子上睡着了。隔壁的孩童，跳着笑着，嘴里念着摆家家：

　　春来了，树开花，
　　我和胖小儿摆家家。
　　摆家家，摆什么？
　　摆个园子去种瓜。
　　胖小儿拿个小瓦片，
　　刨个坑儿巴掌大，
　　我拿石子当瓜子，
　　低头就往坑里撒。
　　培上土，踩踩脚，
　　回头一望笑哈哈，
　　歪七七，扭八八，
　　种下一串小脚丫……

我们在那童谣里不知所措，仿佛钟摆停止了晃动；仿佛河水已经冰封；仿佛一切在一点儿一点儿退回从前。藤蔓，不再往天上爬，开始朝下生长；皮球大的倭瓜在慢慢变小，成了鸡蛋黄的模样；绽开的芍药花一瓣一瓣闭合花蕊，要再开一次的样子；枯萎的树叶又鲜活起来，飞到树上；炸开的豆荚，重新合上，又绿在豆秧上；云逆着风，在天上跑。

长安在睡梦里笑了一下，墙头上伸出几个孩童的脑袋，司马徽则撒一把花生过去，孩子们哄抢着散去了。我想要司马徽则帮忙的，到底无法开口。

那天，司马徽则下了面条给我和长安吃。我的那份，我留了下来，我说，我不饿，我想带回去给长庚。司马徽则听了，胳膊拄着桌子，双手捂在脸上，眼泪顺着指缝淌下来。他说，玉娥，你不该受这样的罪。我说，啥样的罪我都能受，只是孩子们，不该和我一样受这苦。司马徽则伸出一只手，扣在我的手上。

后来，王三五把长庚放出来了，出来的那天，王三五特意在全村人面前说是他大人大量，不会为了一只鸽子，跟一个毛孩子较劲。

但是，我心里清楚，一切都和司马徽则有关。因为，关于王三五想让我嫁给劁猪匠的事儿，也跟着不了了之。只是那劁猪匠一直还存着念头，来榆村劁猪，从我门前走过，总是要停下来，坐在柳树底下抽一袋烟，见了长庚几个跑出去，会从口袋里掏出一把糖来，擎在手上，说，给！给你们！长庚会领着芝芬和芝芳怯生生逃开，站在远处，看着那劁猪匠夹着包裹，垂头丧气往霍林河边走。

　　长庚长到十一岁那年，嘎罕诺尔镇人民公社成立，榆村生产队建了一个大食堂，食堂的墙壁上画着山珍海味，看了，直勾得人口水滴。王三五特意从嘎罕诺尔镇请来杜仲存先生，在那些画作旁边题一首诗，诗云：鸡鱼蛋肉堆如山，仙桃美酒甚可观，误为王母邀仙客，公社社员把饭餐。打那以后，社员们一起吃饭、一起出工，热闹得天翻地覆。

　　柳屯有三五十口人，合并到榆村来了。房子不够住，原来的胡家大院里，除去我和孩子住的两间房外，东西厢房都腾出来，给柳屯的人住。德海住过的地方腾给了邹大云。

　　邹大云带着一个和长庚差不多大的丫头，细眉细眼，又瘦又小，叫秀草。榆村的人都说，秀草她爹害肺痨死的，秀草也有肺痨，他们都不让自家的孩子和她玩，绕着她，说她的病会传染。所以，秀草到了榆村，一个玩伴也没有。

　　有时候，隔着窗子望出去，总能见她孤零零站在大门口。长庚说，娘，我还有妹妹和弟弟，她，只有自己。长庚总惦记着出去玩时带上秀草，可秀草从来不让他靠近。她说，你家是地主，咱们不能一起玩。把长庚弄得讪讪的，不知怎么办才好，我就劝长庚，随她去。她是个不领情的，咱也没必要在意。长庚就不再去找秀草了。渐渐地，竟觉得秀草是个令人讨厌的丫头，因为她总和邹大云吵架。一开始只听到吵，一吵就要挨打，邹大云举着笤帚在她屁股上胡乱挥舞，她就要摔门而去。有几次，看见她坐在村口偷偷抹眼泪，本想上前哄哄她，她却斜着眼睛使劲瞪人，让人望而却步。心里恨她，一个孩子总顶撞自己娘，就该挨打。

有天夜里，我听见有人翻过墙头，跳进院子，黑乎乎的影子一闪，扎进邹大云的屋子里。次日，秀草又和邹大云吵，吵得有些露骨，秀草嘴里骂着王三五，说他不定哪天会从墙头上摔下去，崴折脚。邹大云扇她一个嘴巴，秀草捂着脸跑了。

到了傍晚，秀草还没回来，邹大云哭天抢地四下里找，找不见，人快疯了，骂秀草是个小养汉的，让野汉子领走了。长庚悄悄对我说，他知道秀草在哪儿。我问他咋知道的，长庚说秀草边跑边哭，他就在后头跟着了，看见她朝柳屯去了。我说那就去柳屯找啊，长庚说他自己去。果真，到了天黑，长庚带着秀草回来了，他把秀草送到家门口，秀草回头看了他一眼，说，以后咱俩能一起玩吗？长庚说，你愿意就行。秀草笑了笑，进屋去了。

屋子里又传来邹大云的骂声。接着，她抱住秀草号啕起来。长庚站在门口听，我去拉他回来，他和我边走边说，娘，柳屯到处都是黑漆漆的房框，还有被坯头封堵的窗户，像鬼村。可秀草不那么认为，秀草说，那里没有鬼，有她的爹，她回到那里，能看见她爹挑着粪挑子大街小巷捡猪粪、牛粪、马粪、羊粪。

长庚和秀草在一起玩了。去嘎罕诺尔镇上学，也常常一起走。邹大云见了，会骂秀草，说她是个不知羞的，成天到晚跟在一个地主崽子的屁股后瞎颠颠。秀草说，不知羞就不知羞，不知羞也是随你，我不让你找男人，那些男人还不是照样半夜里钻咱们家的门。为此，秀草的半边脸总是肿的，她总那么肿着脸，趴着窗户叫长庚，说，你去霍林河边上等我。

去霍林河，是和长庚叉鱼。秀草是个叉鱼的高手，平常日子别家的孩子满大街疯跑，她却到树林子里找那种直挺挺的木杆，比大拇指粗些，拿回来，坐在院子里削，把木杆的一端削得锋利尖细，像能索命的锥子，在院子里摆了长长一溜。榆村的人见了，朝她要一根，她不给，说除了长庚谁也不许动。去叉鱼的时候，自己拿一根，再给长庚拿一根。

长庚叉鱼不麻利，总是手忙脚乱，秀草就慢慢教他。她讲叉鱼得找有水草的甩湾子、芦苇窝子，水深一点的地方，那样，里头爱藏鲫鱼。看鲫鱼多少，得会看水下的气泡。鲫鱼吐泡很仔细，隔三岔五有气泡钻出来。有时吐两颗，有时吐三颗。鲫鱼吐泡和地气冒出的泡不一样，地气冒出的泡是咕噜咕噜不停地冒，鲫鱼吐泡，有个风吹草动就憋回去了。有时候，在水草底下，可以看到成片的小泡泡冒出来，那就是碰到鲫鱼窝子了，细细瞧，会瞧见一群鲫鱼在底下游。

"鬼子鲤"晴天不好遇，阴天才会跑出来，但是胆小鬼，有点动静就钻深处去了。找鬼子鲤得找犄角旮旯，找深水和浅水交界的地方，找水草旁边，找鱼泡多的地方，找鱼爱跳出水面的地方，找芦苇荡的边边角角。叉鬼子鲤光选对了地方也不行，还得找时间，天刚放亮或者刚擦黑，因为它们总会在那样的时候才出来找食。鲤鱼吐泡很浪费，一大团一大团地吐，跟鲫鱼比赛似的，非要把鲫鱼比下去。

鲶鱼最不好叉，滑溜溜的不说，还怕光，总愿意贴在水底下，脾气古怪，独来独往，很难碰到成群结伙的。吐泡泡时，泡泡成条成串，像是被棉线扯住一样，鲶鱼就顶着那串泡泡在水底下摇头摆尾，一晃一晃的。

秀草还说，叉鱼的时候，不能照着看到的鱼去叉，要朝鱼的下面叉。长庚问她为啥？秀草说她也不知道为啥，反正真正的鱼在你看到的鱼下面。

长庚按秀草说的做，叉到的鱼还是没有秀草多，每次叉鱼回来，秀草只留够她和邹大云吃的，剩下的通通给长庚，她说你们家人多，我多给你些，省得我们家吃不了，我娘拿去喂那些野男人。

秀草说的野男人有王三五，还有德海。邹大云跟德海的事儿，有一天半夜，让王三五碰见了，德海跳着墙头出去，王三五翻过墙头进来，德海没说话，王三五也没吱声。

王三五钻进邹大云的门，把邹大云摁在炕上，话也不说，裤子褪下去，忙活起来。邹大云歪着头，不看他，他扳过邹大云的脸，说，咋松了呢？胡德海整的？邹大云说，去你祖宗的王三五。王三五说，你得意胡德海比我年轻？邹大云把王三五从身上掀下去，提上裤子说，老娘又没卖给你王三五，你管我得意哪口？王三五抽了邹大云一个嘴巴，说，婊子养的，你到榆村要不是老子罩着，能过得这么舒坦？

王三五气恼恼走了，那以后，好些日子没去钻邹大云的门。德海也没去。邹大云吃不住劲了，去马棚找德海，跟德海说，睡也睡了，你就没个打算？德海说，啥打算？邹大云说，你一个爷们带个孩子，我一个娘们拖个嘟当，往块堆凑凑，是个家。德海说，以后有啥为难遭灾的，我能帮你一准儿会帮。邹大云抿着嘴苦笑，你一个臭地主，还破大盆端上了，不在块堆过，你帮我个屁啊？德海说，我这辈子，黄月容活着的时候，我的心是黄月容的，黄月容死了，我的心也跟着她死了。邹大云听了，半天没说话，等到寻思过味儿来，猛地起身，把德海压在身下，一面褪他的裤子，一面问他，哪那么容易就死了？你钻老娘的门时，心咋没死呢？

外面传来响动，德海想把邹大云推开，可邹大云死死抱住德海，用力咬住德海的耳朵。德海喊疼。他越喊，她的牙越紧。他们撕扯成一团，门开了，王三五进来了，他们也不知道。

王三五就等着看这一幕呢，终于看到了，在一旁拍着手，说伤风败俗了，寡妇不守名节，鳏夫不顾门风，榆村容不得这样的人。

邹大云一见王三五，委屈着扑过去，抹着鼻涕眼泪，说，三五叔，你要给我做主啊。她的样子，像是德海强迫了她。

王三五把邹大云推到一边，倒背着手在地上转了又转，指着德海问，这事你打算咋整？

德海提上裤子，骂邹大云倒打一耙，他呸一口吐沫啐在邹大云脸上，梗着脖子。但是地主的身份上又多了一个强奸罪，德海辩不清，王三五要带他去嘎罕诺尔镇，德海怕了，给王三五跪下，说，只要不见官，今后给你做牛做马咋的都行。王三五不干，到底押着德海走了。

那一次，我又去找司马徽则。是个深秋，他房前的梓树叶子铺了一地，望过去，橙黄橙黄的，像从一个世界通往另一个世界，我走在上面，恍似司马徽则在天堂，而我在地狱。

抬手去叩他的门，很久，里头有了回响，两扇门被拉开一道缝儿，一个女的探出脑袋问，你找谁？我以为找错了门，问她这里是不是住着司马徽则，她回头喊，徽则，找你的。那样子、那声音，像当年的我一样叫着司马徽则的名字，我的身子晃了一下，扶着墙壁站稳。再一抬头，看见司马徽则从屋子里面走出来了。

她叫王美珍。是司马徽则告诉我的。司马徽则没说王美珍和他是啥关系，但是我看得明白，她喜欢他。心想，也好，司马徽则早该有一个家了。我不该再给他添麻烦。我说，来办事，顺道，来看看你。王美珍冲我笑笑，和司马徽则辞别，我看着王美珍的背影，说，她配得上你。

德海的事，我没跟司马徽则说，其实我心里也明白，那种事，就算说了，司马徽则也帮不上忙。王美珍走后，我少坐了一会儿，也要走。站在门口和他告别，司马徽则终于说，王美珍，单位的老马给我介绍的，我还在考虑。我说，徽则，不用考虑了，你也不小了。司马徽则两只手搓来搓去，眉头紧锁。我说，把大门关好，别看我的背影，就当我没来过。

我踩着那些贴在大地上的梓树叶子，在心里对自己说，这是我最后一次登司马徽则的门了。

德海被判了三年，长东成了孤孩，他一个人住在马棚里，会像马一样嘶叫，打响鼻儿，没事做了，站在马槽子里够着马鬃，给马编辫子。我去接他，我说，跟我回家吧，家里有长庚他们一口粥，就不会饿死你。

36

长庚去嘎罕诺尔镇住校，秀草也去住校。长庚说，学校要实行集体管理制，所有的学生都得住校。我舍不得长庚，惦记他的冷暖，长庚说，娘，住校可好了，每天敲锣打鼓，打着红旗去支农，帮助社员搞"大跃进"、开凿运河。挖运河吃大米白面，早晚一大碗大米粥，中午一张白面饼。还看戏，唱《茶瓶计》《牛郎织女偷王母娘娘神簪，为人民划出一条河》。长东本来念书念得挺好的，可自从学校要求住校，他说啥也不去上学了，他说，念个啥劲？还不如去工地敲跃进鼓呢。长东说的跃进鼓，是生产队院子里的大牛皮鼓。

一九五八年秋天，庄稼长得好，榆村的人都说这下子好了，再也不用挨饿了，都编筐挼篓等着王三五一声令下好去地里收庄稼。可真到了收庄稼的日子，王三五去镇上开了一次会，回来说，区政府门口的牌子换了，换成了嘎罕诺尔镇公社，公社交代了新任务，深翻地、压绿肥，那样明年种地，地有劲。

收庄稼的活，全落在了女人肩上，学生们也打着红旗漫山遍野跟着忙活，有的帮女人收庄稼，有的去捡秸秆，捡成堆，点了；烧成灰，男人们翻地的时候，把那些灰当作肥料深深埋进土地里。

男人们干活卖力，尤其是击鼓手在地头敲跃进鼓时，那鼓点一响，口号也就跟着喊起来了。谁都不觉得累。

有一回，司马徽则从嘎罕诺尔公社下来检查，王三五亲自敲跃进鼓，还即兴作了一首打油诗，说，稻谷赶黄豆，黄豆像地瓜，芝麻赛玉米，玉米有人大。花生像土豆，土豆赶西瓜，一幅丰收图，跃进人民画。王三五敲那鼓时很威风，长东望着发呆。榆村的人都说长东是随了黄月容了，有地蹦子的底子，所以一听鼓点就心痒痒。

长东去找王三五，说只要把鼓槌交到他手里，他保准敲得好。王三五紧着鼻子跟长东瞪眼睛，说，就你？长东说，我咋了？他身上那股子倔劲也不知道像了谁，王三五越是打击他，他越来劲。有一天，王三五喝了酒，来了兴致，指着生产队院子里新建的土高炉说，看着没？要大炼钢铁了，可榆村铁少，你要能弄来铁，跃进鼓就给你敲。长东盯着王三五，问，真的？王三五点头。长东一转身跑了，边跑边说，你要是说话不算数你就是王八。

第二天天一亮，榆村生产队院子里的土高炉下面，堆了一堆菜刀、铁铲子、大铁锅、铁锹、二齿子、钉耙子。长东拉着王三五去看，把王三五看得一愣一愣的，问哪来的？长东说，偷的。忙了一宿没睡，家家户户走了个遍。

王三五没说话。长东说，鼓槌呢？说话不算数你就是王八。王三五踹了长东一脚，说，谁他妈的说话不算数了？他把鼓槌给了长东，长东围着土高炉跑了又跑，跳了又跳，高兴得不知如何是好。跑累了，靠在那土高炉旁，仰着头看天，舌头在嘴里一蹦一跳的，咚咚恰咚咚恰，咚不隆咚咚恰恰。

长东拿到了鼓槌，却不能敲鼓。那天，全村的人都去找王三五闹，说铁锅偷走也就算了，反正在生产队大食堂吃饭也用不上，可把干活的锹镐都弄走了，以后不就得手挖脚刨了吗？榆村的人说，从小偷针，长大偷金，长东就是有娘养没娘教，以后保准是榆村的祸害，他们要给长东点儿颜色看看。

他们把长东抓起来，吊在老神榆旁边的一棵榆树上，抽他的嘴巴，打他的手板。问他知不知错，他一个错字也不肯说，愣是被打个鼻青脸肿。我跑去给他求情，他满嘴是血，对着我喊，哭啥哭？不就是打两下吗？榆村的人听到他那样的话，气更大，拿起棍子，又去打他的手掌，三两下下去，他的手指断了两根。后来他被打昏了，榆村的人散去了，我把他背回家，问他疼不疼，他咬着牙说，

165

不疼。那样，我落眼泪，长东说，你哭啥？我又不是你儿子。我说，就因为你不是我儿子我才哭，你要是我的儿子，我就再打折你两根手指。

到了冬天，农田里挖大坑、修水库。冰天冻地的，男人女人都去工地出工了，敲跃进鼓的差事王三五交给了年轻人，长东远远看着，心里的刺痒病又犯了，可他这次长了记性，没去和王三五说，弯身从地上拾起两节木棍，仿佛眼前有一面大鼓似的，击打起来。长东腰身挺拔着，膝盖蜷曲，浑身的力量都凝在了手上，他围着那鼓旋转、跳跃，鼓槌下敲出了春雷，一阵阵翻滚，像波涛一样一浪涌着一浪，他沉浸在他的鼓声里，他的脑子里只有鼓声，他的眼睛里只有鼓槌下的大鼓，他的胳膊一下下举起，一下下落下去，两只手飞舞欢腾。

修水库的人都停下手里的活，朝长东看，敲跃进鼓的孩子握着鼓槌说长东疯了，可长东听不到、看不见，他的鼓声在他的心上永不停息地响着。王三五看不下去了，王三五说长东耽误了生产劳动，他呵斥着让长东停下来，长东依然在他的鼓声里回不过神来。王三五扇了长东一个嘴巴，长东手里的木棍突然掉在地上，看着把他围成一圈的人们，怔怔了好久，逃走了。

那以后，跃进鼓锁进了生产队的仓库里，再也没有抬出来过，因为就在那天晚上，不知谁在那鼓面上戳了一个洞眼儿，那鼓再也响不起来。

长东跟王三五申请回马棚里喂马，他说他要在马棚里等他爹回来。那一年，长东差不多十岁，刚好能够到马槽子，我劝他还是去嘎罕诺尔镇念书，他说念书不顶吃不顶穿，不如去生产队喂马，起码能挣半个人的工分。攒了钱，胡德海回来了，有个过头。自打德海被抓进去以后，长东再提起他，总是叫他的名字。长东说我不能没爹了，还把爹喊得那么亲，要是喊了，会想起有爹的那些好日子，会活不下去。喊胡德海，像是喊别人。

长东回了马棚，那时候喂马的是吹唢呐的梁贵友。梁贵友说，长东来搭把手也挺好，黑下没事儿的时候我能教他吹唢呐。

166

后来我才知道，长东挣命似的要去喂马，除了为等德海回来，再就是为了那唢呐。他给梁贵友叩了头、敬了酒，像模像样地拜了师，没几天，就能把唢呐鼓捣出声响来了。梁贵友问他第一个曲子想学啥？长东说，整个悲点儿的。梁贵友说《大悲调》悲，长东说那就《大悲调》，等胡德海回来时，我给他吹。

　　到了一九五九年的秋天，德海从牢里出来，一进村，长东就坐在村口，果真吹响了《大悲调》，呜呜咽咽的，整个榆村都听得见。

167

　　饥饿又来了。一九五八年的庄稼，女人们还没来得及全部收回来，就全都埋在深翻起来的土地下面了。费劲巴力收回来的粮食，要拿去交"奉献粮"，王三五说国家受灾了，这"奉献粮"生产队得交，村民也得交，他为了大伙儿拿粮食时心甘情愿些，自己带头先交了四十斤。榆村的人，都是拿粮食当命看的，王三五带头，大伙儿也不愿意交。王三五就天天开会，早晨开过了，晚上还要开，开到大伙儿把粮食交了，会才结束。

　　生产队的粮食，都交征购粮了，大食堂的菜越做越没油水，饭越做越稀。榆村的老老少少都开始瘪着肚子，勒紧裤带过日子。有一天，人民公社的大食堂里，耿财娘做饭时，用勺子挖了一勺吃，恰巧被打饭的梁贵友媳妇看见了，不依不饶，把耿财娘揪到王三五面前，说你媳妇做饭偷吃，大伙儿都挨饿，凭啥她搞特殊？耿财娘说，没偷吃，是尝尝熟没熟，以前也总尝。梁贵友媳妇说，以前不缺粮食，尝尝也就算了，现在尝不行。耿财娘委屈了、哭了，说，不尝就不尝。可梁贵友媳妇还是不干，找来一伙人，串联着，逼着王三五把做饭的差事换成了她，才安心。

　　没过几日，大食堂黄了，梁贵友媳妇把最后几把米熬成了米汤，大伙儿分着喝过，王三五就苦着脸宣布食堂解散。他说，虽说已经按上级指示瓜菜代，淀粉代替粮食，可大食堂还是坚持不下去了，从今个儿起，各自找活路去吧。

　　为了填肚子，榆村人开始挖野菜。苣麻菜、婆婆丁、灰灰菜、蚂蚱菜、苋菜、刺菜，都成了救命的东西，每天天一亮，我拖着大大小小的孩子，挎着筐，拿着剜刀小锄头，四下里去找野菜，从那些野菜放出两瓣娇弱的嫩芽到它们开出花朵、结出果实、流出苦涩的浆，我都不放过，把它们一筐一筐地挎回家里，洗净、焯了，有粮食的时候把野菜剁碎，掺上两把玉米面子，蒸成馎馎，给孩子吃。粮食没了就攥着菜团子，蘸着盐水吃。

漫野遍坡的野菜很快被挖光了，榆村的人开始剥榆树皮，晒干、搓碎，用石碾子磨成粉做汤，那汤好喝，跟榆树钱一样，滑溜溜、甜丝丝。就是在那一年，榆村的榆树都像女人被剥去了衣服，裸着身子在风里哭，在雨里泣，不堪忍受侮辱样的，在转年的春天里，通通死去了。

人在饥饿面前是不择食的。榆树皮没了，人们把玉米叶子、玉米瓤子扔进铁锅里烀。烀不烂，李三老想出个法子，告诉大伙儿往锅里搁火碱。那是个不错的主意，只是那玉米叶子、瓤子，遇着火碱就变得通红通红的，像是熬出一锅人血似的，让人害怕。长安见了就会哭，他说，娘我不吃，吃了它们会咬肠子。我知道，他是说吃了肚子疼。

我管不了那么多，依旧把玉米叶子、瓤子，起早烀好，贪夜捞出来，攥出水分，用搓衣板搓碎，放在石碾子上压，用水泡，再用大片纱布做成的过滤包过滤，滤出来的汤液放上一夜，沉下来的淀粉，虽然大酱一样红糊糊的，但做成窝窝能填肚子。

有人开始吃不消了，从柳屯搬来榆村的，有个叫白光起的，是个山东人，说起话来五音八调的，耳朵根儿下还长了一个鸡蛋大的包，小孩子见了，都叫他白大包。他特别能吃，粮食足的时候，他老婆蒸豆包，他一顿能吃五十个。他老婆擀面条，他一顿能吃十大碗。他们家杀年猪，他把猪膛打开，一把一把掏膛油吃。他老婆骂他是馋痨，他说不是他吃了，是他耳朵根儿下面的大包里有馋虫，不吃好馋虫就咬他。

饭量大的人到了挨饿的年月，总是比别人更不抗饿。白大包是吃淀粉吃死的，又苦又涩的淀粉窝窝，白大包临死前手里还攥着一个。他死时的样子特别让人怕，身子肿着，青筋暴露，肚子像鼓起

169

的皮球。榆村的人抬着他入棺，封盖时，他老婆突然拎着剪子跑过来，一剪子把那大包戳开了，她扶着棺材说，不是说有馋虫吗？馋虫在哪儿呢？白大包一死，她精神不那么正常了。

孩子们开始浮肿了，我日日夜夜担心他们会死去，找李三老开方子，喝药汤子，也不见好转。李三老让我去找德海，他说从德海那弄一把粮食来，能救俩孩子的命。他这样一说，我忽然想起德海，德海从牢里出来后，还在马圈侍弄马。他给马拌草料，槽子底下一层玉米粒子，黄乎乎的，晃人眼睛。就去求德海。跟德海说不管过去做了怎样的了断，血脉是断不了的。说马槽子里的玉米粒给我一把吧，只要一把，芝芬和芝芳的水肿就会消失。德海不说话，转身进了他睡觉的小屋，把自己关了起来，我望着他的房门，明白他的意思，是在告诉我，万一我被谁看见了，和他没关系。德海到底还是帮我了，他从前说的那些狠话都不作数。我把玉米粒子揣进怀里，拿回家半夜里煮了，插上门给孩子们吃。隔几日，我再去，德海说，不能明目张胆拿，路上万一被搜，谁都好不了。德海说得有道理，可我不能看着那些黄澄澄的粮食无动于衷，等着我的孩子们饿死，我想了想，终于想出办法来。

我抓起那些玉米粒子，一粒一粒送到嘴里，舌头打起卷往嗓子眼儿里推，干巴巴的要把嗓子划出口子样的，噎了几粒就噎不下去。马槽子旁边放着饮马的水桶，里面有马随时一低头就可以喝下去的清水，我就着那清水，大把大把往肚子里漱那粮食，想着把胃撑大一些，就能多装几粒玉米。德海不敢从屋子里出来，隔着门板对我说，你那样会出人命的。我告诉他，我不这样，也是会出人命的。咋弄都是个死，那就选个好死。吞下那么生硬的东西，走起路来能听见玉米粒子和玉米粒子在肚子里碰撞的沙沙声。进了门，灯也不敢点，用木棒子把门插好，爬到炕上，再从炕上往地上爬，那样可以脚背勾住炕沿儿，手撑在地上，把自己倒挂起来。用一根筷子插进喉咙眼儿里使劲儿搅，搅得嗓子里冒出血来，胃里的黏液裹着玉米粒子哇一口吐出来，哗啦一下子淌在地上，像是一片灿灿的金子。

170

吐出一次，心安一次，心想，孩子们不会饿死了，至少这一天，可以活过来了。收在盆子里，用清水冲洗，洗了再洗，丢进锅里放上土盐煮熟，叫长庚他们醒来。他们吃了粮食，很快退去肿胀，变得有些血色了。

以后，我经常去德海的马槽子里和那些马抢粮食，马吃玉米粒，我从它们的嘴里抢玉米粒。马吃豆饼，我从它们的嘴里抢豆饼。时间久了，我竟练就了一身反刍的本领。在榆村，我是唯一一个会反刍的人。

快过年时，生产队的马死了一匹，德海不让我再去抢马的饲料了，说马一天天脱膘，说不定啥时候还会再死，要是再死，王三五会要他的命。德海说，王玉娥，能帮你的，都睁一只眼闭一只眼帮过了，以后是死是活看造化吧。

我就再没去过德海的马棚。

到了过小年那天，王三五和几个男人去嘎罕诺尔镇领明年春天的大豆种，女人们都去请李三老画灶王爷。大街上的孩子们放着鞭炮，唱着歌谣，说灶王爷，本姓张，骑着马，挎着枪，上天言好事，下界保安康。

我也去找李三老，让李三老也帮我画，李三老画了，还写了一副对联。临走时，李三老叫住我，说，再送你一个灶王奶奶吧，还掏出一块糖给我，让我回去往灶王爷和灶王奶奶的嘴上都抹抹，二老回天庭汇报时嘴甜些，能多说说我王玉娥的好，以后多照顾照顾我的日子。

那晚，把灶王爷和灶王奶奶摆上供桌，只顾着磕头，没有焚香，没有灶糖，没有糯米糕，就那么看着他们，到夜深。

长安躺在我的怀里，说，娘，讲个故事吧，讲个故事就不饿了。我就讲了，我说我们把灶王爷和灶王奶奶请回来，真是亏待他们了。他们要是去了好的人家，人家会给他们上供，给他们好吃好喝好招待，让他们不枉下界走一遭。可是我们家啥也没有，连该给灶王爷坐骑准备的草料都没有。

长安说，娘，灶王爷的坐骑是啥？

我说，是毛驴吧。

长安说，那给毛驴一把谷草吧。他从我的怀里爬起来跑出去了，很久跑回来，不知从哪里抓来一把谷草，放在灶神的下面说，灶神，给你的毛驴吃吧。

我想起了口袋里的那块糖，掏出来跟孩子们说，我们给灶神的嘴上抹糖吧，抹了灶神的嘴会变甜。孩子们看到了糖，齐刷刷围拢过来，流出了口水，长北说，娘，灶神会把一块糖都吃光吗？我看着他们，朝每个的脸上都摸了一把，我说，不会，灶神喜欢小孩子，他只会舔一舔，剩下的给你们吃。他们都笑了起来，像一朵朵绽放的花。

孩子们舔着灶神留给他们的那块糖时，我溜出了屋子，溜进了生产队的仓库里，吞了一肚子王三五白天从嘎罕诺尔镇领回来的大豆种子。吞下去我才知道，那种子，王三五怕丢，拌了敌敌畏。

那一夜，回到家里，把大豆种子吐了一地，我便人事不省了。这一昏死，自然被王三五查到头上来了。王三五说，要是死了，就一笔勾销，要是醒了，绝不轻饶。

我是昏死了两天才清醒过来的，长庚他们围靠在我的身旁，个个都泪人样的。见我睁了眼，长庚说，娘，是秀草救你。我侧了一下脑袋，看见秀草也贴着炕沿儿站着。秀草说，我给你灌了狗屎，你不会怪我吧？我抓过秀草的手，我说，以后，你是我的恩人了。秀草垂下头，不好意思地咧了一下嘴角，脸蛋儿上，露出一个大大的酒窝来。

批判我的大会是在大年三十开始的。那天，出奇冷，东北风一吹，小刀子一样刮着脸。手脚，猫咬一样锥心。梁贵友冲着墙角撒尿，回来时在人群里嚷嚷，妈的，差点没把打人儿的家伙冻掉了。有几个婆娘围过去，哄堂大笑。会场上，闹闹腾腾的，有小孩子三五成群在角落里放小鞭炮。多日不见的乡邻，坐在一起唠着家常，嗡嗡嘤嘤的，直到梁贵友把秧歌队领上前台，那嗡嗡嘤嘤声才消停下去。敲锣打鼓的站的站、坐的坐，吹唢呐的是梁贵友，梁贵友身前站着长东。

那秧歌是为过年扭起来的，扭到热闹处，锣鼓声歇息下去，我被推出来。王三五兴奋地跳到人群前面，大声说要给我清醒清醒脑子，省得我总是轻易就忘记了自己的身份，犯下糊涂破坏生产劳动。

两个男人抬着一桶井水走上台来，不待我看明白，已经从我的头顶泼洒下来，哗一下子，由脖颈钻到前胸后背，顺着裤腰淌进两条裤腿，流进鞋子里，又漫了一地。滴水成冰，很快，我被镶上一层冰壳，牢牢粘在地上，从心里往外成了一个硬坨坨。人群肃静，风排着长长的队伍，在耳边呼呼而过。人群里的唏嘘声，像抛起的石子在空中划过。

王三五叫起来，愣着干啥？接着扭接着唱。把新年的样子闹出来。锣鼓声立刻又震天动地响起来，扭秧歌的人舞着扇子在我眼前忽来忽去，像一团团幽魂。梁贵友的唢呐，从那些热闹里拔地而起，直刺刺往天上冲，柴草垛上的麻雀腾地飞起一片，抖了几下翅膀，又落回原来的地方。冷风拧成一股绳，把我捆得更紧。梁贵友吹的"秧歌调"，在我耳边渐渐模糊、遥远。眼前的一切，一点儿一点儿褪去色彩，变白，变灰，变成黑色的深渊。我像一片叶子，轻飘飘的，朝那渊底坠去。我恍惚看到王三五把长东提溜到会场的中央，让长东吹个更喜庆的，吹好了带他去家里吃饺子。长东不吹，长东俯下身子盯着我的脸，我听见他说，她快死了。要吹就吹《大悲调》吧，人死都吹《大悲调》。王三五笑，嘿嘿一声，说，要是死了人，那人让你难过，你可以吹《大悲调》，如果那人让你不难过，你可以好好去快活。长东想了会儿说，害怕算不算难过？王三五摇摇头。

长东直起身子，仰着头看王三五，说，真有饺子吃，我就给你吹一个《小拜年》。王三五竖竖大拇指，说，今儿这日子，合适。

长东就被人群围着吹起《小拜年》，那调子一颠一颤的，把我满身的冰壳壳颠出裂纹来，我听到自己碎开的声音，嚓嚓、嚓嚓，而后哗啦一下子，魂魄飞散。

《小拜年》终了，大会散场，人群涌出大队的院子，场地空旷下来，我在那空旷里听到有人叫娘，翻起身来趴在地上，朝四下里看，一个影子也没有。我试着爬起来，每爬一寸，耳边都有一个声音在叫，娘！娘！

回到家，长庚他们浪一样扑过来，他们抱着我冰凉僵硬的身子，和我一起哆嗦着，长庚说，娘，你冷吗？我说，娘抱着你们，就像抱着火盆一样暖和。

转过年，霍林河发了一场大水。我现在都一直认为，那场大水就是为救榆村人的命而发的。鲫鱼、麦穗、川丁儿、老头鱼、白票子，一股脑儿地涌进河水里，榆村的人拎着抄捞子去捞呀。熬汤或者炸熟，撒进面糠蒸窝窝，总算有了盼头，大伙儿都说天老爷饿不死瞎家雀。

秀草总是能捞上来很多鱼，她照样留下她和邹大云吃的，剩下的给长庚。那时候，邹大云又有了新的男人，那男人是嘎罕诺尔镇那个劁猪匠。不管榆村有没有猪要劁，劁猪匠总是三天两头要来一回，有时给邹大云带两个地瓜，有时揣几把爆米花。奢侈的时候，弄一斤白糖，进屋冲糖水，一口一口喂邹大云喝。

38

这一晃，很多年没有德才的消息了。

榆村的人越来越相信他死了，可我一直觉得，他还活着，会在某一个夜晚，月影一样闪出来。

天黑下，我会跑去霍林河边上，对着芦苇荡的深处，叫几声德才的名字。有时，惊起的长嘴鸥会盘空而起，让我误以为是德才从水里钻出来了。也不知怎么的，想起德才，总还是他投进霍林河那一幕时的样子。我甚至总是幻想，深夜，睡熟以后，房门被敲响，我被惊醒，开门去看，德才就站在门外了。

榆村来了放电影的。

我还记得，那一天因为有电影要放映，整个榆村的人都是乐颠颠的，见了面，第一句话要说，晚上看电影去，来放电影的了。小孩子们美过了头，端起饭碗往嘴里扒拉几口就放下，一趟一趟往大队院子里跑。大队院子里的喇叭也过年了一样，一遍一遍唱着《太阳最红毛主席最亲》，唱一会儿，停下来，王三五对着大喇叭喊一遍，晚上要放电影了，看电影的要带上小凳子，家家户户关好窗锁好门。屋里的柴火堆不要连着灶坑门子，以防失火。

天终于暗下去，大队院子里挤满了榆村的老老少少，站着的、坐着的、骑在墙头上的、爬到草垛上的，都朝一面墙上巴望着。那墙上挂着四四方方一块布，白色，镶了黑边，用两根木杆子挑起来，贴在那儿。李三老说，一会儿，人就会从那白布里出来。所有的人对那白布生出了好奇，眼睛都不敢多眨一下，生怕错过了什么。

终于有一束光打在那块白布上，人群有些小小的骚动，李广德站起来，站在那束光里，一个巨大的黑影就印在了布上，有人说，广德，你要演戏咋的？李广德不好意思地坐下去，却还是对着那束光好奇，伸出手在那光里来回晃。有更多的手伸向那光里，影布上印出奇奇怪怪的形状，狗、孔雀、拳头、巴掌、剪刀手。

后来，喇叭传出了声响，那些伸手的人吓着了似的，猛地把手缩回去，老老实实坐回自己的小凳子上。白布上映出人的影子来，电影是《红色娘子军》。那是榆村的第一场电影。

那场电影我没看完，看了一半，长安发起高烧，在我怀里躺着，时不时打个冷战。我和长庚打了招呼，让他看好长北和两个妹妹，就背着长安回去了。

到了家里，给长安灌了姜水，塞进被子里，忽然觉得自己也累了，就斜在长安旁边，打起迷糊。

接着，像是梦，房门开了，发出很轻的声响，有人走进来，步子很轻，在我身旁停下，气息很轻，他的手碰到了我的头发，叫我的名字，玉娥。我应了，猛一下醒来，出一身冷汗。定定神，有一个黑影真的立在屋子里。我不敢动，直勾勾望着那团黑，压着嗓子问，谁？

黑影说，玉娥，你别害怕，我是德才。

我的心跳到嗓子眼，不相信德才回来了，慌乱着下炕，想把灯点亮，德才却拦住我，说，不要点灯，我真的是德才。

从那声音里，我早已听出他是德才，可我想看看他的脸，看看他这些年成了什么样子。德才说，我带了荞麦和山木耳，你和孩子先撑着，找机会我再回来看你们。

我抓住他的胳膊，说，你还要走吗？德才说嗯，榆村我不能回，回来不知是死是活。我说，那你在哪儿？这些年是咋过来的？德才坐下来，说，你别惦记我，我现在在大兴安岭，跟山上那些采木头的干活，有吃有喝，遭不着罪。我说你咋去大兴安岭了？

德才从口袋里掏出旱烟口袋，摸着黑卷了一根烟，叼在嘴上，就讲开了。说他那年钻进霍林河以后，身上的火灭了，人却昏倒在了芦苇荡里，也不知是过了多久才醒过来的。醒来，突然害怕，不敢回家，就在芦苇荡里等天黑。等到日头落下去的时候，生出离开榆村的念头，他是想，天下那么大，总有能给条活路的地方。

德才朝北走，扒上了火车，到了大兴安岭，进了山林子里头，走得又饥又渴，感觉自己快要撑不下去时，眼前出现了一座木刻楞房子，便跑过去敲门，里头没人应，门也没锁，推开，炭火盆烧得正旺，里头还埋了土豆。屋子里有一只木桶，里面是满满一桶子冰块，那是等着冰化开，用来喝的水。

德才顾不得那么多了，跪在火盆旁，吃了还半生的土豆，啃了几口冰块，在小木屋的炕上，沉沉睡去。

那木屋的主人回来时，一个人坐在木桩子上喝酒，他没叫醒德才，山里人，总能遇见进山的人累了，迷路了，进屋歇个脚，所以，屋子里多个人，也是见怪不怪。德才醒来时，他叫德才一起喝酒，只是抬头一见德才的脸，吓了一跳，酒碗没端稳，啪嚓一下碎在了地上。

德才讲到这里，把手慢慢伸进上衣口袋，我能听见他的呼吸颤抖着，手也颤抖着，在衣服上摸了好几下，发出沙沙声，摸出火柴，说，我可以把烟点着吗？

没等我回应，德才把火柴擦亮了。那一束微光，映出了他的整个脸庞，那一瞬间，我看到德才的一只耳朵横生出来，比原来大了两圈，半边脸红赤赤的，生硬，没有任何表情，像是扣上了一个面具。我向后退了退。火柴灭了。

是咋弄的？我问。声音颤抖着。

烧的。德才说那天的火烧了他的头发、衣裳，毁了他的脸。

但是这样也很好，没人知道他是谁，从哪里来都无所谓。他和那些山里采木头的人说，家被大火烧了，自己成了无家可归的人，他们可怜他，让他做打枝工、支杆工、采伐工。挣饱自己的肚子，还能攒下一口吃的拿回来。德才站起身，把我抱在怀里，说，电影快散场了，我该走了。他抽身往外走，到院子里翻身跳上墙头，在夜色里像一股风，消失得干干净净。

　　我想叫住他，问问他下次啥时候回来，却不敢发出一声。

39

一九六八年底，榆村来了一个插队落户的女知青，叫葛红，是司马徽则亲自送过来的。司马徽则和王三五一起把葛红安置在我院子东侧的空房子里，成了我一墙之隔的邻居。

那天，隔着墙头，我看见葛红梳着两根麻花辫，黝黑黝黑的，耷拉在胸前，模样俊俏可人，那副样子，不管谁站在她面前，都自觉矮了几分。她看见我，抬手和我打招呼，叫了一声大嫂。我赶忙把头低下，不敢看她。王三五提醒她，说，那是地主。她就把手缩回去，吐了一下舌头，再也不和我说话。

倒是司马徽则走过来，冲我笑一下，说，我结婚了。我怔了怔，忙说，好事儿。你早该结婚了。司马徽则从口袋里掏出一把糖来，塞给我，说，给孩子们吃。我一把推开，那糖散落一地，司马徽则弯下身子，把糖一颗一颗捡起来，放进我上衣的口袋里，咬咬嘴唇，走了。

榆村一直没有学校，葛红来了以后，就在榆村教书，生产大队腾出来的两间房子，一间当教室、一间当办公室。第一天开学时，大半个村子的女人都去看，葛红教孩子们念 a、b、c、d，榆村的女人站在外头跟着学，说葛红在教孩子们说外国话。后来孩子们放学回家，说那不是外国话，是拼音。

葛红爱干净，上完课回来，总是要从头洗到脚，屋外的晾衣绳上，成天晒着滴水的衣服。芝芬和芝芳见了，扒着墙头往过看，一个说，你看她的花衬衫真好看。还有那个白领子，穿在里头，翻出来，人特别精神。另一个说，我喜欢她的绿军装。有一回，让秀草听见了，就从墙头跳过去，把葛红那身绿军装穿回来了，让芝芬和芝芳挨个试穿。芝芬和芝芳不敢，说我们是地主，穿了人家的衣服，葛红保准恼火。秀草说，你不说，我不说，谁知道。芝芬和芝芳就试了。

就在那天晚上，葛红闹到王三五那里去了。不是因为芝芬和芝芳穿了她的军装，是她的白领子丢了。她哭哭啼啼的，说丢了白领子是小事儿，偷窃是大事儿。要是不把小偷抓住，到以后就可能变成大偷。

王三五说葛红有道理，问葛红有没有怀疑对象？葛红想了想说，人家都讲贼偷方便，我看应该是近水楼台先得月。王三五没听懂，问葛红说得是啥玩意儿？葛红说，就是房前屋后的人。王三五这回懂了，说房前是李三老，他们家除了一个老婆子，全是爷们，要白领子也没用。屋后是霍林河。葛红说，左邻右舍呢？左邻是刘二家，光棍一根。右舍就是王玉娥了。王三五一拍大腿，说，王玉娥家嫌疑最大，家里两个丫头，日子过得有上顿没下顿，见到好东西恨不得掉眼珠子。王三五要带着葛红来搜。葛红说，没证据，不能冤枉人家。王三五不管，率先出了门，边走边说，搜着不就有证据了吗？

那天，芝芬和芝芳去霍林河里割蒲棒杆了，她们要用那细杆钉一些饽饽帘子蒸豆包。长北和长安去滑冰了，长北做了新冰车，想去看看能跑多快。长庚要编炕席，他说要过年了，家里总要添点新的东西，就把秫秆用快刀刷净叶子，劈成两半，放热水里泡透，拍扁，再用刀子刮瓤，勒席糜子。编炕席是个细致活，工序一道一道的，长庚那时已经忙了好几天。我在做饭，火引着了，大饼子还没往锅里贴，王三五领着葛红进来了，往门口一站，像两个门神似的，把我和长庚都吓了一跳，赶紧规规矩矩站起来。

王三五说，葛红的白领子丢了，怀疑不是芝芬就是芝芳给拿走了，来找找。要是主动拿出来，就不追究，要是态度不好，他们自己动手翻出来，事儿就大了。

我听到最后才明白，我们是被当成贼了。在那一瞬间，我觉得偷这个罪名比地主这顶帽子更耻辱，更让人抬不起头。我说，王三五你放屁！我从来没对王三五那样不恭敬过，突然骂了他，他骨头肉都不自在，擦着手掌，歪着脖子，说，你要反天啊？我退到墙角，把还想骂他的话咽了回去。可长庚不依饶，他是二十出头的大小伙子了，总想跳出来，挡住娘前面的是非，他使劲拽一把王三五，把他甩到一边，说，搜可以，搜不出来咋办？王三五嘿嘿地怪笑，说，胡长庚，万一搜出来呢？长庚绷着脸，说，你也别太自信。要是搜不出来，我插了你！长庚把勒席縻子用的一把尖刀，丢在王三五的脚边。

王三五看了一眼，不屑地哼了一声，说，看来你们这家人，真是好日子过舒坦了。他抬手给了长庚一个耳光，长庚捂着半边脸，朝王三五扑过去，我赶忙横在中间，抱着长庚说，让他们搜吧，搜不出来我们不就清白了吗？王三五呸地吐了一口，说，清白？你们也配说清白？他回头看了看身后的葛红，让葛红自己进屋翻，可是，葛红突然瞪着王三五说，还没证据，你打人干啥？她气呼呼地出门去了。王三五丈二和尚摸不着头脑，半天骂了一句，妈的，不就是个插队落户的吗？

过了没几日，听说葛红的白领子在柴草垛底下找到了，是那天正好刮风，白领子从晾衣绳上刮下来。葛红觉得有点儿对不住长庚，路上遇见，总是想和长庚道个歉，可长庚总是远远绕着，他说，惹不起就躲远点儿吧。还告诉芝芬和芝芳，也要躲她远远的。

秀草本来和葛红相处不错，邹大云做好饭，秀草总带着葛红回家里吃。打那事儿以后，和葛红渐渐远了，葛红再去，秀草说，你做姑娘就这么不积德，也不怕嫁了人生孩子没屁眼儿？骂过，跑去和长庚说，我给你出气了，你不敢骂她，我怕她啥？

40

秀草对长庚好，整个榆村都看得见。邹大云不干了，骂秀草，说你好好一个姑娘和地主对上眼儿了，要是真嫁了长庚，还不如剁碎了喂狗。秀草让邹大云少管她的事，说我不让你找那个劁猪的，你不是也找了吗？邹大云说，你和我比？我要是不靠男人拿啥养你？秀草更是嗤笑，说你养我一个就要靠这个靠那个，那长庚他娘养了五个，一个帮她的男人也没有，照样没饿死。邹大云说王玉娥好你叫王玉娥娘去。

秀草打小就是个不羞口的，以前是叫我王娘，邹大云那样骂过她以后，王字也被她省了，见了就喊娘。我虽脸上挂不住，心里却美美的。毕竟有人看上长庚是好事。

可长庚总躲着秀草。他说自己成分不好，不能害得人家也跟着翻不了身。秀草不说什么，去地里干活，长庚要是在前面，她就在后头拼命撵。长庚要是在后头，她就慢悠悠等他追上来。中午回家吃饭，隔三岔五藏个鸡蛋，见了长庚，往他怀里一塞就跑。有一次，芝芳对秀草说，你别再对我哥那么好了，我哥说我们是地主，配不上你。秀草想了想，说，回去告诉你哥，让他少放没味的屁。只要我们俩都没结婚，就没配不配得上这一说。

芝芳回去把这话和长庚说了，长庚问我咋办，我琢磨了好几天，也想不出法子来。想托个人去和邹大云提亲，想想还是别做美梦了，别说邹大云本身就看不起我们，就算换成任何人家，也不会同意把自己的闺女嫁给长庚。我这头正束手无策，秀草那边倒是请人来了，请的是李三老，进门就给我拜喜，说你们家真是走了鸿运，秀草竟然看上了长庚。多少地主人家的孩子，要模样有模样，要个头有个头，不呆不傻三十大几连个媒人都没有。长庚才二十出头，就有闺女上赶着。是老胡家的福分，是你王玉娥守来的福分。

李三老高兴起来说话不歇气，累得直喘，我给他装上一烟锅子烟，点着，心里又喜又愁。我问他，邹大云知道吗？李三老愣了半天，才说，我还真是老糊涂了，秀草找我来，我就来了。

事情还是被邹大云知道了。很快，她在嘎罕诺尔镇给秀草选了一户人家，是那剿猪匠的邻居，姓徐，二十一二岁，父亲早已过世，和母亲相依为命。邹大云觉得不错，也没问问秀草，就让剿猪匠把那姓徐的小伙子领来相看。

人确实不错，榆村的人都说是个四方大脸的福气相，秀草要是跟了，保准错不了。秀草也没慢待，人家来了，在邹大云面前还像模像样给人家端茶倒水，只是到了最后，那徐家老太太说，这闺女哪哪都好，咋就是不见说话呢？秀草就一个劲儿地笑。邹大云说，是害羞，没见过世面。那徐家老太太说，那就让两个孩子单独唠

183

唠，唠得好，就定下来。

那姓徐的就和秀草单独留在屋里说话。一开始是男的说，男的最后实在没话说了，就让秀草说。秀草瞪着眼睛冲他笑，笑得人家毛毛的，才开口，结结巴巴，半天说不出一个完整的句子，把姓徐的吓着了。她说，那那那我我我……唱……唱着……说吧！也不等姓徐的反应，疯张张唱起来，说自己本是天上的龙王女，犯了天条被打下凡，长了一副好姿色，却落了个磕巴嘴儿，不能把话好好言。

秀草这头还没唱完，那头姓徐的已经冲出门去，一路走一路骂劁猪匠是个骗子，怪不得一辈子没儿没女，就是劁猪劁得做下损了，缺了德了，要三辈子断子绝孙。

秀草乐得前俯后仰，邹大云反应过来，满院子追着秀草打，秀草就喊，除了胡长庚，我谁也看不上。还放出话，说只要长庚没娶，她就谁也不嫁。

这就惹祸了，秀草在榆村，人人见着，都绕着弯走，戳她的脊梁骨，骂她是个比邹大云还不要脸的。邹大云听着那些闲话，来找我，说，长庚他娘，为了秀草好，就让长庚早点儿结婚吧。

我也想让长庚早点儿结婚，可是哪有姑娘肯嫁进门。邹大云是有准备的，对我说她给长庚物色了一个，是嘎罕诺尔镇的，闺女长得不赖，就是前几年得了癞头疮，没钱治，姑娘她娘说，谁要是肯出钱把闺女的癞头疮治好，就把闺女嫁给谁。

我深知长庚想娶秀草是高攀了人家，就想着若能把长了癞头疮的闺女治好，娶回来，也让长庚成个家。我和邹大云说要问问长庚的意见。邹大云说她等着。

事后，我问长庚，长庚闷着头，想了半天，说，那就给那个长了癞头疮的治治看吧。我知道难为长庚了。

家里没钱，我去求李三老帮忙，四处倒腾偏方子。俗话说，偏方治大病，说不定哪个方子用正当了，就把那闺女的一头癞疮治好了。可这一治治了大半年，连个起色也没有。秀草知道了，见了长庚就嘲弄他，说，胡长庚，那闺女治好了也是个没头发的，你以后整天对着一个秃子，你不嫌恶心啊？长庚不吭气，由着她耍，过了一段日子，秀草也淡了，她在地里干活时碰见了芝芬和芝芳，和她们俩说，你哥是王八吃秤砣，铁了心要娶那个癞头了，我一个好好的大闺女，为他把脸面都豁出去了，他竟然那么不经事，不能和我一起扛。

芝芬和芝芳回到家把秀草的话传给了长庚，那会儿一家人正在吃饭，长庚听了，一口饼子噎在嗓子眼，喝了一口凉开水才冲下去，他说，娘，那个癞痢头，不管能不能治好，我都娶她。我说，你不喜欢人家，要不，你咋一口一个癞痢头，从来不叫人家的名字。长庚猛地抬起头来，看着我问，她叫啥？我说，叫张亚勤。

张亚勤一听说不管治不治好，长庚都愿意娶她，就哭，让邹大云捎来口信，说一分彩礼都不要，能早些嫁过来就成。

那就张罗着给长庚结婚了。扯了花洋布，准备做两套新被子，给长庚添点儿喜气，可长庚把那布料都藏起来，说，被子就免了，留着给芝芬和芝芳做棉袄面吧。

有一天，长安从外面跑回来对我说，葛红在大门口转来转去的好像有事。我跑出去看，果真见葛红在外头朝里张望着。见了我，不待我开口，拉过我问，听说长庚要结婚了？我不解她的意思，默默看着她。葛红说，我没别的意思，就是想帮帮你们。

我说，帮啥？葛红说，我有治癞头疮的膏药。我祖上传的。我接过来，不敢相信。

葛红说，我帮你们，也是有原因的。一是我以前误会你们偷了我的白领子，欠你们一个人情。二是我刚来榆村时，秀草对我好，长庚要是能娶别人，秀草死了心，和你们这样的地主人家断了关系，也算我帮她跳出火坑。

我把膏药拿给邹大云，让她捎给张亚勤。心想，死马当活马医，要是真能好了，总比娶过来时还流脓淌水强。哪知道呀，张亚勤用了葛红的膏药，不但癞头疮好了，还长出稀稀拉拉的头发来。这一来，换了个人，水灵灵的，一说一笑，都招人喜欢。我让长庚接她来住几天，在榆村人面前露个相，这亲事就算定下来。

185

长庚去了一趟，她不来。再去一趟，还是不来。人家都讲事不过三，我有些急了，去问邹大云那张亚勤是咋回事，邹大云亲自跑了一趟嘎罕诺尔镇，回来时天已经黑透了，她在我面前皱着脸，说，一个败家货，忘恩负义的东西。将来嫁了别人，保准生不出孩子来。

张亚勤对邹大云说，有条路走，就不能选地主。长庚听了，没上火，反倒一天到晚吹着口哨，比以前更卖力地干活。再见秀草，她也眉开眼笑的，她说胡长庚就是她的，这是命中注定的。

41

　　一九七二年，很多知青开始返城。葛红从来不张罗回城的事，谁要是问起她，她就说要在榆村扎根了。榆村的人都说，不是葛红不想走，是葛红想走也走不了。说她爸爸被打成了右派，下放到一个农场劳动改造，生病死在了那里。她妈妈受了什么人的侮辱，跳楼自杀了。

　　葛红不考虑回城的事，关于她的传言就沸沸扬扬满村都是。一开始葛红不太在乎，时间一久，她想不在乎也不成，大伙儿看她的眼光有了异样，葛红原来爱说爱笑的，突然哀伤了。王三五一开始对她很是关照，慢慢也不那么在意了，有好几次芝芬和芝芳看见王三五红扑扑着脸从葛红的屋子里出来，他一走，葛红就会嘤嘤哭，偶尔还能听到磁缸子砸在墙上，又落在地上咕噜噜滚了一圈的声音。没过半年，榆村传出葛红怀孕的消息。

　　大姑娘怀孕，这在榆村可不是小事情，好像很久没热闹过的村庄一下子有了生气，男人喝酒时饭桌上多了一道下酒菜，女人干庄稼活累了，坐在地头地尾闲聊，有了话把子。葛红原本教书教得好，榆村人都说，有了葛红，榆村人再也不怕算不过来账、看不明白书信了。可这事一出，有的人把孩子从学校领回了家，他们说，书没念好，再学了葛红，将来还咋嫁人？

　　老师没了学生，葛红的颜面彻底扫地。葛红经常一个人喝酒，喝醉了，躲在榆树林里号啕大哭，有一回，哭着哭着睡着了，秀草还有芝芬、芝芳三个人看见了，合力把她背回来。她在秀草家的炕上睡了一夜才缓过来。学校的课再也不敢去上，因为往讲台上一站，背后就是嗷嗷的笑声，有一些胆子大点的男生，还把石子土块砸在葛红脊梁上，葛红不回头，不训斥，眼泪像泛滥的河水一样往下淌。

有些人家的山墙上，不知谁沾了锅底灰，刷了一排黑字，写着，知青一朵花，破鞋挂谁家？要想和她睡，晚上排好队。秀草看见，回家取一团观音土，用水泡了，在上面再刷一层白，重新写上，东风吹，战鼓擂，中华儿女怕过谁。

那年冬天，葛红还是把孩子生下来了。

那天，长庚去冰上打苇子，一码子一码子往前推，突然听到了一阵婴孩的哭声，他丢下推刀四下里找，找到了一个棉花包。在苇窝子里。长庚抱着那个棉花包跑回家，往炕上一放，慌张张地叫我，娘娘娘，你快来看！

188

我跑过去，见那小胳膊小腿还在动，问长庚，哪来的？长庚说，苇塘里捡的。我说谁这么狠心呢？长庚说，还能有谁？看着一肚子书文，一脸知识分子相，做起狠心的事来，猪狗不如。

我抱起孩子往外走，想把孩子还给葛红，我说，猫养的猫还知道疼，她一个活生生的人，咋能这么无情？墙头很矮，一抬腿就迈过去了，葛红的门从里面别上了，我敲了半天，终于开了，她苍白着一张脸站在我面前，看见我怀里抱着一个婴儿，顿了一下，猛地把门关上，在里头大声嚷嚷，你滚！滚！

我把那孩子放在门口，转身要走，门咣当一声开了，葛红扑通一下跪下去，头实实在在磕在地上，她说，你救救我吧，你把他抱走，把他养大，给我一条活路。我看着她，想让自己的眼睛里长出一把刀来，最好可以杀死她。我说，我看不起你，城里人、知识分子。葛红跪在那儿，头埋在胸口，摇着头说，我也看不起我自己。

我把孩子又抱起来，放在离葛红更近的地方。我说，他是你最亲近的人。

我走了，身后全是葛红的哭声。

我以为，葛红会从此守着那孩子，但第二天她还是从榆村消失了。秀草馇好了小米粥，用饭盒端着，给她送过去时，发现屋子里空空的，只有那个婴孩还在，睡得正甜。秀草坐在炕沿儿上看那孩子好久，抱起来，说，你是个不受待见的，我给你起个名字吧，叫芦儿。

秀草把芦儿抱回家去，用铁皮罐头盒装上小米，放在灶膛火里熬小米糊，一勺一勺抿给芦儿吃。邹大云帮着她喂，一边喂一边骂她，你弄这么一个野孩子回来，将来还咋嫁人？秀草说，那就不嫁。邹大云使劲掐她的胳膊拧她的大腿，秀草就是不吭气。

将就着，秀草养了三个月。

转年正月里，榆村来了一个卖猪崽的，邹大云抱着芦儿去看热闹，问人家猪崽咋卖？人家说一块钱。她嫌太贵了，骂人家卖猪崽的是个诓死鬼。那卖猪崽的就顺着她说，一块钱买个猪崽养大了，你还能得一口肉吃，总比养个孩子强，要是个小子，娶了媳妇忘了娘，是给别人养的。要是个女子，长大嫁人，还是个赔钱货。

几句话把邹大云逗得乐起来，问卖猪崽的家里的娃是男是女？卖猪崽的说他老婆肚子是块碱巴地，种啥都长不出苗苗来。这一说，邹大云动了心思，把怀里的芦儿往前一推，说，换你猪崽，换不？人家当她说笑，没搭理她，她就一直在毛驴车后面跟着。到村口时，邹大云在后头说，这孩子本来也是我捡的，你要是能养，我就跟你换。那卖猪崽的停下来，往前凑了凑，撩开被角，看看孩子的脸，粉嫩嫩泛着光，冷风一吹，她还紧了一下鼻头。没等卖猪崽的把被角盖好，邹大云把孩子往人家怀里一推，到驴车上拎起两个猪崽就走，边走边说，叫芦儿，冬月初七生的。

送走了，就再也没找回来。

几十年以后，再提起来，秀草还是泪眼婆娑的。

第四章

西边的太阳掉进霍林河水里去了。

喜鹊落到了树梢，麻雀钻进了屋檐。晚霞护着羊群，牧羊人的鞭哨声从西边的草原响过来。榆村的炊烟，从房顶一缕一缕往天上升腾，和那些云汇合到一起，像仙女回到宫殿，披上紫色的罗纱。河边的堤坝上，马蹄溅起尘埃。露珠开始降落，它们是这世界上最美丽的精灵。还有，还有碱蓬草，长成了一片红色的海。

月亮从太阳升起的地方爬出来。村角有孩子跑过，好像急着去追赶星星。公鸡跳上墙头，冲着屋里亮开嗓子。长庚举着菜刀跑出去，他说这是不好的征兆。秀草拦着他，说，留着做引魂鸡，杀了就没处再找。长庚把菜刀丢下，那不好的征兆，是死真的要来了——他的母亲正在死去。他哭起来。

外面的哭泣声也陆续多了。买回来的白绫和黑纱、黄烧纸和盖棺的霞帔，都堆放在柜盖上。乾隆大钱早就找好了。金纸摆在圆桌子上，女人们围成一圈叠元宝，她们轻声说话，话里夹着叹息，是叹息我这一生，留下太多感慨和美好，那里头裹挟着他们，从生命之初，漫过人生长河。

我横卧在炕沿边，秀草开始给我穿寿衣，她说人在没咽下最后一口气时穿上寿衣，到了那世，会得到。要是死了以后再穿，就得不到，灵魂会穿着旧衣服飞走，亲人梦到时，便总是可怜兮兮的。

秀草说，不能让娘可怜兮兮的，活着，受尽屈辱，死了，到另一个世界重新开始，要风风光光。像奔流到海的河水，要风风光光的。

这河水消亡过，多少年无声无息，像是死了，河水一死，打鱼人的心也跟着死了。打鱼人从河套里把渔网拔回来，摞在窗前的鸡架狗窝上，有房子那么高，他们站在地上仰望着，像敬拜河神一样自言自语。那些渔网，像是有灵，只过了一个夏天，就风化成碎片。有人从榆村离开，去了城市，年轻的想在那灯红酒绿里长出自己的根，年老的，蹲在城市的高楼下，说，鸡养不得了，鸭养不得了，过年再也杀不成年猪了。

老屋在黑夜里偷偷拭泪，老神榆是这块土地上最后的幽魂。但是，我说过的，我的魂会和它做伴，陪它一起看春天等来花朵、夏天等来雨露、秋天等来果实、冬天等来冰雪。

我要葬在霍林河的岸边。我要一抬眼就能看见河水的对岸，就像那岸也能看见我一样。

我就要死了，在我死之前，那河水又回来了。去河里下挂子的打鱼人，拎着挂子回来，上头一定挂满了鲫鱼，我听见他沉重的脚步和疲惫的喘息。我听见院子里有人发出吁吁声，挂子摔在地上。

他说，长庚，明天摆饭，给你加道菜。长庚说，好。

　　榆村人从不说谢谢，那是生分话，是给城里人和陌生人说的。嘎罕诺尔镇的人都住进楼房里，他们就是门挨着门，也会陌生的，不会走着走着遇见了，就邀约着回来喝一杯茶，不会东家的长扯着西家的短，不会村头闹腾起来，村尾也赶过来瞅热闹。大不了街角遇见了，道一声你好和再见。亲密的，也不过是在马路边上停下来，说几句不疼不痒不咸不淡的话。

　　所以我要死去，我的灵魂会一直守在榆村，一直守着这人间烟火的气息。

　　寿衣要一层一层穿，带子代替了扣子，要一条一条系，秀草的手轻柔柔的。

　　我的身体还有余温，我死去以后也要带着这些余温。我要用这温度去焐热我身下的泥土，用这温度烫热从我身边流过的河水，让一切都是暖的，在九泉之下都春意盎然。人群散去，回味无穷。

　　门咯吱一声开了，是来早走进来。来早像是冷，紧紧抓着我的胳膊，一抽一抽的，她的手冰凉，像她刚出生时一样。

　　来早一生下来是冰凉的，她草迷了，浑身都是紫的，所有的人都坚信她活不成，只有我固执地把她揣进裤腰里，我说，她不会死，她是长庚的第一个孩子，是我生命的一个轮回。我要她活。

　　来早的第一声哭是在我的裤腰里发出来的。那哭拽着我的心，于是，她的生命便和我的生命打了一个结，是注定你中有我，我中有你。她是最像我的。她的倔，总让我觉得，如果我的年轻，也如她的年轻这般时光大好，我也会像她这样出去闯一闯。闯，不一定要见名堂，不一定要遇见最好，世界那么大，总有值得看看的理由，而我的一生，去得最远的地方是霍林河的对岸。来早不一样，来早说，女人的一生，是要自己去闯的。

　　又一个黑天开始了。夜色昏沉，狗叫成了榆村唯一的响动，猫捉老鼠的声音被它们淹没，庄稼的叶子相互摩擦，蜻蜓的翅膀撩起风浪，太阳的余热留在石磨上。谁家的媳妇哭了，谁家的汉子扯开了呼噜，谁在梦里念了谁的名字，山野兔磕碎了豆荚，猫头鹰冲着窗口笑了一下。我同这夜色一起糊涂了。我要朝前走还是朝后走我都分不清，我被生和死拉扯着。生那端，脆弱而枯萎，而死，凝集了无数力量，牵着我走，我顺从着，向西，一路向西。

人说，死是归。那我是回家了。这里的牵牵挂挂都如藤蔓般做了斩断，只是，我还记得他们，他们亦还记得我。我用我的血为他们做了记号，我用我的血为他们留下了记忆。我想我该唱首歌，唱什么呢？多少年前，一张嘴会从嗓子眼里溜出的调子里，总会夹着歌词，现在，它们又复活了，像一群精灵，一股脑儿涌塞到喉咙上，在舌尖跳舞，我仿佛听到音乐的旋律，努力想唱出来，可声音卡在喉咙里，像是梦魇，挣扎、嘶喊，都无济于事。

脚步在屋子里混乱起来，吵嚷声也混乱起来，我身上的寿衣太重了，压着我的胸口，使我的后背和额头都渗出细弱的汗珠，有一种莫名其妙的剥离感从我身上碾压过去。

42

　　现在我想告诉你们，芝芬和芝芳都结婚了，她们都是在一九七五年嫁出去的。芝芬嫁给了杜仲存的孙子杜家毅，芝芳嫁给了布日固德，敖登的儿子。她们都嫁得好，在嘎罕诺尔镇过着很舒坦的日子，还很快生出了孩子。芝芬生了男孩，叫杜明宇。芝芳生了女孩，布日固德说那女孩像极了敖登，给她取了名字，叫敖登格日勒，是星光的意思，说他的母亲在天上看着他们呢。

　　在榆村，一个家庭里的儿女，他们的婚姻，最好还是按着年龄的大小安排嫁娶，要是乱了顺序，小的先娶或者先嫁了，那剩下大的会被人家嫌弃。

　　可长庚不一样，长庚是有秀草在那儿等着他的，秀草不嫁，他谁也不会娶。芝芬嫁了、芝芳嫁了，长北也娶了桂婉，这些并没有影响到长庚，反倒让秀草和邹大云的抗争更厉害。她们更频繁地吵架，邹大云的身子在那样的争吵中衰败下去，一天不如一天。

　　秀草到处给她张罗治病的草药，在院子里支了火炉，得空就煎药给她喝，邹大云一边喝一边骂秀草，说要是真嫁给胡家，她会一辈子都不好过。秀草说，你别骂了，长庚是个鸡，我和他刨食吃。长庚是个鸭，我和他喝泥巴。长庚是个瞎子，我和他一起摸黑过。长庚是个跛子，我跟他屁股后面蹦哒哒。

　　邹大云就此一病不起。秀草来找长庚，说她娘活不过太久，该准备后事了。长庚心里长出愧意，对秀草说，你娘是要死的人了，你就随她的心，告诉她，你以后不会再和我有半点儿瓜葛。

　　秀草说，我娘不是不认你，是不认我和她作了一辈子对。她想用死威胁我，给自己扳回一局，可她还是输了。

秀草说，我娘要是死了，我要你给她披麻戴孝，要你给她摔丧盆、扛灵幡，跪在她的坟前给她叩头，叫她三声娘。你愿意不？长庚说，愿意。秀草说，我为我娘守孝三年，再和你成亲，你愿意不？长庚说，我愿意。

邹大云死的那天早晨，我去看她，她靠在炕角，身边放着寿衣，正一件一件自己往身上穿，见了我，眼睛亮了一下，很快又黯淡下去，低下头，把剩下的衣服穿完整，两只胳膊抱拢起来，从肩膀上一直摩挲到肘弯。然后，笑着说，这是我这辈子穿过的最好的衣裳呢。

我伸手去拉邹大云，想和她说，放心走吧，我会照顾好秀草，长庚更会照顾好秀草。可她的手是冰冷的，和她的眼神一样，拒绝了一切和秀草有关的话题。她把她的目光移到别处，恍似看着窗外、恍似看着屋顶，也恍似看着眼前的虚空，她说，你走吧，我不想我的灵魂飞走时记住的是你。她慢慢躺下去，把自己摆得平平整整，双手交叉着放在胸脯上，闭上眼睛，一副要睡去的样子。

我站起身，从邹大云的屋子里离开，在院子里，我听见她哼起了调子，唱着长辫子，红肚兜，小妹妹眼眉带春风，房前哥醉酒，胸脯冰雪柔……

声音断断续续的，不一会儿，没了声响。

邹大云死了。榆村上上下下都说是被长庚和秀草气死的，可秀草说，是她自己把自己气死的。这个罪谁都不用扛。

一切，按秀草的安排进行。长庚守灵，摔丧盆、扛灵幡、下葬、圆坟。那个家就剩下秀草一个人了。说好了的，秀草要守孝三年，那三年里，秀草每天都会去邹大云的坟地，有野花了，摘一束，放在坟前。下雨了，撑一把伞立在坟头。雪落了，擎一把扫帚扫出地皮来。庄稼收了，多了几石粮、添了几件衣，她写在一张纸上，随着那些纸钱一起烧去。仿佛今后的忧和喜，都要和邹大云说。秀草说，要说呢，她不认我，可我只有这一个娘。

一九七九年的春天，秀草守孝满了，她开始张罗嫁给长庚的事。从生产队干活回来，拉着长庚去嘎罕诺尔镇买白花旗、买趟绒布、买青花呢、买针头线脑，赶着给长庚置办新衣裳、新鞋子，说结婚是好日子开头，要从头到脚都是新的。秀草给自己也置办了一身，青花旗的裤子、涤卡上衣、红色的袜子底儿上，特意绣了一个小人儿。说是照着王三五的样子绣的，日后王三五准保倒霉。

真到结婚那天，长庚把秀草那双红袜子藏起来，让她穿一双黄色的袜子，跟秀草说，红色不好，是跳火坑呢，黄色是大富大贵。秀草知道长庚哄她，是不想让她踩王三五，乖乖把那黄袜子穿了，可还是用红纸剪了一个小人儿塞进鞋壳里，走路的时候脚丫子都是一碾一碾的。

长庚和秀草结婚那天，我想把德海请来坐上座，那时候已经好多年没有德才的消息，我觉得德才已经不在了，想把德海请到台面上来，让长庚和秀草在敬茶的时候，不至于一抬眼望见一把空椅子。

德海呢，说啥也不肯坐到椅子上来，他说自己不吉利，早早就死了老婆，怕妨了长庚。但我知道，德海是心里不好受，是不想没吃到长东结婚时的敬茶，而来吃侄儿的。那长东，是跟着一个寡妇走了，人家带着一个男孩，榆村的人都说，长东就是帮人家养儿子去了。

德海受不了那样的话，从榆村搬出去过，在黄月容的坟前修了一个土坯房。他说他要在黄月容的坟前忏悔、赎罪。要不然，到死的那一天，没脸把自己的尸骨埋在黄月容的坟旁。

婚礼上，爆竹是长安用木杆挑着，在大门口点着的，那时候刚恢复高考，长安已经考到市里的一所师范专科学校上学，爆竹一响，也是给他自己庆祝呢。

我记得长庚的婚礼上没有长北，也没有桂婉。是因为长安复习功课备考那阵子，长北想跟着考，可刚巧桂婉怀孕了，生怕长北上了大学就不要她，寻死觅活的。桂婉的娘还特意跑来榆村一趟，跟我商量，让长北跟桂婉的舅舅去嘎罕诺尔镇学酿酒，说桂婉的舅舅是个很好的酿酒师傅，年岁大了，自己的儿子闹瘟疫时死掉了，想把一身的本领传个后人，打算收长北为徒。

长北不干，他选了参加高考，和长安一起报了名，准考证发下来那天，桂婉拿着那张纸，借着炉火翻过来调过去看，趁着长北不留神，把准考证扔进火里了。

长北一向娇宠桂婉，那一次动手扇了她的脸。那一巴掌打下去，桂婉又气又怨流产了，长北再不敢提考大学的事。长安考上时，长北送长安去上学，看见学校门口有炸麻花的，就买了一个大炮手摇爆米花机，寻了一个地方崩爆米花去了。

桂婉自然是回娘家了，说长北记下她的仇了，走那么久，一趟也不回。为此我骂过长北，说女人的心和女人的被窝一样，你越暖她越热，你一晾就都凉了。长北说，自己都是凉的，拿啥暖人？于是，两个人就那么不冷不热耗着，谁也不搭理谁。

长庚的婚礼上也没有王三五，但是有宝柱，他一听那爆竹响就堆缩到墙角大哭，说耿财来了。耿财娘问他耿财在哪儿？他说在天上呢，都是血。婚礼上有人说那样的话是遭忌讳的，秀草不怕，秀草抓了一把喜糖塞给宝柱，说把糖带给耿财去，耿财吃了糖，就不来吓你了。

我也抓起一把喜糖朝天上撒，我说，一个喜字，能托百福，更能压百祸，那些不好都忙着抢糖去吧。

43

长庚和秀草结婚的第二个年头，他们生下了来早。

来早的到来，让我觉得这家从此安稳了，我看到了一种圆满和希望，我给胡家的列祖列宗敬香时，在心里默念，如果，德才还活着，让他也回到这个家里来，他受过的那些苦，一回到这个家里来，就都不能再称其为苦了，这个家里有婴孩的啼哭，那是可以融化一切罪孽的。

突然间，德才真的回来了。那天下了雪，雪地上留了一串歪歪扭扭的脚印。他站在窗外敲着玻璃，说，我回来了。声音是苍老的，不是原来的腔调，可我的心还是紧紧揪在一起，我把睡在怀里的来早放下，三步并作两步去开门。

德才站在门外，披着一身雪花。过了很久，他说他冷了，我才闪出一条道儿来，让他进门。他靠在炕角，摘下狗皮帽子，四下里看。屋子还是那个屋子，可屋子里的一切对他来说都是陌生的，那刚刚出生的来早他是陌生的，那几个因他而来到人世的儿女，他也是陌生的。秀草，他更是陌生的。

孩子们围拢过来，先是小声的，试探地叫爹，见德才的老泪从脸上淌下来，那叫声便大了，地好像都在颤抖。他们都跪在了他的面前。

那是我生命中无比热闹的一个夜晚。那一晚的雪花，像是天上所有的星星随手撒下的小灯笼，把整个榆村照得宛如白昼。榆村的人也都赶过来了，帮我们包饺子，帮我们庆祝添人进口，打听德才这些年在外头吃了多少苦头。

德才不说，他闷着头抽烟，他让他那些苦都化成青烟一缕一缕飞走。等到饺子包好，一碟一碟摆到桌子上时，他老泪横流，他说他以为这辈子再也回不来了，可时间又走出了一个新的轮回，这个轮回接纳了他。他说他是犹豫好久才从山里出来的，越是到该回家的日子，就越怕家这个字眼。他说他怕我和孩子们都忘记了他，怕走了太久，自己一进村就成了怪物。怕得太多，不敢见日头、不敢见星空、不敢回想春夏秋冬。

德才端着饺子去拜祖宗，敬香、叩头。长跪不起。我去扶他，他把身子转过来，抱着我的双腿，说，这一跪，你同胡家的祖宗一样受得起。我说是的，我受得起。

德才跪了很久，跪够了，哭够了，从地上爬起来，一大碗酒喝下去，唱起《苏武牧羊》。长庚他们跟着他一起唱，屋子里到处飘着他们的唱，苏武牧羊北海边，雪地又冰天……

我原以为，德才回来了，我们日子会就此安稳下去，我余下的生命，再也不会有波澜起伏的故事，剩下的日子，将在榆村慢慢消磨，在儿孙带来的欢愉里消磨成平静的生活。

可是，我无法在生活里寻到宁静，德才夜夜都会在睡梦里惊叫着醒来，说有一个人拿着一个巨大的火球总是追着他跑，在就要追上他的时候，把火球朝他扔过来，烫得他皮肉都裂开了。

德才说那个人是王三五。他说他要找王三五，他要把这笔账了了，要不然他在榆村，永远不会踏踏实实睡上一场。

那天，王三五正抬着一筐碎草去沤自家的粪堆，见了德才，不声不响，把筐里的碎草倒进粪堆中间挖好的坑里，划根火柴，扔进去，那火舌一下子蹿得老高，浓烟一滚一滚往天上钻，德才当即瘫下去，说，我错了，是真的错了，以后再也不逃跑了，一定好好接受改造。

王三五扶德才起来，还给德才点上一根烟，说，你知错，我就不罚你了，叔不计你的过呢。

德才抽完那根烟，心满意足地回来，倒在炕头上呼呼睡去，这一次，他没有惊醒，而是说，他不计我的过呢，我再也不用跑了。

德才不是原来的德才了。时而糊涂，时而清醒。糊涂了，就坐在院子里发呆，清醒了，就背上网具去河里打鱼。

有时候带着长庚去，教长庚打鱼的活。他跟长庚说，撒网是个技术活，分远撒和近撒，远撒用的力气要大，近撒省劲儿些。但都要双手把网，都要先将网纲绳以上的网顺茬儿缠在左手上，左手提起鱼网，右手将以下的鱼网散开，提起近中间的网线，攥于左手，再用右手手指将鱼网分成两部分，分到左右手，双手平端鱼网，保持平衡，摊开鱼网，朝着目标，右手带动左手，向前撒出去。

撒出去，就是一年的收成！

德才和长庚总是能打很多鱼回来，秀草每次在厨房里炖鱼，都会对我说，爹一站在河水里，就把什么都忘记了，让他天天去打鱼吧。

我觉得秀草的主意好，就跟长庚说，当年胡家小九婶子活着时住过的那个窝棚还在呢，我想住到那里去。

长庚不同意，说，那不成娶了媳妇忘了娘？

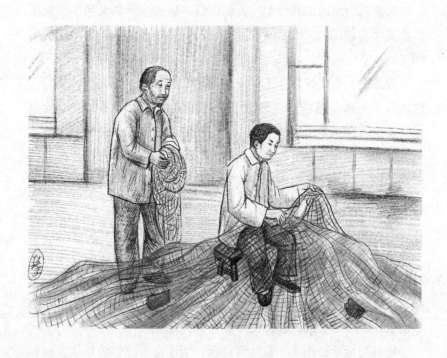

44

秀草生下来早两年后，又生下了来多，那是一九八一年了。那天，家里除了多了来多之外，还多了一匹马和十几亩地，是生产队给分的。

马是枣红色的，拴在窗子下，德才忙着从仓房里拎出一把铡刀铡谷草，一捧一捧喂给马吃。秀草刚生下孩子，从炕上爬起来，隔着窗玻璃望着马，笑，说这匹马年岁小，以后家里会有小马驹，等小马驹长大，可以一起拉车，自己的地种起来就不犯愁了。

长庚进进出出忙着修犁杖，说以后不用去生产队干活了，家伙什都成了自己的，要修得地道些，省得到地里不出活儿，成了磨洋工。

德才说，收成好坏，干多干少都是自己的，可耽误不起功夫。农民有了土地，腰杆子就直了。给马铡完草料，德才把铡刀收起来，在房子旁边靠山墙的地方搭了一个圈舍，说等天暖了，买些鸡崽放进去，那样，来早和来多就可以天天吃上鸡蛋。秀草看他们忙得欢，说，娘，都是你给小子起的名儿好，来多来多，一下子就来这么多。

那天长北从县里回来，说县里到处都在说包产到户的事儿，他一听说家里分了地，就立马买火车票往回赶，说盼星星盼月亮总算盼到这一天，有了土地，再在外头跑，就进可攻退可守，心可款款些。长北问长庚家里分了几亩地，长庚说按人头分的，你那份桂婉划出去了，是单分的，桂婉说等你回来种地呢。

桂婉把地单分出去，长北没料到，他连夜去桂婉的娘家，问桂

202

婉为啥要把地单分出去，桂婉说，单分出来，咱家就也分到一头牛和一副犁杖，等你回来，咱们可以自己撑门户。长北觉得桂婉有道理，看着桂婉笑，说日子还就得和你这样的娘们儿过。

他们和好了，先前发生的那些恼恨都成了小孩子摆家家。滚在一铺炕上，长北跟桂婉说，可是我不稀罕种地呢，外面比种地热闹，钱也来得容易。桂婉说，来钱容易，该不会是做贼去了吧？长北笑，说桂婉在娘家待傻了，说就连嘎罕诺尔镇的集市都越来越大了，难道你看不见？

桂婉倒是好久没去集市了，是长北没有寄钱给她。所以长北一说集市，桂婉哭了，捶着长北的胸口，骂长北是个挨千刀的，走两年，口信也不捎来一个，活活熬死个人。长北说他也觉得自己做得不好，起身把棉袄里子拽开一道口子，掏出一沓钱来，砸在桂婉的脸上，说，拿去数，拿去数，你尝尝数钱的滋味甜不甜？

桂婉蘸着吐沫数，数好几遍才问长北，哪来的？

长北枕着胳膊，一脸得意，说，挣的。

睡了一夜，桂婉起来，穿着衣服，突然一拍脑袋说，账不是那个算法嘛，亏了，亏了。

长北问她啥亏了？

桂婉说，咱从家里出来，总不能净身出户吧？

长北觉得桂婉有道理，从炕上爬起来，拉着桂婉从娘家回到榆村，气势汹汹的，像家里亏欠了他们一样。

有长北撑腰，桂婉也不藏着掖着，她说这趟回来是要分家的，总不能大伯哥和小叔子媳妇天天一个门进进出出，何况，还有个老公公呢。

我拉着桂婉坐，说分家也不用打阵仗样的，是你们的都会给你们。桂婉一听坐下了，说，我当你会拦着不分呢。边说边拿眼看长庚。长庚说长北要啥，随他拿。长北和桂婉把能搬能挪的箱箱柜柜，都弄到院子里，说桂婉的妹夫傍晚时会赶着马车来，把这些东西拉到他丈人那里，那屯子里有个要结婚的，正好要买家具。

秀草哭了，我听见她跟桂婉说要留下一对箱子，毕竟她结婚的

203

时候什么也没有买下，都倒腾走了家里连个装行李的都没有。桂婉说啥该留啥不该留她说了不算，要秀草去问长北。秀草跑到院子，跟长北说那对刷了红漆画了牡丹的柳木箱子她想留下，长北说房子搬不得挪不动，他不要了，这能带走的，叫秀草不要和他争。大门口围着很多看热闹的人，让秀草有些难为情，她钻到屋子里，再也不肯出去。

那天，长北没等来桂婉的妹夫，倒是把嘎罕诺尔镇一个当官的等来了，那当官的带来几个人，把院子里那些箱箱柜柜连同枣红马都弄到霍林河边上，装上船，运到嘎罕诺尔镇去了。他们说有了来早，就不能再生来多，生了，就要受罚。

箱箱柜柜搬走了，屋子里光秃秃的，墙壁上，摆柜子的地方，有个亮影格外显眼，像个烙印。秀草说一看到那个印子就堵得慌。我从外面搬回几块坯头，在原来摆柜子的地方摞起来，樘上板子，搭成一个架子，扯一块被单蒙罩上去，花色朝外，亮堂堂的。我说，秀草，好看不？秀草看着看着，扑哧笑了，说，娘，我不该要那对箱子呢。我说，这个比箱子好？秀草说，比箱子好。说完，大哭起来，嚷着想那枣红马，说一闭眼就能看见那马不愿意上船，是他们生拉硬拽，连抽带打弄上去的，船动的时辰，马还回身掉过头来，冲着榆村嘶鸣。我的心一下疼起来，像是来多跟着走了呢。

长北站在院子里骂桂婉的妹夫是个熊丧货，说好了来拉东西，结果连个人影子也没见到，害得他空忙一场。要是早来一时半会儿，那些东西哪至于让镇上的人拿走？

桂婉哭哭啼啼，说她妹夫不敢来。还不是怕分家闹起来，要是当着人家的面闹上了，人家是帮你家老的还是帮你这小的？桂婉说，千不怪万不怪，就怪来多，早不生晚不生，偏偏在这个时候使绊子，是个挡路的。

闹到来多身上，秀草不认了，从炕上跳下去，一巴掌扇在长北的脸上，说，你在外头晃荡两年，把德行晃荡没了，心地都不善了。

204

秀草那一巴掌让长北颜面扫地，索性摔起破罐子，指着秀草说，物件给来多抵了罚款，你这个当大嫂的要打个欠条给我，亲兄弟明算账，事事讲个先小人后君子。秀草觉得冤屈，长北写好的欠条，她死活不肯摁手印，长庚看不下去，想早早打发长北和桂婉，把那欠条接过来，说，我摁。

长庚要摁下手印那一瞬，我的心突然翻江倒海，突然想，人和人，亲人也好，邻里也罢，只有能一起遭的罪，没有能一起享的福。我挡住长庚摁下去的指头，说，娘来摁，长北和桂婉想要的，本就是该娘给。长庚愣一下，跪下去，说，娘啊，儿的命都是你给的，咋还能分你的我的呢？我扶起他，说，娘给就娘给，娘给得起，你还要留着钱买马呢，买来马好给咱家种地。长庚还想再争一争，可我一口咬破手指，一个血印子摁上去了。

那个血印子红鲜鲜的，我拿到长北面前，他吓了一挑，身子颤了颤，说，娘，这咋使得呢？

有啥使不得的呢？我说，十根手指伸出来有长有短，我生这一群儿女，咋能要求一样呢？你比你哥聪明得多，往后胡家指着你出息人呢。长北听出那话是臊皮他呢，盯着那张纸不敢接手。桂婉不顾那些，一把夺过去，折几下塞进衣兜里转身往外走，走几步远，见长北没有跟上，还傻愣愣地杵在那里，又回来拉长北的胳膊，拖着他往外走，长北的脚步一开始有点趿拉，走着走着竟轻飘了，拐出院子时，像飞了样的。

没过几日，榆村的人都说，长北把分给他的那头牛卖了，地交给桂婉的妹夫种，自己带着桂婉去了县城。我打听了几个人，问他们到县城做啥，人家都说不知道，说，依长北走时的架势，好像县城一弯身就能捡到金子。那话是笑长北不本分，庄稼人不本分，就显得不务正业，像个二混子。

胡家出个二混子，门楣受辱，德才说，这个长北，真不像胡家的种。那话，是把陈芝麻烂谷子又抖出来，把我气得，好久没和他说话。

德才只亲近长庚，一颗心都在长庚身上。那时候，长庚为能买到一匹好马，四处跑，四邻八乡都跑到了，不是马的颜色不对，就是年岁太老，总也遇不到和家里那匹枣红马一模一样的。而秀草，一心只惦记着那匹分到的马，逢人便问，那牵走马的人会把马弄到哪里去呢？德才就到嘎罕诺尔镇去打探，起早贪黑回来，还真寻到了，说还在嘎罕诺尔镇公社的院子里喂养着，等着主家拿钱往回抽。秀草和长庚听了，先是乐，可一说到钱，不小个数目，都蔫奄了。

为了那匹马，我让长庚去嘎罕诺尔镇把芝芬和芝芳还有长安都叫回来了，我说我们要开一个会，我说你们如父的长兄把你们打发出嫁了，把你们送进大学了，可是他自己还在火里炼着还在开水里煮着，你们谁能搭一把笊篱，把他捞出来呢？

我不得不说，芝芬、芝芳和长安都尽力了，尤其是长安，把自己的工资都拿出来了，双手举着递给秀草，说，嫂子嫁到胡家来，跟着受苦了。那暖心的话把秀草说得眼泪汪汪的，扬巴掌打了长安，说，瓜蛋子嘴巴甜，赶明儿个媳妇进门他保准可劲疼。

马又被牵回来了。那晚一家人都不肯睡觉，出来进去，围着马圈打转转，看着那马麻哒麻哒地吃草，时不时打个响鼻儿，抖抖耳朵，好像它不是一匹马，是一个亲人，是来多，从遥远的地方回来，做爹做娘的，再也不敢放它离开。

种子该下地了。长庚和秀草套着马车去地里忙活，他们都是种地的好苗子，脚一踩到土地上，浑身会冒出使不完的力气，长庚一坐上马车就唱开了：古井水淘不尽眼窝窝泪，老神榆遮不住心坎坎愁，老黄狗就看着自个家的院儿，痴妹妹怀里只揽哥哥的头。秀草也唱：都说妹妹疼哥哥，不疼哥哥还疼啥？哥哥回来一壶酒，出门再把那褂子搭。

那天德才也要下地，我把德才留下，说，趁着还不算太老，我们搬到河边去住吧，多打些鱼卖到嘎罕诺尔镇去，攒些钱还得还长北的账呢。

德才不愿提长北，长北的好坏他都不待见，坐在炕沿儿上吧嗒吧嗒抽烟袋，那样子像他真的顶着顶绿帽子，压得喘不过气样的。我和德才争吵起来，我说，五个孩子，都是我一手拉扯大的，哪个你尽到心力了？这一回不管你认不认长北，横竖要拿出一个爹的样子来。

德才把烟锅里的火磕打出去，起身去仓房里摘了大网，扛在肩膀上往河边走，我把行李收了背上，抱着来多领着来早跟在后面。

等到傍晚，长庚和秀草从地里回来，我和德才已经在胡家小九婶子住过的那个窝棚里生起了灶火。他们想把我们劝回去，可劝不动，就顺着窝棚前的小路回去了。

那小路东边是树林，是庄稼，是太阳升起的地方。西边是草原，是河流，河水清凌凌的，晚霞弥漫天边。有打鱼人划着船靠岸了，唱着调子——人活一辈子啊究竟是为了啥？过河你得蹚着走，上坡你得使劲爬……

一声远一声近的。

46

打鱼是个好营生，每天都可以赚回钱来，德才能吃苦，天不亮爬起来，在河里一忙就是大半天，把打出来的鱼送到嘎罕诺尔镇的集市上，回来还要织网。织网用的梭子是德才自己做的，是去嘎罕诺尔镇卖鱼时，顺便买回竹竿，得空再把竹子裁成竹板，用小刀清理竹心，修整竹边的毛刺，修出梭尖、舌头、梭尾，像修古老的物件似的，一点一点修出来的。

织网用的尺板也是德才用竹片磨出来的，本来李广德要把自己的借给他，可德才说啥也不用，说借来的东西用着不踏实，说自打胡家在这榆村立下门户，从来都是别人借胡家的，胡家不借别人的。那话里话外，都是在说长北，都是想让我受听着。德才总是觉得自己冤屈，为长北做得越多，他的冤屈就越大。有好几次，一个人带着酒去船上喝，喝大了，就在芦苇荡里学着那些水鸟哇哦哇哦地叫，引得王三五总是跑到我的窝棚前，说，管管你家德才，啥嘛？天天哇哦哇哦的，吓人呢，疯了咋的？

那时候，王三五早就当上榆村的大队书记了，头发油光着，根根都顺到后脑勺，外衣披在肩膀上，走起路来倒背着手，一摇一摇的很风光。

王三五是从来不下河打鱼的，他只要看见那些渔船靠岸，到河边上走一走，总会有人从鱼筐里挑几条大的，用苇秆串着鱼鳃，递到他手上。他把鱼都吃出花来了，人家给了胖头，他家里就要吃煎鱼；人家给了鲫鱼，他家里就要吃炖鱼；人家给了黑鱼棒，他家里就要拌生鱼；人家给了鲶鱼，他家里就要包鱼肉馅的饺子；人家给了他川丁麦穗小泥鳅，他就去卖豆腐那里顺一方豆腐，家里就要吃杂鱼炖豆腐。

王三五家里不光人吃鱼，鸡鸭猪狗都跟着吃鱼，鸡鸭猪狗也吃不完的，就扔到屋顶上去，晒成干、磨成粉，拌进面子给猫啊狗啊禽啊的打食吃。榆村有句话说得好，说托生到平常人家为人，不如托生到王三五家为狗，睡毡垫子、啃完鸡骨头还有鱼汤喝。

那话别人也当着王三五的面儿说。头几回说，王三五听着很舒坦，说得多了，他就想堵大伙儿的嘴，说再听见那些屌球话，就缝了他们把不严的嘴。就没人再当着他的面儿说了，背地里却还是把闲话嚼得嘎巴嘎巴响，尤其那些打鱼的往芦苇荡里一歇，能把王三五说成一堆屎坨坨。

王三五吃了人家的东西，还是觉出人家的怪样来，总想在那些打鱼的里头找出一个贴己来。琢磨来琢磨去，觉得德才是个好人选，就盯上了。他瞄准了德才啥时候上岸，到德才拴船的地方坐着等。他也不说话，把眼睛往德才身上一搭，德才就会浑身不自在。所以，德才一见到王三五，头从来都是低着的。

头一天堵到德才，王三五问他，人家都争着抢着给我送鱼，你咋不送？德才低着头说，我鱼换钱还债呢。王三五说，就你鱼金贵，差那三条两条的？德才低着头说，积少成多呢。王三五说，不给也中，说说你们在苇塘里都说些啥？德才低着头说，耳聋了，听不全乎。王三五说，一句半句也中。

德才说，说你睡隔壁王家的媳妇，人家还给你盖了金丝绒被面子，王三五说，瞎球球，哪里有金丝绒被面子？德才说，那还是睡了嘛。王三五说，瞎球球。我咒风浪翻你们的船。德才低着头，不说话了。王三五说，德才，你帮我忙，把那些埋汰我的人告诉我，我有好处对你呢。德才说，我不要好处，就问你一句话。王三五说，啥话？

德才说，当年批斗王玉娥那场，斗过了，司马徽则和王玉娥见了面，是你安排在你家里的？王三五说，德才这你不能怪我，那司马徽则比我官大嘛，他说想和王玉娥单独见，我有啥法子？德才说，那你说见了是光抱了一下，还是行了那事？王三五说，我没亲眼见倒不敢乱说，可你家长北真的不像你。德才低着头走了。王三五在后面喊他，帮我不帮？德才嘟囔着，帮你个瞎球球。

回到家，德才病了，我打发长庚去嘎罕诺尔镇抓中药，长庚去了，抓回药，放在灶台上，说，善医堂被司马徽则买回去了，门匾用了旧时候的，气派大了。

德才一听那药是善医堂的，起身到灶台前，抓起药包子塞进灶膛。长庚说，爹，你做啥？德才说，做你娘学人家潘金莲谋害你爹呢。长庚说，你是哪里扯到哪里去了？德才说，反正我不吃善医堂的。长庚还想劝劝他爹，我让长庚回，我说，他作得欢，活得旺呢。德才说我是咒他不死。说就算他死了我也不能遂愿，人家司马徽则的老婆还在呢。德才说他后悔从山里回到榆村来，要是一直不回来，心里的念想总是好的。

德才不帮王三五的忙，总会有人帮，王三五很快找到了更合适的人选。不是别人，是长东。长东回来了，不打算再走。大家都说，是他跟那个寡妇的日子过到头了，把人家的儿子养成人，人家娘俩儿商量着把他清出来了。

47

长东回到榆村那天晚上，长庚让我和德才回到家里来，还请来德海，让秀草生火做饭，说他要去看看长东，顺便问问他空了多年的老宅子漏不漏雨，再带他回来喝酒。说不管长东混成了啥样，都是打小玩到大的兄弟。

可那天去请长东喝酒的，不是长庚自己，还有王三五。长庚刚在长东的炕边坐下，王三五就进去了，一推门就说，长东侄子，回到榆村来也不跟叔打声招呼，还倒要叔亲自上门请你喝酒。

长庚一向是不待见王三五的，见他进门，就说，长东要跟我回家里喝酒呢，外人的酒，改日再喝。王三五说，我管着这一村老小的吃喝拉撒，咋能算外人？长幼有序，长东也不能打叔的脸嘛。长东在一张凳子上蜷着，抽着烟，说，我可不是发财回来的。王三五说，哪个说一定要你发财才要请你了嘛？长东说，那感情好呢，叔的饭我吃。长东起身把烟头扔在地上，碾灭了，说，叔家还是住在老宅子吧，多年不回，找不准了。王三五赶忙走在前头，说，叔带路。

长庚就那么一个人回来了。秀草做了一桌子菜就那么空空地摆着。德海觉得过意不去，筷子也没动就走了。长庚说王三五的葫芦里卖的啥药，他摸不准。我说，那就明天再去请。

到了第二天，长庚又去请，见长东在院子里拉着一片旧网发呆，他是要补亮子，可亮子太多，补不完。他又惦记河里的鱼，有些犯愁了。长庚在网前站了站，对长东说，家里网多着呢，你随便拿一片来用。长东说，你又来寻我吃饭？我不去，吃不安。长庚问他为啥吃不安？长东说，不知道，打小坐下的病，端你们家饭碗就颤，就想我娘。他问长庚，你说我娘要是活着，我会成啥样？

长庚说，我不知道。长东把他拉起的那张旧网扯了，灰尘飞起来，把他罩在里头，他说，我娘要是还活着，我这辈子起码能娶个像样的媳妇，有自己的老婆孩子热炕头吧。

长庚知道这长东是请不成了，就又空空回来，到了家跟德才说，要是有闲网就送给长东一片，长东的网旧得不成样了，打不成鱼。德才说长东不该打鱼摸虾的，误庄稼。回来了，就要把地种好，德海一个人正好忙不过来。长庚说，让你送网就送网，别的不要管了。德才问为啥不管。长庚说，又不是你的儿，由不得你管呢。德才最听长庚的话，给长东送去一张网，只是他去时，长东的院子里已经挂了一片新网，长东指着新网对德才说，王三五送过来的，你的用不上了。

德才把网背回来，闷闷着，说，胡家到底把他咋了，要他一回来就糟践人？那以后，德才再去河里打鱼，总能看见长东。王三五还是去岸上转，拿了别人的鱼，再去找长东，长东一上岸，老远就能听见他喊，长东侄子，到家吃饭了，你婶子把酒都烫热了。

榆村的人说，王三五那么抠门，对长东倒是不啬皮。可王三五天生就是一只眼大一只眼小，离了便宜不咬的主，干啥要对长东好？榆村的人说，想想也简单，王三五老了，没了指向儿，垒个院墙抹个房顶，都得靠个有力气的不是？

过了一段日子，霍林河边上就不消停了，不是李家的打了张家的，就是王家的骂了赵家的。张家的问李家的为啥打？赵家的问王家的为啥骂？李家的对张家的说，我跟你在船上说的话你讲给王三五了？王三五跑来多拿了我两条鱼。王家的对赵家的说，我跟你在船上说的话你讲给王三五了？王三五跑去我们家蹭了一顿烧锅，还把长东也带去了。

一说到长东，他们都猜到是长东传瞎话了。再下河，都离长东远远的，有时候无聊了，远远地打哈哈，说，今儿个鱼打得多，后晌谁见了三五书记，捎口信让他到我家里喝酒。说，该喝呢，三五

212

书记年岁大了，喝了今儿个补明儿个，得一口是一口。

那些话，自然都传到王三五的耳朵里了。王三五气得直跳脚，恨不得天天要到河边去寻个不痛快。德才看在眼里，说，这样下去是要出事情的。那长东，榆村会容不下他的。

我说有个人的话也许他听得进去。德才问是谁？我说，梁贵友。那是他师傅，教他吹过唢呐。德才说啥也不去找梁贵友，他说要不是梁贵友当初许给德海一个黄月容，也不会生出长东来。

那就只得我去了。梁贵友一听我是为了长东的事找他，说，他哪里还当我是师傅？要是心里还记挂着当初那一拜，回来当第一个来看我呢。人家看的，可是王三五。我说，不看当初那一拜，就看你和德海那些交情，就看死去的黄月容。梁贵友一听，不推托了，说死人都让你王玉娥搬出来了，我这活着的还有啥好争辩的呢？

梁贵友请长东喝酒，他媳妇做好四碟八碗之后，梁贵友打发梁黑子去河边请长东，让他跟长东说，当年那一曲《大悲调》教得不好，不配为师，今天要摆宴谢罪。

梁黑子到了河边，把话对长东说了，长东半天说不出话来。远远地，有《大悲调》飘荡着，呜呜咽咽的。长东提了两条鱼，跟着梁黑子走，越走，那《大悲调》越近，他的心更加哀戚，恍似一下子回到了拜师的那一场，恍似没那《大悲调》撑着，他活不到今天。

到了梁家大门口，见梁贵友吹得正欢，累出一脑袋汗，也许是泪，都分不清。梁黑子上前，说，爹，他来了。梁贵友才把唢呐停下来，看着长东，说，来了？来了好，我当给你谢罪，没当好你的师傅。

长东扑通跪下去，说，师傅啊，你臊着我了。那酒席就摆在大门口，梁贵友没让长东进院子，长东跪着，他站着，倒两杯酒，递给长东一杯，说，跪着喝，喝完咱俩的情分就了了。长东不喝，梁贵友说，你不喝，我喝，一样算的。

梁贵友一口喝干了。长东说，师傅，别逼我。梁贵友又倒一杯，又一口干了，说，好好撂荒你的地，好生打你的鱼，往后这唢呐再不要吹。长东说,那我偏要吹呢?梁贵友拿起自己的唢呐,举过头顶,咔嚓一下折成两段,说,那我不再吹。长东愣住了,他看着梁贵友,问,这是为啥?师傅,到底为啥?

梁贵友颤抖着坐下去,过了好久,气喘匀称了,又倒酒,一口喝干,才说,还有句话要告诉你呢。还记得跃进鼓吧?是被你戳坏的。榆村人都知道。王三五也知道。你知道王三五看见跃进鼓上面那个洞时,说了一句啥吗?长东问,说啥?梁贵友说,王三五说胡家这些后生,胡长东最毒。长东说,那他还寻我喝酒?梁贵友说,你心里清楚着呢。长东把头往下沉了沉,说,我糊涂着呢。梁贵友说,你不想清醒,便整天都是梦里。王三五怕你寻他那些不好,你就握着他这根辫子陪他耍。外人倒是看不清谁是狼谁是狈,难道你自己也真看不清?

长东不言语了。梁贵友起身,说,黑子,送客吧。手一翻,桌子掀了,四碟八碗撒了一地,长东眼睁睁看着几条狗轰一下扑过来,把那些好端端的菜吃到肚子里。

48

霍林河边安生下来了。长东照例去王三五那里喝酒，喝过，王三五再想从他嘴里问出些啥闲碎话语，他就把唢呐从怀里往出一掏，问王三五，听曲不？我给你吹。王三五当然不听，只当他是醉了，让疯宝柱送他回家。宝柱不送，说走到半路长东会吓他。长东就笑嘻嘻自己走，一边走一边吹，有时吹得很好，有时根本不在调子上。碰见吹得好了，王三五会说，这才是真的醉了呢。

转年的夏天，雨水特别多。榆村的人都高兴着，说雨水勤，庄稼长势好，河里的鱼也比常年多，是天照应榆村呢。可雨下着下着，不开晴了，十天半月连雨也是常有的。这样，榆村人有些害怕，说霍林河盛不下那些雨水，雨水会从河里漾出来，淹到村庄、淹到庄稼，弄不好，连人也不剩了。于是，榆村的人开始修筑堤坝，用土夯，用沙袋子堆，在堤坝的外围钉上木桩，把洪水圈在里头。

一开始，王三五带头干，堤坝一天天长高，那河水也一天天长高，几天的功夫，河水里的芦苇连尖梢也看不见了，那在风里一荡一荡的绿海，在一片汪洋里消失。王三五有些泄气，说筑坝的速度赶不上水涨得快，怕是挡不住了。李三老说怕是死在河里的那些冤屈的野鬼闹着投胎，惊怒了河神。河神的威严，只有岸上的老神榆镇得住。榆村人就让大伙儿在老神榆的四周堆土打墙，说就算榆村的一切都被大水毁了，也要把老神榆保下来，神榆在，榆村的魂灵在。

有人开始抱怨，说老祖宗造宅子，也不知道怎么想的，竟造在河沿儿上。李三老说，女娲娘娘造人，用水捏泥巴，人的骨肉里，是天生注了水的，是女娲娘娘不让人万能，必须把自己的命依附在水上，才能存活。河流发水，是上天的恩赐，也是上天的惩罚。

王三五不管什么恩赐惩罚的，他让榆村的人日日夜夜守着堤坝，自己却在一个高岗上搭起窝棚，像榆村的女人和孩子一样躲在里头。

那些筑坝的人指着土岗上的王三五骂，说等大水过后，把他拉下马，谁挡住大水，谁来主榆村的事。

可巧，那天堤坝开了口子，河水像一万匹马从一个圈场里涌出来，你推我搡，呼啸着，在草原上撒欢、奔跑，向村庄的方向漫过来。村边的几棵树木被它们淹没，又被它们推倒，拖着继续朝前跑。水上漂起柴垛，漂起屋顶，漂起猪羊和房梁。雕花的柜子在水上打滚，婴孩的尿布刮在树杈上。还有个老人，趴在他的棺材板上大哭，呼天抢地。

那天，不知长庚从哪里拽出一根绳索，丢给坝上的人，喊，扯好，跳下去，筑人墙。李广德、梁黑子和几十个人扯着绳索一股脑儿跳到水里，他们在那个豁口处筑起人墙，男人们拼劲儿往前冲，在人墙后面丢下沙袋和树头，把那个豁口一点儿一点儿变小，让一万匹马渐渐少到几千，少到几百，少到奔腾声变得疲惫，一点一点止住。

他们把豁口堵住了，从水里爬上来时，他们在堤坝上欢呼，大水堵住了，庄稼还在。突然，他们看见司马徽则了，司马徽则是什么时候来的，什么时候跳到水里去的，没有人知道。

这是王三五没料到的，他急匆匆从土岗上跑下来，想给自己找个解释，想弄明白司马徽则是怎么从那岸到这岸的。司马徽则穿上衣服，看着长庚和李广德说，榆村火烧不垮，水也淹不垮，榆村人能战胜瘟疫，能战胜饥饿，那些被河水冲毁的房屋，也一定还会立起来。王三五傻在那里，想缓解一下气氛，说女人和孩子都被安顿在土岗上，王玉娥也好好的。司马徽则扭头看他一眼，说你的肩膀塌了，扛不起榆村了。让年轻人去扛吧，司马徽则拍了拍长庚的肩膀。后来，榆村的人都说王三五要下台了，说长庚很快就会坐上王三五的位置，说人家司马徽则还不是要给王玉娥撑撑腰。

那堤坝堵结实了，榆村的人还是不能安睡，因为榆村头顶的天还跟漏了窟窿样的，天天下雨，天天不停歇。司马徽则就和榆村的人一起天天守在堤坝上，长庚也守在那里，王三五这回从岗上下来，给他们支了帐篷，陪他们一起守着。

榆村的女人轮番把做好的饭菜送到堤坝上去，长庚怕司马徽则吃不习惯，总是让秀草在做饭前问问司马徽则的口味，司马徽则总是说，都好呢。那天，秀草做好菜，赶上来多闹，就让我送到坝上去，我一去，见司马徽则正坐在帐篷口抽烟，他看见我，张了张嘴，拉过一个小马扎让我坐。

我坐在司马徽则的对面，把篮子里的饭盒拿出来，递给他，他把烟头丢在地上，把饭盒接过去，头埋在饭盒里大口大口吃。那半截他没来得及灭掉的烟头，冒着一缕一缕蓝烟，萦绕在我和他中间，隔着烟雾他的白头发一闪一闪的。司马徽则耳郭下面有颗痣，那痣，让我想起年轻的自己抱着司马徽则时，夜夜都要用手指摸着它，司马徽则曾问过我痣好摸？我说好摸。司马徽则听了会笑，一笑起来，像是要一口吞了我似的用力压过来。

那天我快要喘不过气来，因为那些一汩一汩冒出来的往事，像那场破堤而出的洪水，把我卷进一个漩涡。我拎起篮子起身，司马徽则突然停下手中的筷子，抬起头叫住我，玉娥，别走。我的手一抖，篮子落在地上。

司马徽则把饭盒撂在一边，手哆嗦着掏出一根烟来，点上了，说，玉娥，想你做的蒜茄子和白菜炖豆腐了。我站在那儿，慢慢蹲下去，捡起篮子，我说，我给你做。司马徽则说，你不说话，就这样陪陪我。我说，你不怕榆村的人说闲话？司马徽则说有啥怕？要不是当年胡德才说我死了，你还是我的女人。我说你莫怪德才，要是我当初宁死也等着你，不就没有今天了吗？司马徽则说，我也不怪你。他说那长庚你养得好，能挑榆村了。说到长庚，我想起榆村人说的那些话，就对司马徽则说，别让长庚主榆村的事。司马徽则

217

问，为啥？我说，人家戳脊梁，说靠了你。司马徽则说，我倒真希望是靠了我。司马徽则说，玉娥，你最让人恼的，就是真真把我当成一个外人了。

天终于放晴，大水被挡在堤坝里头，很快退落，那些被冲毁的房屋又处在重建当中。长庚领着榆村的人，一起修葺房屋。主事的换成长庚了，王三五成了一个多余的人，他不服气，整天划着船一趟一趟往嘎罕诺尔镇跑。

王三五觉得司马徽则就这样把他的乌纱摘了，是不成体统的，是不合规矩的，他要讨个说法。可是，直到榆村那些倒毁的房屋全部修好，王三五的说法还是没有讨回来。

那天，王三五从嘎罕诺尔镇回来，下了船，尿急，就跑到老神榆下尿尿，他把尿浇在老神榆的树根底下，质问老神榆，你真的有神灵吗？榆村的人供奉着你，朝拜着你，可没见你显过一次灵。王三五说老神榆根本是耍不出真本事。要是真有本事，榆村发大水，干吗还让那洪水冲进村子里来？

就是那一泡尿的功夫，西南天悬起一阵龙卷风，打着旋儿，裹着枯枝野草，把太阳、榆村、原本静悄悄的河面全遮盖了。王三五提溜着裤子跑，路过一棵榆树时，树头咔嚓一声折了，不偏不倚，横在他的腰上。

王三五趴在地上好久不能动，眼睁睁看着那风一扭一扭，蛇一样飘走了。王三五朝那风吐吐沫，骂风是个妖孽，挣扎着想从树头里钻出来，却没有力气，翻不过身子。一抬眼看见长东坐在河岸的船上吹唢呐，就朝长东喊。喊了几声，长东朝他望了望，又吹起唢呐。

吹到天黑日头落，长东从船上走下来，问他，还喘气不？王三五说，喘呢，你狗日的快救我。长东说，想救你呢，可你看我这两根指头，折过，打不起弯，扶不动你。王三五说，你狗日的长东想啥呢？长东说，想起榆村人把我吊在这榆树上打断我手指那一场了，你说如今这榆树也折了，砸了你，是不是你遭报应了？王三五说，你狗日的记仇呢？长东说，知道我为啥吹唢呐总不在调上吗？

218

就是这两根手指摁不了唢呐眼了，你看我这唢呐，铜眼都被手指肚磨大了，用锌补过，锌又给磨掉了，风里雨里冬里夏里，我不停地吹，才练会了《大悲调》，才等到胡德海出狱那天，我吹了那一场。

王三五伸手够到长东的手，在他手指肚上摸摸，笑一下，说，茧子都硌人了，要不咋说你长东毒呢。

长东站起来，把王三五从大树底下拽出来，往肩上一扛，边走边说，毒也会救你的命，不能见死不搭。

王三五昏昏着，还是说，你搭晚了，你狗日的是故意这么干的，现在你满意了吧？我的腿，没知觉了。

219

49

　　王三五瘫了。都说瘫得蹊跷，都说好端端的树咋说折就折了呢？说了很多传说出来，但都说说就过，都忙着修房子去了，都不肯顾及他。

　　我觉得王三五终归是同族，拎二斤白糖去看他，见他后背贴满膏药，哼哼着，一声比一声高。我把白糖交给耿财娘，耿财娘接过去，说，亏你还有心来看他一眼，老话讲树倒猢狲散，你三五叔如今是落魄的凤凰不如鸡。我说他老了，也该歇歇了。我坐在王三五的不远处，看着他的脸，黧黑，皱纹，灰土，还有白色的胡须。他恨我说他老了，用胳膊垫高自己的下巴，想让自己的脸不至于埋在枕头里，说，老子会站起来的，轮不到你看我的笑话。

　　王三五的话，让我想起一个故事，是我祖母讲给我的。说是很久很久以前，有一个白胡子老人领着他的孙儿赶路，路过一个村子，口渴了，就敲一户人家的门，问人家讨口水喝。出来一个妇人，见那一老一少破衣烂衫，大门一闭，说，没有。那白胡子老人站在门外，笑笑，合掌念一声，长命百岁。

　　那孙儿不解，说，爷爷，她不给咱们水喝，你干吗还要她长命百岁？老人哈哈大笑。他在孙儿面前画一个圈儿，那圈儿像一面镜子，照出那妇人几十年以后的样子。是一个老太婆了，拄着拐杖，拿着半个碗茬儿，四处讨饭吃。

　　那孙儿恍悟，对于有些人来讲，长命百岁不一定是祝福，是要她多尝几分人间的苦。

　　王三五瘫了，是命运给他贴了一道长命百岁符。

他在炕上养着，这一养就再也没站起来过。一开始，耿财娘还耐着性子伺候他，过一段日子，知道他再也站不起来了，她的耐性就没了。日头大的时候，用柳编的席子把王三五拽到外头，晒晒。日头不好，把他塞在屋角，用苞米叶子絮个窝，拉尿都在里头。

榆村人从王三五门前过，总能听见他家的窗口飘出骂声。是王三五一个人在骂，耿财娘从来不还口，榆村人说，她只是拿着擀面杖杵过去，他骂一句，她杵一下他的心口。王三五夏天穿汗褡，胸脯露出一块，不是青，就是紫。

耿财娘还是死在了王三五的前头。

王三五瘫后没多久，榆村来了一个收破烂的，收破铜烂铁，收旧鞋底旧衣服旧布条、猪毛鸭毛骨头和马鬃马尾，赶着毛驴车，在村子里一转就是小半天，要是有人卖破烂，他也不给钱，拿那些破烂可以换他的泥盆、菜刀、剪子、盘子、碗筷、白糖咸盐、拨浪鼓哗啦棒……耿财娘隔三岔五就要换，那个收破烂的，每次路过她家门口，总是要多喊两嗓子。有一回，喊半天，耿财娘也没出门，他就趴在她家的大门口叫，老嫂子，有啥换的没有啊？耿财娘站在门口和他说，都换没了，没有破烂了。那收破烂的要走，宝柱抱着几块骨头跳出来，说，换糖。

宝柱去换糖，耿财娘也跟过去，站在毛驴车旁边，看着收破烂的给宝柱抓糖，她跟人家说糖少给点，剩下的她拿一双袜子。那老头说行。宝柱不干，说骨头是他攒的，凭啥给耿财娘换袜子穿？耿财娘说，就穿、就穿，你能咋的？这么多年，我拿你当我儿耿财养，穿你一双骨头换的袜子还不成？我还得端屎端尿伺候你那死鬼爹，我穿你一双袜子还亏着你了？

宝柱听了不吭声，揣着糖坐在院子里吃。越吃越来气，跑去仓子里，弄点耗子药抹在糖上，又包好，丢在锅台上了。

耿财娘把那糖吃了，吃完就死了。榆村的人都说耿财娘是宝柱毒死的，宝柱说，不是我毒死她的，是糖毒死她的。他疯疯癫癫，真真假假谁知道呢？

榆村人把耿财娘葬进耿家的坟地里，逢年过节也没人给烧纸。

有人就对宝柱说，宝柱，不管咋的，耿财娘也给你做过娘，你给她上上坟吧。宝柱说中。就四处捡些大风里刮来的旧报纸到耿财娘坟头去烧。烧完，见了人会说，我给耿财娘烧纸了。

宝柱疯得更加厉害。不管白天黑夜，总往别人家屋子里钻，不是今天摸张家的鸡蛋，就是明天偷李家的饼子。有月亮的夜，站在墙头上看天，说要用竹竿把月亮捅下来。就在地上真的摆一溜竹竿，用绳子一根接着一根绑好，从院子里一直抻到大门外。

耿财娘一死，宝柱和王三五在榆村就过不下去了。长庚召集大伙儿开会，说要把他们送到嘎罕诺尔镇敬老院去，那样王三五有人照顾，也省得宝柱吓坏村子里的女人和小孩。就送去了。走那天，榆村人抬着王三五去河边坐船，一路上，王三五骂榆村人都是丧天良的，说他当年带着大伙儿搞生产，没有功劳也有苦劳，到头来榆村人却不管他。他说他不离开榆村，不离开他的房子，就算死了，魂也会飞回来的。可没有人再听他的话了，他们把他横在船上，像送瘟神一样把他送走了。

宝柱倒是高兴，一到敬老院撵着一个傻姑娘满院子跑，那些晒太阳的老头儿和老太婆们见了，举着拐杖打宝柱，把宝柱的头打出好几个大包。宝柱蹲在墙角里哭，王三五也跟着哭，说，宝柱，咱回榆村去，回榆村谁敢碰你一根手指头，我就治他的罪。

可王三五再也治不了任何人的罪了，榆村的人很快就忘了他。仿佛他死了一样，提都没人提。榆村的人都忙着过新鲜日子。有人家里添了双卡录音机，放磁带，一边唱还能一边录音。榆村的孩子都跑去录音，来早和来多也去。来早嗓子细，唱歌好听，为了能把好嗓子录到磁带里，她天天往抗旱水箱里钻，那水箱是铁的，钻到里头唱歌，有回声，嗡嗡嗡的，像大喇叭，能把来早的声音传出去好远。

长庚买了电视机，晚上会来一屋子人看。有时候，他和秀草都打呼噜了，那些看电视的人也不走，非要把电视看成雪花才肯回家。

50

我和德才是在哪一年把欠长北的账还上的？我记不起来了，但我记得长安结婚是在一九九〇年。长安那婚结得憋屈，不管什么时候想起来，我都觉得愧对他。长安的婚礼原本是要好好操办的，秀草甚至把墙都重新粉刷了，专等长安把媳妇娶进门。可就在一家人都忙着准备长安的婚礼时，桂婉带着来恩从县城回来了，一进门把来恩往炕沿晃一推，拍手打巴掌哭，说她和长北的日子实在没法过了，说长北是个挨千刀的，说摊上这样的爷们儿就是让老婆孩儿陪着受苦的。

一家人围着桂婉，看桂婉哭。桂婉哭够了，抹抹眼泪，说，饭馆里来个吃饭的没给钱，长北从厨房里端着大勺出来，一下拍在人家的脑袋上。把人拍昏了，还在医院躺着，想私了拿钱，拿不来钱人家要告官。桂婉说一告官还哪有长北的好？非坐牢不可。长北要是坐牢，桂婉说她可不守那份活寡，那来恩也就别指望再姓胡了。

这样的事儿，让一家人都打转转，只有德才闷头不吭，我问他咋办，他说，不姓胡倒好，本来也不是胡家的种。德才说上一次的账刚还清，现在又来讨，这次他是说啥都不会管。

德才说不管是真不管，我和长庚天天急着想法子，他天天没事一样去下河，从河里回来就躲到窝棚里睡觉，一睡呼噜打得震山响，叫也叫不醒。

我只得又把儿女们叫回来，让他们帮着分担，让长北把难关渡过去。可那几个儿女，都有些犯难，不是手头不宽绰，是觉得长北不是原来的长北了，让人心寒。芝芬说长北和桂婉出去这些年，积蓄应该是有的，肯定是桂婉赖着不肯往出拿。芝芳说她有两次进城，一次看见桂婉在商场里买呢子大衣，一次看见她在理发店里烫大波浪。芝芳还说，买呢子大衣烫大波浪也就算了，走了这么多年家也不回，生了来恩一家人去给她下奶，连顿饭也没舍出来，遇着难了，回来哭天抹泪的。

给长北筹钱的事儿，那几个儿女商讨了好几天也没个结果，不好的事经不起拖，一拖就坏上加坏，桂婉说筹不到钱还有一个招法，那就是她和长北离婚，让长北一个人折腾去。离婚的话是最刺耳的，我一听桂婉说出来，就大病了一场，和家里的老猫一样，整日蜷在炕上，爬不起来。长庚对秀草说，年岁大的人这样病下去怕是不好，让秀草把钱拿出来凑份子，长庚一带头，那几个小的也就没话可说了，纷纷往出掏，长安也要掏，长庚摁下了，让他留着钱结婚。

那些筹好的钱是长庚交给桂婉的，桂婉拿到手，说太薄了，跟人家要的数目差得太远。长庚让她自己再凑凑，桂婉说凑不来了，家里能卖的，都拿去给人家治病了。

那一天晚上，所有人都睡下了，我拖着个病身子，一个人站在霍林河边上，望着那流淌的河水、跳跃的水鳞、闪着光的波纹，还有隔岸的灯火，好像是逆转了一个方向，向东的，向了西；老去的，又年轻了；死去的都复活了；映在河水上、映在木船上、映在芦苇荡里，像是记忆的海市蜃楼，既缥缈又真实，既惶恐又朝拜。那些过往，都被赋予了神性，我不敢惊扰。

我知道，我老了，再也说不出有骨气的话，再也做不出有骨气的事，我朝回走，走到村口，挨个敲大门，穷的富的、老的少的、有恩怨的、没有交集的，我都把他们叫醒，对他们说我儿长北遭难了，我要借榆村人的干净钱，给他赎罪。我给每一户人家都立下字据，说王玉娥用良心保证会把钱还回来。

那晚，长安找到我时，我把借到的钱掏给长安看，我说，你看，榆村人还是看得起王玉娥的，他们都肯借钱给我。长安看着那些钱，说，娘，婚不结了。长安把那些钱从我的怀里抢走，还给榆村人了。他把自己筹办婚礼的钱拿出来给了桂婉。

　　桂婉拿着那些钱走后，长北的事平了，长安的婚礼却办不成了。我那儿媳妇乾岳虽然没过门，但也是个厉害的主，她对长安说，你胡家不办酒席，我娘家办。办了当你倒插门。长安那会儿正生着长北的气，也生着我这个当娘的气，就一口答应下来。乾岳的家境好，和长安结婚以后，托人把长安的工作从嘎罕诺尔镇调到了县城，那以后，长安只有逢年过节才回来。

　　倒是长北，吃那一堑，县城好像是混不下去了，和桂婉搬回榆村，说在县城里就听人讲霍林河上马上会修一座桥，那时候，马车、四轮车、小轿车、自行车都畅通无阻，嘎罕诺尔镇会更热闹，他和桂婉要在嘎罕诺尔镇做买卖，卖服装。秀草说嘎罕诺尔镇早有一个卖服装的，是个黑龙江人，年轻时挑着担子卖年画，走家串户，进了院子就吆喝，凤仪亭吕布戏貂蝉。关云长千里走单骑。梁红玉击鼓退金兵。屋子里出来人迎，送一张财神爷，说一套喜嗑，留下财神来把家，保你越过越发。过年贴关公，妖魔鬼怪往外冲……

　　秀草跟长北说那些，是想告诉长北，那个黑龙江的商贩生意做得好，服装也卖得好，你长北就不要去凑热闹了。可长北不信那个邪，挂牌子那天，让一家人都过去给他撑场面。我还记得，那天桂婉披一条镂空披肩，紫色带着流苏，她说是潮流，店里新进的货，让秀草买一条给她开张，给进价。秀草说自己是种地的，洋气不起。桂婉还好生不乐意。

51

　　我有时候会想，如果长北在嘎罕诺尔镇的生意一直红火下去，是不是在我的一生里，后面的所有故事都将不再发生，我可以安安静静地看着我的儿女们幸福地过着日子，守着儿孙满堂，慢慢等待生命终结。

　　长北的生意一开始很赚钱，四邻八乡去嘎罕诺尔镇赶集，都要去他的服装店里买衣裳。桂婉是个会打扮的人，总能倒腾回庄稼人没见过的样式，让他们欣喜若狂。可那样的好日子不太长，持续五六年就有些萧条了。霍林河上真的架起了桥，长北算计错了，那桥并没有像他说的那样，好像是专门为他的生意准备的。而是那桥一架起来，嘎罕诺尔镇的生意人越来越多，他们比着赛似的从外面带回更多新鲜的东西，吸引嘎罕诺尔镇周边的人。

　　长北和桂婉也变着花样进新货，没多久吃不消了，说囤的货太多，周转跟不上，庄稼人因为手头有了钱，去县城走得勤，把钱都花到县城去，那些还躲在嘎罕诺尔镇卖服装的，早就没人瞧得上了。桂婉说要不也把服装店开到县城去？长北说服装店得关，他早就琢磨出更来钱的门道。桂婉问他是啥门道？长北说守着霍林河，实际上就是守着金库，要赶在别人之前把金库打开，那样里面的宝藏就都是他们的。

　　长北说的宝藏，是芦苇。长北在省城找了一个合伙人，那人原来就是开造纸厂的，据说是老婆跟一个小白脸跑了，卷走他一大笔钱，厂子就关停了，有一批闲置的机器在手，所以和长北一拍即合。长北负责盖厂房，负责经营，那人负责出设备，利润五五分成。

　　长北觉得合算，立马找风水先生给选厂址。这一回，长北来找德才了，盘着腿坐在炕上，说，爹，我要盖工厂了。就在你窝棚这儿盖，风水先生给看过，这儿聚财。德才不同意。长北问他为啥，德才说住惯了舍不得。长北说，你可以回老宅子，我哥能照顾你。要是不想回，我在村里给你买更好的。德才说不稀罕。长北很不高兴，丢下一句同不同意都这么定了，就走了。德才也气得一袋烟一袋烟地抽，骂着孽障，一声一声咳嗽。

　　很快，长北在村子里给我和德才买好两间房子，让长东带人来拆窝棚。德才不走，说除非把房子推倒，砸死他在里头。要不然，谁都别想拆他的窝。那天很多打鱼的人围着窝棚看热闹，说儿子要拆老子的房，老子赖在屋子里打挺。长东急了，说，大爷，长北的款子是从银行弄来的，你这样闹，害得他延工期，白白吃利息。德才说，他长北能耐大了，还在乎几个利息？长东让我劝劝德才，我

227

对他说，劝不了，你回去让长北亲自来把窝棚推倒，我也想和他爹一块儿死在里头呢。

长东没办法，打发人去叫长北，那人骑着摩托车去的，屁股一冒烟跑回来，对长东说，长北让我告诉你，自己看着办，办好了，厂子建成你当副厂长。长东一听，一挥手，带去的人一哄而上。用木棒敲碎了窝棚的门窗，用镐头卸下了窝棚的门板，眼见着他们就要爬到屋顶上去了，德才猛地爬起来，朝长东的铁锨撞过去，额头撞出一道口子，血顺着他的脸流下来。长东没想到事情会闹成这样，那些刚刚爬上屋顶的人也僵住了。看着那血，长东丢下铁锨，喊一声撤，那些人才回过神来，跟在他后面跑了。

德才任那血淌着，把砸烂的门窗都扶起来，说，这血淌得好。德才把门窗又都镶好，让长庚去嘎罕诺尔镇买玻璃安上，日日坐在窝棚门口守着，说，谁来拆，我就和谁拼了。

长北没辙，只好让出窝棚的位置，把工厂建在窝棚的边上，靠窝棚东面。长北说，那样，排污口正好从窝棚的门前走，臭水天天熏着，看你们能撑多久？盖厂子用的材料都是长北安排长东负责运回来的，红砖、木料、铁筋、水泥在窝棚旁边堆成小山，开工的机器和工人紧跟着也过来了，很快，厂房便轰轰隆隆，乌泱乌泱地盖起来了。那工厂，前后造了两排房子，修了两条长长的排污管道，一条从窝棚门前过，一条从窝棚后面过，都是直直通到霍林河里的。

几个月的功夫，两排房子盖起来，浆池也修好了，用红砖围出四四方方的院墙，大门口再弄个门房，像模像样。合伙人把什么变压器、什么蒸汽管道、什么锅炉、什么造纸机……一大堆乱七八糟的东西运到厂子里来。尤其是那几台抽水机，从卡车上一卸下来，就被扔到河里，说只有靠着绵延不绝的河水，才能源源不断造出纸来。

厂子建成的那个冬天，霍林河的冰面上特别热闹，榆村和四乡八邻的人都赶到冰面上采苇子，说那些芦苇采下来卖到长北的造纸厂，长北用那些苇子能造出白净净的纸来。长东还替长北在榆村的墙上贴告示，说工厂里面招工人，发工资，不耽误大伙儿种庄稼。榆村的人争着抢着去报名，说胡家祖坟埋得好，长庚主榆村的事，长北帮着榆村人赚钱。德才不愿意人家把长庚和长北摽在一起夸赞，一听到那样的话，就咳得更欢。有一次，李三老来看德才，德才拉着李三老问，你窥出福祸？李三老说，筌者所以在鱼，得鱼而忘筌。德才叹气，说，还真是呢。

长北的厂子搞得轰轰烈烈，挂牌那天，点了鞭炮，请来很多嘎罕诺尔镇有头有脸的人。我听人讲，还请了司马徽则，可是司马徽则没有来，让长北失望不小。但这并不影响机器转动，那些报名去他厂子里上班的榆村人，都把打鱼时穿的衣裳脱掉，换上了造纸厂的工作服，变成了工人，有做拣料工的、有做打浆工的、有做制浆工的，还有做纸机操作工、复卷工、电工、维修工、班长、车间主任的，一个月下来，比打鱼赚得多。他们都说长北好，说榆村的人祖祖辈辈都是庄稼人，如今长北竟让他们赚工资了。他们对长北感恩戴德，知道长北得意雀子，下班时就打些雀子送给长北。长北夸他们送得好，说他拿这些雀子去款待外头的人，人家能多买他的纸。人家多买纸，工人就能多开工资。榆村的人听了，雀子送得更欢。

长北让长东做副厂长，说副厂长不用下车间干活，外头来人了，长东尽管陪着吃好玩好，花了钱，拿票子找他报账就是。长东觉得长北给他安排的职务好，所以格外卖力。有一回，来个省城的老板非要吃野鸭蛋，长东就把船划到芦苇荡里，领着两个工人捡了一篮子鸟蛋回来。一上岸，被德才看见，便拦着长东，说，哪儿捡的送回哪儿去。长东说，送不回去了，就算送回去了，那鸟也不敢要。德才去夺，长东护着篮子，说，大爷，可不能这么闹，蛋没了，不是拆长北的台吗？长北是你儿不是？

德才一愣，看着长东把那一篮子鸟蛋挎走，发了好久的呆。

52

厂子里的机器一转，窝棚前和窝棚后的两条排污管道就咕咚咚往外冒脏水，又黑又臭，弄得河水也跟着又黑又臭。有天早晨，德才拿着网准备下河，见河岸上漂来几条死鱼，心里有些不是滋味，说一定是那些黑水有毒，把鱼给毒死了。德才拿着那些死鱼去找长北算账，进到长北的办公室，把死鱼往桌子上一摔，说，看看你干的好事。长北看着那几条鱼，说，爹，你又找我的茬儿！德才说，鱼被你害死了。长北觉得德才疯了，竟说些孩子话，拉着德才往外走，说，你闹啥嘛闹？闹得我心都不静了。德才说，你做了亏心事，当然心不静。长北把德才扯到大门口，送出大门，对门房里的人说，再不准放我爹进门。

德才心里窝囊，蹲在那臭水沟前抽一袋烟，回村里去找长庚。一进长庚的院子，吼，胡长庚，你给我出来，你这个村干部是咋当的？还要不要给榆村人做主？吼过，不见长庚的人影，秀草从屋子里迎出来，见德才气哄哄的，便上前扶他，问，爹，谁惹你发这么大的火？德才在秀草面前温和下来，问秀草，长庚不在？

秀草说，王二把媳妇打了，媳妇闹着要离婚，长庚去给劝劝。德才问，为啥闹离婚？秀草说，王二从造纸厂发完工资没回家，去嘎罕诺尔镇歌房住一夜，钱都败光了。早晨回来，一进门让媳妇把脸抓花了。德才说，长北那小子害人不浅呢。秀草说王家两口子吵架你怪长北做啥？正说着，长庚回来了，脸子阴着，说，没钱的时候榆村人从来没有打离婚的，现在有钱了，我这村书记成拉架的了。

德才说，长庚你去给我弄两袋水泥和几十块砖来。长庚问德才干啥用，德才说你别管。又问长庚，长北往霍林河里放黑水你看不见？长庚说，我又不是瞎子，咋能看不见？德才说，看见你不管？

长庚觉得冤屈，说，哪个不管？镇里我都找了好几回，可我现在哪有长北本事大，他早想法子把那些人的嘴巴堵得严严实实了。德才装一袋烟，点上，说，我就不信这个邪。

过几天，长庚把水泥和砖头送到窝棚来，一边往屋檐下倒腾，一边问德才，爹，用来做啥？我给你弄。德才说，放下你就走，别的你别管。

夜里，德才摸黑转出去，把砖头塞进排污口，又和了水泥抹上，堵得严严实实。弄完天都快亮了，早饭也没吃，扛着渔网下河了。

那天，德才运气不错，打上大大小小的鱼有几十斤，午饭也没顾上吃，划着船去嘎罕诺尔镇卖鱼。

在嘎罕诺尔镇集市上，德才看见李广德也蹲在路边，凑过去，把自己的鱼摆在李广德的鱼摊旁边，递过一袋烟，问，好卖不？李广德说，不下货。一旁有个卖白菜的瞟一眼，说，现在谁还吃霍林河里的鱼，那造纸厂的水都让霍林河中毒了。买白菜的听见了，撩起裤管，说，瞧瞧，孩子的皮球滚到河里，我下水去捡，回到家，腿上长一层疙瘩，能把人痒死。医生说没烂已经算捡着了。德才瞧瞧人家的腿，叹一口气，拉起李广德说，回家。李广德去拎地上的鱼，德才用烟锅敲一下李广德的腕子，说，给鸡狗吃都丧良心。李广德就缩回手，望了望那鱼袋子，跟着德才走。

李广德划船，德才坐在船头，船行得很慢，除了水声，一路都静悄悄的，听不见水鸟哇喔哇喔叫，只看见有几只野鸭从芦苇里钻出来，朝河的上游游去，德才说，野鸭走了。李广德说，这些小东西是最知道好歹的。德才说，鱼逐水草而居，鸟择良木而栖，河水养不活水里的鱼，养不活岸上的草原，榆村的人怕是早晚也要离开榆村了。

船到河中央，划进一条河道，河道两旁都是芦苇，像茫茫青帐，德才从船上站起来，望着远方，说，小时候那会儿，咱们在这片苇窝子里叉了多少大鱼。李广德说，可不是，有一回你还抢了我的鱼，那鱼跟你差不多高，你用芦苇串上，光着屁股拖着跑，我在后面追，追到岸上，你藏在深草里，我愣是没找见。到头来，那鱼还被一只母獾子给吃了。德才笑，可不是，那时候的草真高，我躺在里头睡着了，獾子来抢我的鱼，我本想一棒头打死它，迷迷糊糊，看见它大着肚子，就放它走了。李广德说，野鸡和狐狼上过村人的屋顶你还记得吗？德才说，记得记得，还记得河水上落一片天鹅，你非嚷着要吃天鹅肉。李广德说，害得你骂我好几年癫蛤蟆呢。德才大口大口吸气，说，闻不到水草的腥气和芦苇的清香喽。嘎牟诺尔镇的人和榆村的人都成癫蛤蟆了，把这好好的草原，好好的河流，当成天鹅肉了。

一阵子，他们都沉默下来，船又行了一会儿，快靠岸时，李广德突然抬手指了指前面，说，你看，那黑乎乎的，是厂子里排出来的黑水带，看着那么一缕，搅浑一河的水还是太容易了。这河水就像人似的，变好难，变坏容易着呢。

一说到黑水带，德才的眼睛看过去，愣了，他想，昨晚明明是堵结实了，咋又淌得那么欢腾呢？他让李广德快些划船，李广德问德才咋了，德才说，砖头挡不住，我就用我的身子去挡。

船一靠岸，德才跳下去，大步往厂子的方向走。李广德忙叫住他，说，你看，老神榆那儿好像出事了。

远远，传来一阵吵嚷声。

53

　　老神榆下面围着一群人，德才听见有人在人群中间唱神调，三步两步跑过去，挤到人群前，一看，李三老正穿一身奇怪的衣裳，左一层右一层的，黄里子黑缎面，衣襟遮着膝盖，缠一圈腰铃，一手拿着柳条圈羊皮鼓，一手梆梆梆梆梆地敲着，闭着眼睛，站在香炉围好的一个圆圈里唱着：

　　说一番又一番，干跺香火，你怎么不下山？害的什么怕？为的什么难？我问魔人老帅几句话，不能多说你就少言。人神忠厚，能望长久远。要学奸的，不能长远。常言道，魔人老帅抓弟子，图的是逢年过节有个站脚安神地。

　　常言道，人神一年都过十二月，只不过神仙海走天涯在外边。打神鼓多半天，我劝老帅改了邪魔归正果，讲今比古，忠的忠，奸的奸。你别学一更鼓二更锣三更战吕布，你别学七子长五子虚姜维九伐中原。为人为神都是一个样，人神出世皆不能自由地全。

　　你总学唐封王，汉封吏，清封佛，佛魔大帝，沧封相，永正独，独占财源。这比的是大书楼刘云清，山西菩萨官上仙，封你佛门庙里坐，逢年过节初一、十五，黎民百姓送香烟……

　　人群里喊喊喳喳，说有神附在李三老的身上了，一定是榆村有大事要发生。说李三老老糊涂了，又拿他那套鬼把戏出来骗人。说李三老这唱词是敲山震虎，吓唬长北呢。可李三老不管不顾，越唱越起劲，腰铃和鼓声响成一片，他颤抖的身体在那乐声里像风车一样转。

德才感觉李三老就要飞起来了，有些害怕，上前拉李三老。李三老挣脱了，继续唱，蛤蟆成精眼睛鼓，蝎子成精要人命，蜘蛛成精杀卫气，虾米成精一片白，只听空中闷雷响，冰雹大雨降下来……

一唱到冰雹，长庚不知从哪里钻出来，他说，庄稼人，怕风不怕雨，怕雹不怕雪，这李三老真是老糊涂了，为榆村祈一辈子福，今儿倒祈起灾祸了。他跳到香炉围就的圈里，想夺下他的手鼓，扯断他的腰铃，可就在长庚伸出手的一瞬，李三老直直倒下去，扑通一声躺在地上。一时，长庚不知如何是好。

所有人都被吓住，以为李三老死了。却见李广德从人群里慢慢走过去，跪在李三老面前，问，老仙家，你咋把寿衣穿出来了？李三老说，魔人老帅来榆村了。李广德问，老仙家，魔人老帅来榆村做啥？李三老说，魔人老帅和河神结怨，要取河神的七魂六魄。李广德问，老仙家是说这河水会干？天有常道，地有常数。李三老说完，晃晃脑袋，打一个哈欠，又说，打道回府。李广德问，老仙家家住何处？回去是驾云斗，还是乘风旋？李三老说，不驾云斗也不乘风旋，我家就在这不远方圆。说着唱着往前行，转瞬回到仙洞边。说完，一个翻身坐起来，像是累着了，抻着胳膊，抓起手鼓，走出人群。李广德跟在后面。榆村的人看着李三老的脚步一挪一挪往前赶，脊背弯着，头像秋天的稻谷，贴在榆村的土地上。

长北有些不安，工厂下班后，他让桂婉炒几个菜，把长东叫到家里喝酒。在酒桌上，长北问长东，李三老闹的是哪一出？长东说，他一个土埋脖颈的人，你由他折腾去。长北笑，说长东你小子没远见，你以为我是在乎那个老不死的跟我演戏？我是觉得蹊跷。早上我一进厂子，发现排污管道让人封了，你说怪不怪？保不准也是那个老疯子干的。

长东却转着眼珠子，上下扫量长北，显出欲言又止。长北说，装啥大姑娘？有话直说。长东笑了笑，说，这事你往李三老身上赖，李三老还真屈得慌。长北撂下筷子看长东，问，咋？长东说，窝棚前那些砖头和水泥都不见了，你没看见？长北咂一下舌头，

234

说，你说是我爹？长东笑，说，长北，榆村有个传言你没听说过？长北问，啥传言？长东说，我说了，你可别生气。长北说，有屁快放，磨磨唧唧的。

长东嘬一口酒给自己壮胆，说，早年王三五亲口对我讲过，你是你娘和司马徽则见一面之后怀上的。长北把一杯酒泼在长东的脸上，盯着长东，狠叨叨说，你他娘的在厂子里干腻歪了？说起老板的闲话来了。

长东也把筷子一摔，你他娘的爱信不信，早些年榆村谁不在背地里说，就你听不见。

长北蔫耷了，低下头，把酒杯倒满，给长东也倒满，说，我也常想，我爹为啥横竖瞧不上我呢？长东举起酒杯，碰一下长北的杯子，说，就是嘛。

李三老回到家不仅身子虚了，人也糊涂了，李广德去嘎罕诺尔镇抓很多药回来，日日喂他吃，总也不见好，后来，他再也不肯吃，让李广德把他抱到大门口，望着霍林河，晒太阳。一开始他不言不语，晒了几天，竟精神些，见穿工装的人从他身旁走过，说，满街的猪粪马粪你不捡，家里的粪叉子要生锈了。见花俏的女人和他打招呼，说，庄稼撂荒了，你心术不正。见嘴里叼棒棒糖的孩子，说，自家娘的锅贴饼子不好吃？见秀草，说，告诉你男人，他是一村之长，一定要把河水唤回来。说，你看呐，河水不清凌了，是河神走了。河神走了，榆村的精灵就死了。精灵死了，不能守护榆村。那样，榆村也会死，榆村一死，我也活不成了。

李三老守在大门口，那样子，让人怕，榆村人都说李三老快要死了。

54

日复一日，河水越来越黑浊，德才彻底打不成鱼了，天亮了，他去霍林河岸边的船上坐坐，抽一袋烟，看着河面上漂来越来越多的死鱼，泛着白，一层一层往岸上涌，德才总是忍不住掉眼泪。没过多久，鱼死光了，在水里一点一点烂成泥土，混在那黑水里寻不见了，只剩下那黑乎乎的河水独自流淌，臭气满村子飘。榆村传出抱怨声，说要是早知道长北会把河水祸害成这样，说啥也不让他建这个厂。

我和德才住的窝棚，一面靠着脏兮兮的河水，一面靠着轰轰作响的厂子，早活不成人。长庚天天往窝棚跑，天天劝我和德才回到村子里去，可德才总是说不，我也说不。我说就是死，也守着这河水死。长庚说，这河水不养人了。我叹气，我说，闹饥荒时，榆村哪一个人不是靠这河水扛过去的？年景不好时，这河水鼓了多少人的腰包？没荤腥的年月，这河水是不是让家家户户的饭桌上都有菜肴？德才说，可不是？河水从没慢待过榆村人，是榆村人得鱼而忘筌。长庚不敢再言语，知道是劝不走我和德才的。劝不走德才，是因为德才还要和长北斗争。我留下来，却是因为我觉得长北是我生养的，这灾祸降临，我本该第一个受到惩罚。

有人离开榆村了。他们说土地种不得了，鱼打不得了，就连井里的水也喝不得了，再住下去，会死人的，他们要去城里寻事做了。这让长庚头很疼，一个村子，农民要是丢下了土地，这个村子迟早会垮掉的。有一天，长庚看见李三老在自家大门口晒太阳，就在李三老的脚边坐下，说，你看，霍林河死了，榆村人也开始往外走了，你说的魔人老帅真的到榆村来了。李三老神神秘秘地笑，手指抵在唇边，嘘着，说，小声点，魔人老帅法力无边，你休说他坏话，他听去，会连这黑乎乎的河水也吸干的。长庚盯着李三老，问他，那……咋办？李三老把头低下，凑近长庚的耳朵说，我告诉你，魔人老帅的魔性都附在长北身上，长北是榆村的灾祸，要把灾祸赶出去。

李三老的话，虽然疯癫，可长庚还是决定和长北谈一谈，之前也谈过，但这一次要郑重些。

长庚要摆家宴。

那天，长庚拎一些鱼回来丢给秀草，说，做鱼宴。秀草捏着鼻子看了鱼一眼，说，河里的？长庚说，河里的。秀草说，臭的，咋招待人？长庚说，你做就是。

秀草从来都是听长庚的，她就做了红烧鲤鱼、葱烧鲫鱼、酥炸杂鱼、剁椒鱼头、鲶鱼炖茄子、川丁滚豆腐，摆在桌上，像模像样，却臭气熏天，惹得苍蝇在窗前嗡嗡乱撞，秀草更是难为情，说让人家咋吃嘛？长庚说，你别管，好好放那儿就是。

长庚去厂子里请长北，说吃家宴，长北很高兴，要开车。长庚说他不坐，说庄稼人的腔锤子，享不起那暄乎乎的福。两个人就从厂子往长庚家里走，并着肩边走边聊话儿，长北说好久没吃到秀草做的饭了，想想就淌口水呢，长北说秀草的手艺比桂婉精呢。

一进院，臭气扑鼻而来，长北纳闷，问长庚是不是大嫂做了油炸臭豆腐。长庚突然冷下脸子，说，吃了就知道了。到了屋门口，长庚撩起门帘子让长北进，长北一跨门槛，见屋子里空着，只有一张桌子摆在屋地当间，愣一下，问，就咱俩？长庚说，就咱俩。

两个人在桌前坐下，长北扫一眼桌上的菜，突然一阵干哕，指了指盘子说，这……能吃？长庚抄起筷子夹一块鱼塞进嘴里，嚼着，说，你尝尝，比不比当年的耗子肉？长北不吃，拿眼睛盯着长庚。长庚大口大口吃着，说，当年为了让你们吃到耗子肉，我被王三五关黑屋子。你说哥那时怕不怕？长庚倒一杯酒，喝一口，又说，哥不怕，哥想着黑屋子里肯定有耗子，哥抓到了，还给你们烤肉吃。长北笑了笑，也倒上酒，说，陈芝麻烂谷子了，要不是后来霍林河发了一场大水，一家人都饿死了。

长庚嘴里嚼着鱼肉，突然把筷子放下，说，你还记得发大水的事儿？你还记得这河水救过咱一家人的命？你知道咱爹咱娘为啥宁愿天天受你厂子的气，还守在河边不肯搬走？

长北把酒喝了，说，那又咋？好日子他们不过，偏偏较劲，我有啥法？我不想过穷日子，哥，烤耗子肉别再提。长庚更大口地吃起鱼来，长北坐在他的对面，说，你不要吃了，会中毒的。

毒也是我自家兄弟的毒，怕啥？长庚把鱼夹到长北的碗里，说，你也吃，你自己的毒，吃了自己也能解是不是？

长北把筷子摔了，说，哥，你要干啥？长庚也把筷子摔了，一口臭鱼喷在长北的脸上，说，还想在榆村住下去不？长北愣愣地看着长庚，说，哥，你再说一遍。长庚说，你要还想在榆村住下去，把厂子关了，学庄稼人好好种地，要不，滚出榆村，去干别的营生。

长北问，好好的厂子干啥要关？长庚说，你这厂子让榆村人不好活。长北说，哥你睁着眼睛说瞎话，榆村谁不好活？张家的摩托李家的四轮哪个不是从厂子里赚钱买的？长庚说，那村里的媳妇还陪你厂里来的老板睡觉呢，还不也是你带坏的？长北抓起菜盘子摔在地上，说，你眼睛醒醒了，总盯些不好？长庚肚子疼了起来，头上冒出汗，指着长北说，光盯着钱就好？

长北摔门而去，长庚昏倒了。

238

55

长庚当天被送去嘎罕诺尔镇医院洗胃。一听说长庚中毒，德才便坐不住，魔怔一样，在院子里走来走去，也不知过了多久，见造纸厂门房里的更倌儿打瞌睡了，就在厂子外的芦苇垛前装一袋烟，划根火柴点上，然后把火柴顺手丢在芦苇垛上去了。芦苇燃起火焰，德才蹲在那儿看。

火苗蹿起来，门房里的更倌儿拽着水管子跑出来，喊人救火。瞬间厂子里的工人都涌出来，把那起火的芦苇垛团团围住，往上面喷水、压土、洒灭火剂，亏得风平浪静，火势没有蔓延。德才看着火被救住，用烟锅敲着砖头，起身回窝棚，气得直咬牙。

到了晚上，长北提着酒来了，一进门，摆上桌子和下酒菜，说，爹啊，人家都讲酒后吐真言，今个儿咱爷俩喝顿酒，也说说掏心窝子的话。德才抽着烟袋，说，我哪有那好命喝你的酒？长北自斟自饮，说，爹，你为啥看不上我呢？为啥事事和我作对？是不是不当我是你的儿？德才说，当你是我儿，才来管教你。长北闷头喝酒，说，干啥烧我的苇垛？造纸厂没了苇子，让我咋活？那是要我的命。当爹的，哪有要亲儿命的？德才说，是救你，不是害你。

长北苦笑，扑通给德才跪下去，说，爹啊，你别再把自己当成救苦救难的大菩萨了，我不要你救，你就看着我自生自灭吧。德才一巴掌打在长北的脸上，说，你自生自灭，榆村的人不能跟你自生自灭。你作孽，去别处作，榆村不容你。长北低着头，没吱声，过一会儿爬起来，拍拍膝盖上的土，笑了，抄起酒瓶子，咕咚咕咚喝，喝完，瓶子往桌子上一蹾，说，爹！你配吗？我们小时候，最苦的日子，你陪着我们过了吗？现在指手画脚，认家认儿了？认家我不拦，认儿我不是，你记住，我不是！我的事，你少管！德才拿烟袋的手哆嗦起来，一口痰堵在喉咙里大声咳嗽着。

我看着长北，眼睛模糊了，让他走，他却又接着说，娘，你告诉他，我不是他的儿。那一瞬，外面起风了，呼呼啦啦的，仿佛一个少年在跑啊跑啊，跨过荆棘和刀山火海，到了坦途，却渐渐老了，对这世上的一切都无能为力。

多想，一伸手还能够到自己年轻的样子。

多想，一回首还能真真切切爱一场。

多想，岁月总是在原地打转，那样，最亲近的人就总也走不远。

我说，长北啊，你叫娘活是不活？长北笑了，笑得特别冷，说，娘啊，是你们不让我活啊，横竖我都是恶人啊。我也一把年纪了，活得爹都是糊涂的。

德才说，是你早把自己当成司马徽则的种了吧？他把烟锅子狠狠敲在长北的脑壳上，人一晃倒下去了。长北额头上淌下一股血来，他用手抹一下，说，你这样想我，我就去认爹给你看。

长北起身走了。连夜，长北由长东陪着，去了嘎罕诺尔镇。那时候，司马徽则已经退休，正坐诊善医堂，所以他们到了嘎罕诺尔镇，就直奔善医堂去了。

到了那儿，只有司马徽则在，因为长北的脑袋上流着血，司马徽则让他坐，拿出药水用镊子夹着药棉给他清洗口子，洗过用纱布缠好，对长北说别碰水，不碍事。长北捂着头上的纱布对司马徽则说，我不是来包伤的。司马徽则歪着头看他。

长北说，你认识王玉娥？司马徽则一下子乱了手脚，放下镊子去盖消毒水的瓶盖，没拿稳，药水在桌子上洒一摊。长北看他拿着抹布去擦，接着说，是我娘。我娘给你提过长北没？

司马徽则慢慢坐下去，说，提过，还提过长北上面有两个姐姐一个哥哥，下面一个弟弟。长北说，那你啥都知道？司马徽则说，都知道。长北说，原来我真是你的儿？司马徽则一愣，说，王玉娥的儿，我也当儿看。

长北从凳子上滑下去，给司马徽则叩一个头，说，你不敢认我，可有你这句话就够了。司马徽则上前扶起他，说，我和你娘，从来清清白白。长北说，我不信，小时候，我娘从噩梦里醒来，都是喊着司马徽则救命。司马徽则抬头看看屋顶，亮着一盏灯，灯光赤白，刺着他的眼睛，他使劲闭上，说，我也喊过王玉娥救命，可是隔着梦啊，山高水长。

司马徽则送长北出了善医堂，一声长叹，说，我和她，要是真有一个儿就好了。

长北回到榆村后，榆村人都知道他去嘎罕诺尔镇认爹了，他摆出一副得意的样子给德才看，好像那爹他真的认下了一样。那样，德才咳得一天比一天厉害，连李三老也不如了。

我让秀草去嘎罕诺尔镇把芝芬和芝芳叫回来，给德才做寿衣，让长庚请李广德做棺、梁黑子画棺。还问德才死后要不要请唢呐班，德才说不要，说要交代几件事，让我记好。

德才说，我死后，莫要长北在我灵前烧纸。莫要长北到我坟前送葬。莫要葬我在孤岗，把我的骨灰一半撒给河流，一半撒给草原。你要想留个念想，就做个衣冠冢。

秀草的针线活好，寿衣很快做好了，我记得试穿寿衣那天，德才气色特别好，说了很多话，夸秀草的手艺好，还夸衣服滑，穿在身上，不肯脱下来，非要到外面走一走，说要看看棺做得好不好，会不会给他画二十四孝。他说他不喜欢二十四孝，倒想让梁黑子给画个左边青草地、牛羊成群；右边河水流、鸟飞鱼跃。

德才穿着那寿衣出去很久也没有回来，家里人四处找，角角落落寻不到影子。正急着，听见厂子里有人喊，说排污管道堵了。有人拎着家伙什去通管道，往那排污口一看，德才躺在里头，蜷成一团，已经死了。德才和那些流走的河水一起进了大海，和那些纷飞的芦花一起去了九霄。

那夜，我做了一个梦，我梦见整个榆村都回到了年轻的模样，我依旧是十五六岁的样子，在霍林河边跑啊跑啊，有两个人追赶着我，一个是司马徽则，一个是德才。司马徽则说，玉娥，别让德才抓到你，他会把你带走……

灵棚就设在窝棚前，棺前头挂了遗像，摆了倒头饭、长明灯、香炉碗，点了红头信儿的白馒头和花圈。长庚、长安、杜家毅和布日固德几个，在灵前坐夜三天，送德才去入殓。

那天，灵车一起，长北从厂里追出来，在灵车后头重重跪下去，道：爹，给你叩头了，一叩，送爹逍遥西去，魂上九霄。二叩，愿爹路上得安，不为儿烦。三叩，祝爹成仙得道，含笑九泉。

一阵风旋过，卷起一缕尘土，追着灵车去了。

就按德才的遗言，他的骨灰一半撒给了河水，一半撒给了草原。而那画好牛羊成群、鸟飞鱼跃的棺椁，我只装了他的衣物，嘱长庚葬在了胡家的故地里。

56

德才走了，长庚把我从窝棚接回村子里，和他们生活在一起。那是一段看似和长北相安无事的日子，因为长北一直在忙他厂子里的事，从不回到家里来，有的时候在路上遇见了，他也只是远远瞥一眼，就急急走开。秀草说，长北钱挣得多，亲人也不认了。别人他不认也就算了，娘都不认，是良心没得在。

那样的话让我心里实在难受，就定了个规矩，家里的人谁都不能在我面前提长北。人讲，眼不见为净，耳不听为清，我觉得自己老了，那世间的事，都该由着它去了。

秀草忙，我就给她搭把手，秀草闲，我就去路边看看晒太阳的李三老，李三老若是打盹，我就去老神榆那里，上一炷香，跟老神榆说说话，问他，老神榆啊老神榆，风里雨里，雪里暑里，你在这站了几百年，寂寞不啊？会不会有时突然觉得孤单，像所有的日子，都是自己在过？老神榆不应。我问他，老神榆啊老神榆，你说树能命长百岁，人咋不能？老神榆不应。我靠着它坐下来，我笑它有了神性，却还是被我问住。像人掉头发，总惹得它落下几片叶子来。我说，老神榆啊，树能命长百岁，是树没有欲望，可人不一样，人长一岁，欲望就强一岁，要了东还想要西，吃了南瓜，还要问这世上咋没北瓜呢？老天爷总是公平的，让人到世上来，给了期限，所以，人的欲望再强，却强不过你来人世的期限。

也有的时候，我只给老神榆上一炷香，什么也不说，沿着河岸走，往上游走，一走走过二三里，想找一股清流，然后停下来，跟河水拉拉话，问问它，人累了，会歇下来，河水累了，要不要停脚呢？问问它，走过的路途，带走了时光，那些你易老的容颜，都到哪里去了啊？可是，我总也找不到清流，那河水，从上到下都是污浊的，我总是失望地穿过草原往榆村走，总是走着走着，就看见野草一片枯黄。黄的，再也发不出芽儿来，好像榆村连春天也没有了。

以往的春天，榆村人能看见河水如何化开，高兴就文开，不高兴就武开。文开，冰层慢慢消融，不觉间润活岸边的蒿草，流水潺潺。武开，冰层裂开几道口子，河水在冰层下面迫不及待想涌上来，推着冰层跑，你推我挤，挤成冰山，轰隆轰隆，往下游跑。冰化净了，微风一吹，会裹来芦芽的清甜，眼见着一丛一丛绿从河水里一寸一寸冒出来，慢慢遮住河面，长成一荡一荡的绿海。

就是德才去世的第二年春天，河边的蒿草没了影踪，榆树始终没长出叶子来，芦苇一直没钻出水面，河面上和河岸上，一下子光秃秃的，再也找不到霍林河最初的模样。

紧接着，魔人老帅来了，乘着风旋沿河道往榆村跑，跑得比火车快，有刀枪不入的身躯，有水火不惧的铠甲，是专要和榆村人比试一场的。像王，像至尊，像万物之长，他一出场就占了上风。有嘴，嘴比井口大，一边跑一边吸着河水。有眼，眼比月亮圆，角角落落都看得见。会笑，笑起来整个榆村都嗡嗡响。有手，黑夜里会敲家家户户的门窗。手很大，一扬巴掌能遮天日，让人站在村头望不见村尾，站在这岸望不见那岸。手上有刀子，贴着草原狠狠割过去，把草根都割出来。

魔人老帅很快吸干河水，还给榆村撒下礼物。那礼物是黄沙，河床上、草原上，黄沙一会儿在天上翻滚，像阵阵乌云，一会儿贴着地面狂奔，像逃命的亡徒。黄沙从四面八方打在身上、脸上，连眼也睁不开，你向前走一步，魔人老帅向后推你两步。

河水干了，魔人老帅的黄沙开始掩埋田地。种子长出一寸芽，黄沙就盖过一寸，那种子再往上长，那黄沙就再刮过来，直到那些禾苗再也没力气和黄沙争斗，枯萎着死去。榆村的土地慢慢长不出庄稼，那黄沙子盖住它们的肥沃，使它们像没有奶水的女人，奶不活自己的孩子。

臭气包围了榆村，井水也变了味道，黄沙茨在家家户户的门口，墙根底下，每天都要长高一点，窗子掩住了，门也推不开，长庚生怕一觉醒来，沙子把一村子人都埋了。

榆村人开始掏沙。天一亮，女人爬起来扫屋子里的沙尘，男人套上马车把院子里的黄沙拉到村外，人和马都疲惫不堪。有一次，秀草的枣红马趴在沙堆里怎么也站不起来，长庚用马鞭使劲抽打也无济于事，秀草扑到马背上，说，它老了，让我来拉吧。李三老看见了，坐在沙堆里笑，说，这黄沙是拉不完的，是老天爷要把榆村变成一座沙漠。

李三老的话令人害怕，长庚听了，让李广德把他扛回家去，说他那是谣言，会蛊惑榆村人的心，会吓走榆村的人。李广德就把李三老扛回去，嘱咐他不要出门，可李三老总是不听话，李广德一眼看不到，他就要偷偷跑出去，坐在沙堆里给榆村人祈雨，李三老说，雨来，沙才会落下。只有雨才是沙的克星。

雨一直没来，我问李三老，是不是黄沙刮得连老天爷都看不到榆村了？李三老说，心诚，天眼就会开。我问他，河水还会回来吗？

李三老说，老马会记得它一辈子走下的路，老狗会一辈子眷恋它的家，老母鸡最爱抱窝，老猫最得意热炕头。河水也会对它到过的地方生出情意，一旦再有雨水汇聚成流，它还会沿着走过的地方重新走；它还眷恋着那里的人，那里的草木和庄稼；它还想把它的顾念撒在那片土地上。

说完那话没几天，李三老死在了沙堆里，榆村人找到他的时候，他坐成一盘，手掌扣在膝盖上，闭着眼，像是刚刚唱完《祈雨调》。

长庚说，榆村人要厚葬李三老，李广德拒绝了，说他爹早就交代过，死了不求再转世为人，想长成一棵树，像老神榆那样，日夜守望榆村。

于是，榆村人在老神榆旁边挖一个墓穴，让李三老盘坐在一

245

旁，另一旁栽下一棵榆树。李广德说，树一长出枝叶，我爹的魂灵
就会飞出来。

57

回忆到这里，不用我说，你们也能猜到，长北的结局并不美好，老话讲，一吨纸十吨水。河水一干，芦苇紧缺，长北的厂子再也办不下去。他也试图在河岸上打过三眼水井，想努力把那些没有完成的订单做完，可井水抽着抽着就供不上机器转，弄得他天天被电话催，天天被人骂。后来，我也不记得是哪一天，长庚匆匆跑回来，说出事了，长北跑了。跑了的意思，就是说长北带着桂婉和来恩离开榆村了，去了哪里没有人知道。

那以后，我日夜思念长北，可关于他的消息，我从没向任何人打听过。长北走了，那些曾在厂子里做工的人，没了指靠，陆续从榆村离开了。只有那些老去的人，还关心着土地，关心着河流。他们让长庚想法子把河水唤回来，只要河水回来，那些走出去的村人，才会再回来。

长庚一趟一趟往嘎罕诺尔镇跑，寻找能唤回河水的法子。有一天，路过善医堂见门口的拴马桩没了，栽了两棵开着粉色碎花的树，他拉过一个路人问是什么树，路人说叫怪柳，耐活。长庚听了，就想，沿着河岸栽种怪柳，是不是会让黄沙跑得慢些？是不是会让草原重新长出绿意来？

他去问司马徽则，司马徽则说带他去一个地方，他们就往霍林河岸边的一块沙岗上走，远处，粉嫩的枝条一丛一丛，遍野漫坡。司马徽则说，你看，我栽下的那些树，顶着风沙开出花了，我会继续栽，沿着干涸的河岸栽，河岸上栽满了，我去田地旁，田地旁也栽满了，我再去草原，去那些荒芜的地方，去那些被风扫成平地的地方，去那些被黄沙掩盖的地方。

司马徽则看着那片柽柳，特别动情，把长庚也感染了，使劲握了握司马徽则的手，说，你在这岸栽，我在那岸栽。

那天，长庚没有从桥上走，而是踩着干涸的河床上裂开的龟纹回来的。那河水干了太久，河床上竟走出一条毛毛道来，像女人为取出孕育的婴孩，切开肚皮，留下的刀痕，长庚每走一步，心上就颤一颤，就想跪下去喊一声娘。后来，他顺着那毛毛道跑起来，卷起一路尘沙，跑到这岸时，一头扑到黄沙里，用手抚摸河床上的口子，把脸贴上去，亲了亲，说，这伤，只有河水能治啊。

榆村的人开始栽柽柳了。在河岸上、在荒漠上、在窗前屋后、在墙角路旁。我也跟着一起栽，我想，司马徽则在对岸，我们一起栽下去，会把河水的记忆唤回来。

我把柽柳栽在长北厂子的废墟上，那废墟对着干枯的河床，我总是栽着栽着，就恍似看到河床上又有了水，又结了冰，那宽阔的冰面上，司马徽则骑着高头大马来了，马蹄哒哒跑着，我耳朵里一串清脆。我总是栽着栽着，就听见司马徽则喊我的名字，说那厂子里住着魔人老帅，那柽柳能镇住老帅的魔。那样，我充满了力量。

几年过去，柽柳长成了茂密的树墙，开出了花絮，放眼去望，榆村的土地上，又有了新意。

只是我已经更老了，老得连柽柳也栽不动了，学着李三老活着时的样子，坐在大门口晒太阳，看见谁家的孩子跑过，就朝人家挥挥手，说，慢着点儿慢着点儿。有时他们会围过来，叫一声老太，说，给我们讲个故事吧。我会沉思好久，才想出一个久远的故事来。

　　后来，桎柳真的镇住了魔人老帅，他的礼物也被老天收回去了。榆村再没起风，再没刮黄沙，在太阳底下坐着，能听见麻雀在桎柳里唱歌，树叶唰唰抖着，能看见蝴蝶在草丛里跳舞，牛羊点缀着野坡。好似只要再等一等，再等一等，河水就会回来。

　　我等来了司马徽则的死。那天，我在门口晒着太阳，沿路开来一辆轿车，在我身旁停下来，下来一个人，说他是来找我的。我不认识他，他说他是司马徽则的儿子，我突然有种预感，仿佛有一个仪式在等我去告别。果然，司马徽则的儿子说，我爹要见你最后一面。我听了，从木墩上站起来，怔一会儿想，要去见司马徽则了，我该照一下镜子。我起身朝屋子里走。

　　坐在镜子前，我想起小时候，遇见水缸要照一照自己，遇见河水也要照一照自己，我祖母总说，照吧照吧，那水里面有个老妖婆，会嫉妒你的年轻美丽，带着你的容颜一起流走。如今我看着镜子里那个陌生人，眼泪正爬过她脸上一道道的深壑，滚到下巴上，颤了颤，摔在地上。原来，祖母说的那个老妖婆，不仅住在水里，就连一天一天的日子，也被她下了妖咒，越想留住的，她越是要带走。

我对着镜子梳头发，灌顶的银丝，这身体上唯一还旺盛的生命，越是临近死亡，越是白得鲜活。我把白发盘成一个髻，绾在脑后，司马徽则曾亲手戴在我头上的发簪，我还记得放在哪里，我把它找出来，重新戴上。对着镜子，我把衣服换成年轻时总也舍不得穿的那件。是司马徽则的娘送给我的布料，我拿去裁缝那里裁做的衣裳，肥瘦还正合适，我把镜子用手遮住，仿佛一切都是原来。我幻想着司马徽则当年的样子。

我们出发了。司马徽则的儿子开着车，穿过榆村的街道，绕过老神榆上了桥，桥下没有河流，天上没有长嘴水鸟，只有乌鸦连片飞过，像密布的云朵。我想起那一年，司马徽则生了女儿，在霍林河边买鲫鱼给他女人熬汤，碰见劁猪匠要来邹大云家，还让劁猪匠带个口信给我，说他也当爹了。那次我本该给司马徽则捎去一份厚礼，可是手头没钱，只买了二斤白糖，让劁猪匠捎回去。后来司马徽则又添一个儿子，也是那个劁猪匠告诉我的，他问我还要不要捎白糖过去？我总觉得那回的白糖劁猪匠没有给司马徽则，偷偷给邹大云吃了。就说算了吧，他那样的身份，缺不着我这二斤白糖。

天色将晚，嘎罕诺尔镇楼宇林立，灯火霓虹，车流挨着车流，人群挤着人群，叫卖声一浪涌过一浪，乞丐光着脚跑过街头。都变样子了。

司马徽则的儿子说，我爹总喜欢站在这岸，看那边的灯火。

我说，榆村的灯火不及嘎罕诺尔镇的亮。

可他总是坚信，最亮的那束光，是从你的窗口里淌出来的。司马徽则的儿子说。

　　隔着门上的玻璃窗，我看见司马徽则躺在病床上，他的眉毛、他的头发，和我发鬓的颜色辉映着。时光并没有眷顾他，他也长了皱纹，老年斑成片散布在他的脸上。他的嘴角歪了。我想象了一下他喝粥的样子，突然在心底泛起一阵疼痛，那些没有女人照顾的日子，他是怎么跟自己说话的？饿了，他在厨房里给自己煮饭，会不会拿着饭锅淘洗半碗米，然后扣在外壳里，看着那些流淌的汤汤水水一个人手忙脚乱？冷了，翻开柜子，会不会掏出所有的衣物，却不知道穿哪一件更合适？看着电视，一个人坐在凳子上，打着盹儿，再一醒来，会不会觉得电视机里的人在和自己说话，还傻傻地回应一声，等了半天却不见一个人影？散步在街头，回忆起从前的某一个下午，会不会一下子叫出谁的名字，还伸出手去拉身后的人，直到人家把他甩开，骂他一句老不正经，他才回过神来，愣愣地看着车来人往？

　　也或许，这些都不作数呢。他躬着腰身，像稻谷一样亲近着大地，在院子侍弄了许多花花草草，累了，喝一口茶，捧一张报纸，读着读着就笑了。

　　医院的走廊空旷狭长。有两只野猫嬉闹着从那端跑过这端，跳上窗台逃出窗外，树影晃动，几只沉睡的蝙蝠被它们惊跑了。它们大概是跳到树上去了。天上的月亮缺半块，在玻璃上印着半个影子，风顺着通透的窗口掀过来，就那么一缕，凉习习的，把灯光吹得有些摇曳。另一间病房里传出咳嗽声，紧跟着一口痰从那人的喉咙里滚出来，他吐向了窗外，呸的一声，带着力量。那力量，是对死亡的蔑视。

生生死死，就是一墙之隔的事儿。

司马徽则躺在那里。他的儿子说，你进去吧，等他醒来你们还能说说话。他伸手，替我把门推开。

我听见司马徽则匀称的呼吸声朝我飘过来，他像个睡熟的孩子做着恬淡的梦，不肯醒来。我走到他床边，拉过那把空荡荡的椅子坐下去，看他一起一伏的胸脯，无法相信他就要和这世上的一切作别了。我轻轻叫他的名字，顺势把手伸进他的被子里握住他的手。

他像是有某种感应，指尖抖一下，想要抓紧我，但是，他没有力量，他要是同样涌上一口痰来，是无法把它唪到窗外去了。他的眼皮跳动，我能感觉到，就连睁眼，他也要尽力而为。我不想再唤他的名字，我觉得一个人在什么也想不起来的时候死去，就会少去很多牵挂，是一种幸福。我不需要他再为我睁眼，不需要他和我的告别，让我记住的是他的眼泪，就让他这样安静地走吧，到那一世界，这里的一切，都将得以解脱。

我陪着他，熬过一个黑夜。天亮时，司马徽则醒了，阳光落在他的脸上，窗格子把他的脸映得明一块暗一块，麻雀在窗台上一跳一跳叫着，窗前有风吹着叶子。也不知怎么的，每每看到那样的风吹在叶子上，就知道秋天来了。时间不停，心却还在原地，固然悲伤。

那两只野猫又钻出来，吓跑了那只麻雀，隔着玻璃朝里头张望。来猫进狗，长长久久。我说，徽则，你又活过来了。司马徽则说，窗前的海棠果子落了，我听见它们掉了一夜。我说那是一棵柳树，哪有海棠果子？他说怎么没有？我还在那树下牵过你的手呢。

我突然明白，他是在说我们结婚时的那个家呢。我说，海棠红了。他说，落地的就是生虫子了，等我好了，爬到树上去给你摘好的。我说，我等你给我摘。司马徽则的口水流下来，淌在他一侧的脸颊上，我仔细擦拭，任由他扯住我的衣襟，满脸皱纹却一脸天

253

真，他说，你会讲故事吗？讲给我听。

我说，我会讲故事。我说，从前有座山，山里有个洞，洞里有个缸，缸里有个盆，盆里有个碗，碗里有个勺，勺里有个豆，我吃了你馋了，我的故事讲完了。司马徽则笑了，说，我吃！我吃！我说，好好好，你吃了，我馋了！

司马徽则灿烂起来，说，不敢糊涂呢，一糊涂就和你说不成话了。我有好些好些话想和你说，可是我好累，想说的都说不完了。

254

我说，那就不说话吧，你看着我，我看着你，反正，咱俩这一辈子，就是这么看着过的。

他点点头，眼睛一眨一眨地盯着我，我也盯着他，一开始，我们都笑着，笑着笑着，眼泪就挂上腮头，我伸手去擦他的眼泪，他抓过我的手，扣在他的半边脸上，笑容在我的手掌下慢慢融化，他合上双眼，念着：

野草，闲花，孤坟

溪水波痕

云高天远，鸠雀成群

行色淡淡，牧羊归人

那年春色娇好

今日已是故人。

飞烟尽

长河望穿

亦不见往昔颜容。

255

罢了，他叫一声玉娥，说，我们这一辈子啊……拖一个长长的尾音，像一颗流星划过一道优美的弧线，在天宇里慢慢消散。

小小的病房空寂了。有一双大手把我推离到世界之外，我看着这人世，仿佛那些我经历过的，都是假的，那些我遇见过的，都变成陌生，司马徽则的肉体被他的儿女们推走了，可他的灵魂还在那间屋子里留恋，他看着我，还在和我说话，给我一个虚幻的影子，我对那个影子说，我们的苦终于熬出头了！

我不哭。我爬到他病卧过的床上，钻到那还带着他体温的被子里，不用任何人安慰，也不用任何人陪伴。那一刻，任何人的存在都是多余的。我不难过。有什么好难过的？人上了这个年纪，早已心平气和，什么也不再怀疑，什么也不再相信，因为在心里认定的，着实已经无法改变。也太清楚所有的痛苦都毫无意义，分别的眼泪和再见时的欣喜若狂都是生命里的浮光掠影，该来的躲不掉，要走的，眼泪留不住。那些痛苦是自己心里面的东西。这世界不会让任何人逗留太久，那些从每个人心里肆意滋长出来的欲望，到了旺年，就必须衰老，必须穿过一道忘却记忆的隧道，去另一个时空重来。

我相信，司马徽则去另一个地方了。

我睡了好久。长庚来接我回去，司马徽则的儿子要开车送，我说不了，我想让长庚带我到河床上走一走。司马徽则死了，我可以让那片芦苇在我心里再翻腾一次了。

阴天，没有黄昏。芦苇稀疏，在风漫过的时候唰唰作响，铁船生锈了，搁浅在芦苇旁，万事，都归于清净，心也不再沸腾。从这一刻起，记忆如同秋天结出的果子，在时间里酿出甜美，也分解成虚无。往事终将不会再让谁落泪，时间、地点，总是回不到此情此景。

物非。人非。

河床上的口子会扭伤人的脚脖。长庚蹲下去，把宽厚的脊背给我，让我趴在上面，像趴在大地上，安安稳稳。

快到榆村时，浓云从西南天一翻一翻滚过来，在榆村上空渐渐舒缓，渐渐变成雨滴，洋洋洒洒飘成一片迷烟。

那天的雨下得很大，下了整整一个傍晚，下了整整一个黑夜，第二天早晨去望河床，裂开的口子长好了，有些地方积了水，现出水洼，白亮亮一块一块，闪着银光。

那以后的几年里，雨水到来的季节，河面会一点儿一点儿涨起来，我常常挂着拐杖在河岸上走，听河水潺潺，风扑到脸上，湿乎乎的，像婴孩温润的嘴唇。

打鱼的人又开始把网箔从架子上摘下来，补好亮子，插到河里去。榆村人说，千年草籽万年鱼子，所以，那些鱼虾，总是水一来，就立马活过来，让那些打鱼的人欣喜若狂。河岸上，柽柳的缝隙间长出了水稗草、香蒿、碱蓬、苍耳、马莲，一丛一丛，一簇一簇，绿意盎然，和水中央的芦苇一起回荡，散着清香，引得那些长嘴水鸟飞起又落下，溅起一串串水花。

那河水又回来了，我的生命开始了倒计时。

我的记忆始终在回放。这漫长的一生，像是翻越了一座座山峰。这漫长的回忆，像河水在倒流。

回忆，在什么时候终止的？我不知不觉。

我恍惚看见我的屋顶吊着一盏灯，灯下，有两个人，一个是我，一个是我的影子。我伸出手，想拉影子一把，影子也伸出手，想拉我一把，可是，我够不到它，它也够不到我，我们是连在一起的，却活成了两个人。

　　我的灵魂起飞了。

　　我看着我的肉体仰卧在那里，像枯藤上一个干瘪的果子，世事不露声色地摧残了她，她心知肚明，却假装浑然不觉。

　　我的孩子们都在大放悲声，像奏起一个关于死亡的乐章，我的灵魂伏在那一弦一音里，在榆村的上空飘飘荡荡，我的灵魂将跟随我的河流一起，久久不息。

关于《长河长》的读者反馈

来自霍林河畔的文学吟唱

——翟妍长篇小说《长河长》的文学赏析

王乘风

　　吉林籍女作家翟妍的长篇小说《长河长》，是一部深情饱满的致敬作品。

　　文学是一种声音，文学之内写故事，但昭示的东西都在文学之外。《长河长》的故事发生在东北一个非著名的河流——霍林河边的一个小村子，榆村。榆村有一棵老榆树，老榆树下生长着榆村人。作者从一九三五年写起，以一个年近百岁的老人，在临死前回忆的方式书写了小小榆村近百年的发展史，在近百年的沧海桑田的巨变中，榆村经历了战乱、瘟疫、土地革命、新中国成立、抗美援朝直到改革开放等一系列历史大事件。

　　小小的榆村是东北辽阔土地上隐在褶皱里的一个小小村落，榆村的人也在历史的翻滚中经历着生与死甚至流离失所。时代的风云下，没有哪一寸土地是安静的世外桃源，榆村虽小，它的命运底色、呼吸频率以及皮肤肌理都与中国大地上的山川大河同属一个命理。

　　翟妍自小生活在霍林河边，霍林河从她的小村穿腹而过，霍林河水奔流不息，像历史，也像时光，更像一段古老而极具神秘色彩的故事。翟妍对这条河凝望经年，用她自己的话说就是："霍林河孕育了榆村，霍林河也见证了榆村。""从预谋写作那天开始，写《长河长》就成了我的心结。""这样一个小说，在我心里想了十几年，甚至二十几年。我总是被她的过往感动、震撼，觉得过去那个我无法触摸的世界里带着某种神秘的色彩，带着强大的吸力，撕扯着我。我想把它们写下来。"

将内心的情感进行文学式表达，这是只有作家才能完成的人生使命。翟妍在十五万字的小说里用简朴的语言为主人公量身定做了一个极富传奇色彩又司空见惯的人生。她用王玉娥的故事阐述了生命的世俗意义和终极价值，她用翟妍的叙述方式在历史、时代与现实中找到了属于自己的文字通道，并与之达成默契。这是她观察生活的新角度，也是她文学表达的新视野。

对一个地方，对一段历史不断地追问下去，任何作品都会生出翅膀来。翟妍关注霍林河十几年了，这是她对这片土地的忠诚，也是她对文学的虔诚。

东北这片土地，苦难深重，日本侵略者的魔爪最先伸向的就是东北这块土地。这片土地上的东北人民，虽然苦苦挣扎，但他们不屈不挠，生生不息，在这片土地上活着死去，一代又一代，生命在延续，精神在升腾，创造了灿烂的荣耀，留下了可歌可泣的传奇。

但某些历史甚至钦封御赐的一些个坚固瞬间，都在风云变幻中被时光瓦解，唯有生命长歌，波澜壮阔。

谢有顺说："把生活带向极致，把存在追问到底，把人生的困惑通过生活的丰富性表达出来，把生与死这一'主要的真实'当作小说的主角来写。"生死与爱恨情仇一样，是永恒的文学主题。《长河长》中，翟妍写了很多人的死，有死于战争的，有死于瘟疫的，有死于自己的双手的，她只写了一个人的长生，那就是王玉娥。通过生与死的参照，翟妍用文学的方式完成了对生命的终极追问。主人公王玉娥是作者着力塑造的一个又传奇又普通的东北女人，她的身上兼具了东方女性的传统美德，善良、坚韧、勇敢，有柔软的女性美，也有宽厚的母爱情怀。

"《长河长》里有我祖母的印记，却又找不到我祖母的影子，我在一个冬天的早晨，坐在电脑旁，无意间敲下第一章开头那段文字时，我突然想，如果生命可以重新来过，我祖母应该会赋予自己一种新的活法。在她长达一个世纪的人生里，让那些缺憾变成完美，让那些磨难给她抗衡的勇气。我想了却一个心结，为我的祖母。""我总是想她，觉得欠她一个回报，欠她一个在这世上走一遭所应该留下的痕迹。我要还给她。"

这就是《长河长》致敬的第一重含义。

文学作品高于生活，又反过来观照现实，用文学之光照亮世俗世界的人生轨迹。《长河长》落脚于一个普通的乡村，又在乡村的故事里折射出历史赋予时代的戏剧性变化，无论是悲剧、喜剧、闹剧，都是乡村风貌。乡村的风貌里隐着乡村的伦理与情结，这些伦理和情结一直延续着，以它自己的方式，有时是借着一条河的波澜，有时是借着一棵树的繁茂，有时是借着一个人的生死。正是这些属于乡土的生命符号的存在，我们的精神才有着落，我们的魂灵才有寄托和安息的地方，我们的守望才有方向和目标。

每个人的内心深处都有一块乡土，生长着童年的庄稼。

我们在对着几十年的风雨人生叙事时，其实就是在对着童年的庄稼倾诉我们对于乡土的眷恋和怀念。在中国人的情感结构和精神世界里，乡土是永远的家，是根，是生命的来处。中国人不信神，但他们信轮回和因果，他们希望在死去的世界里找到生前走过的痕迹，包括那些乡土和乡土上的亲人，这是中国人独有的民族文化。

带着这种独特的文化符号，在榆村这片土地上，在霍林河边，在烽火连三月的战乱年代，我们在王玉娥身上依然看见了爱情的美好，婚姻的圆满。虽然爱情和婚姻都是在被动的情势下接受，但命运还是垂青了这个识字不多的乡村女子。"愿你能如愿遇到生命中该遇到的缘分，不早也不晚，不急也不缓。"为挽救一个被日本鬼子打伤的马占山部下的抗日英雄，王玉娥把自己"搭"了进去，却阴错阳差经历了一段短暂却美如罂粟的爱情。这段爱情在婚姻里只生长了两年，却在王玉娥的心里活了整整一生。

史铁生说："生命的意义就在于你能创造这过程的美好与精彩，生命的价值就在于你能够镇静而又激动地欣赏这过程的美丽与悲壮。"

王玉娥与第一任丈夫司马徽则的第一次见面算不上一见钟情，

她第一次知道有姓司马的："司马徽则这四个字让我觉得像是跟着天上的雪飘下来的，带着上苍赋予他的灵秀，不管从谁的嘴里说出来，都是一段悦耳的音符。"

因为这个名字，她在心里许了他一个很美的样子，这可能是爱情最初的萌芽吧，因为有美好的期待。可是这个期待并没有带给她现实中的美好，待见面，王玉娥是有些失望的："他一点儿都不像是随着雪花飘下来的，倒像砸在雪地上的一块煤炭，人是黑的，眼睛是小的，懒得睁开似的，只眯了一条缝，让我看不清他到底是不是看着我在说话。"但是这样的失望很快就被另一种美好取代了，取药回村的路上，他们同乘一匹马，穿过冰封雪冻的霍林河，"我也不知道自己是怎么了，听着他的声音，突然说了一句，你长得怪不好看，声音却很好听。他听了，只顾得笑，那笑，经风一吹，撒得雪里、冰里到处都是"。

王玉娥用长长的一生欣赏着她与司马徽则爱情过程的美丽与悲壮。

"我和司马徽则站在那海棠树下，有小虫子在叫，司马徽则说，以后我教你识字，咱们俩可以一起打理善医堂。我说嗯。他在黑暗里伸过手来，攥住我的腕子，我看不见他的脸，还是感觉到他的笑。"第一句，就会让人不由自主地想起张爱玲的那篇《爱》："那年她不过十五六岁吧，是春天的晚上，她立在后门口，手扶着桃树。她记得她穿的是一件月白的衫子。对门的年轻人同她见过面，可是从来没有打过招呼的，他走了过来。离得不远，站定了，轻轻地说了一声：'哦，你也在这里吗？'她没有说什么，他也没有再说什么，站了一会儿，各自走开了。就这样就完了。"张爱玲的"爱"完了，可王玉娥与司马徽则的爱才刚刚开始。但是，生逢乱世，外有敌寇，内有汉奸，什么样的美好能逃脱命运的黑手？

王玉娥的好日子只过了两年，她还没来得及为司马徽则生儿育女，司马徽则就被汉奸张保全抓去修满铁铁路了。这一别，就是八年，再见面，司马徽则已经是嘎罕诺尔解放区的副区长了，而王玉娥已罗敷有夫。

"使君从南来，五马立踟蹰。""我站在大门口，看见他骑着高头大马走过来。我想着这次他走，我还要等到何时才能再见到他呢？他停下马，跳下来，站在一棵柳树下面，远远看着我，我们都没再说话，就那样看着，把时间都看得停下来了。小风悠悠摆着柳枝，一会儿挡住他的脸，一会儿又从他的脸上移开，我笑了一下，他也笑了一下，我朝他挥手，示意他走，他却从腰间拽出一把刀，回头砍了一根柳枝，插进泥土里。他说，玉娥，它会发芽的。

我望着那柳枝，说，我懂。

司马徽则朝霍林河走去，和他的高头大马一起上了船，在芦苇荡里消失不见。我的魂灵差不多丢了，随着司马徽则的远去，我的魂灵也掉到河里去了，我扑向那河水，看着遥远的那一岸，呼唤着司马徽则。四野传来回声，也叫着司马徽则，一颤一颤的。"

爱情就这样在心里扎了根，像一棵小柳枝一样长成了参天大树。几十年后，当儿孙满堂、九十五岁的王玉娥预感到死亡时，她亲口指定，用当年司马徽则插下的柳条长成的大柳树为自己做棺材，裹着她的肉身完成这一世的轮回往生。

很多文学作品中不得相守的爱情都活在彼此的心里，唯有翟妍笔下的爱情，不但活在彼此的心里，到生命终结时，这种相思还有了一个实实在在的寄托——以性命相托。我想，作者如此用心良苦是想告诉读者，尽管那个时代，国土沦丧，瘟疫横行，人心不古，但美好的东西一直是存在的，并且始终是支撑我们活下去的不竭动力。

如果爱情是一棵枝繁叶茂的树，那么它长在婚姻的门口。王玉娥一直站在婚姻的围城里看着这棵树一天天长成参天大树。

现实是坚硬的，但生活需要一种成全，所以，翟妍在给了王玉娥一段刻骨铭心的爱情之后，又给了她一个实实在在的婚姻。婚姻之于女人是什么，百口百言，莫衷一是，但对于王玉娥来说，是蝶变之前的茧，她带着对司马徽则的爱情走进胡德才的婚姻，完成了人生中一次最重要的蜕变，从而让自己的人生丰满。她是一条河，她的五个儿女以及儿女们的儿女，都是她的支流。王玉娥就像那条奔腾的霍林河，在价值失序的年代里，她用宽厚与隐忍包容着生活中的一切苦难，又以水滴石穿的韧劲坚信，一切创痛只会使人更坚强，用坚强的筋骨改变命运，创造生活，是普通人最不普通的生存使命。

小说中，翟妍用两种地标性的存在暗示了王玉娥的性格和命运，一个是霍林河，一路向前，像血液一样滋润着大地，也丰润着王玉娥的灵魂；另一个是老榆树。"在榆村，有三样东西是不能惹的，老神榆当属第一，那上头挂满红布条、长命锁、同心结。各种各样的祈愿，是榆村人的盼头，谁都不敢在一村人的盼头上动心思。"

"至于怎么叫了榆村，而没叫胡村，我祖母是还有一番说辞的，她讲，那时候这里的野生榆多，满坡遍野的，尤其是霍林河边上那棵，活了上千年，又粗又壮，很多次，大雨瓢泼的夜晚，雷电下了毒手从天上劈下来，那棵老榆树周围的树木被劈得七零八碎，可它却始终无事，就变成神榆了。榆村也就由此而来。"

在中国广袤的大地上，小到一个村庄，大到一个都市，都有一种自然之物，或是山或是水，或是树或是花，承载着某种使命，成为人与自然沟通的介质，帮助人类完成天人合一的信仰愿望。在翟妍笔下的榆村，神榆就是这样的树。

扮演着《额尔古纳河右岸》中大萨满角色的李三老，就多次在神榆下虔诚地进行着各种仪式，并且在死后也要长成一棵树，让自己的尸体坐着埋在神榆旁边。作者如此设计，是一种隐秘的暗喻，表达着作者与读者都心领神会的一种情感。如果说霍林河象征着王玉娥的血脉，那么神榆就象征着王玉娥的风骨，这两个图腾一样的地理图标贯穿整部小说，也贯穿王玉娥长长的一生，使她的文学形象血肉丰满，在时代的夹缝中，在生与死、爱与恨的挣扎中，活得无所畏惧，让一介柔弱之躯生机勃勃，光华四射。在王玉娥的两段婚姻中，丈夫在助力完成一桩婚姻后便成为一个配角，生活的重担全都压在王玉娥身上。

司马徹则被抓走后，王玉娥如穆桂英一样当起了善医堂的女掌柜，并打理得井井有条；第二任丈夫胡德才被火烧身跳进霍林河后，成了盲流，跑到了黑龙江某个林区艰难度日。那时候，黑龙江有个地方叫"三不管"，很多在生活中混不下去的成分不好的人，都以"偷渡"的方式来到"三不管"的地界里讨生活。作品中虽没明说，但对那段历史稍有印象的人一读就明白，胡德才去的地方就是那里。

胡德才这一走就是十几年，整个七十年代，他只像影子一样回来了两次，都没敢露面。直到长庚都结婚了的一九八〇年，胡德才才敢光明正大地回来。这十几年是榆村最动荡的十几年，也是日子最难熬的十几年，肚子填不饱，尊严也被王三五踩在脚下还要碾上几脚。但王玉娥挺过来了，她不但养活了五个儿女，守住了一个家，还守住了女人的尊严。《长河长》如果能拍成电视剧，无疑是一部大女主戏，我在读王玉娥的一生时，眼前常常浮现出严歌苓写过的那些坚强女性，像《第九个寡妇》《一个女人的史诗》等。

《长河长》是一部女性之书，命运之书，翟妍用娓娓道来波澜不惊的叙述形成了一种气场，贯穿了一种精神，通过王玉娥对待爱情、婚姻、命运的态度诠释了一个平凡而伟大的女性的人生观、价值观和世界观。她用自己的方式发声，用自己的声音与这个世界对话，不但超越了地域性的局限，而且还使整部作品变成了一代人的命运呈现。王玉娥活得精彩，是她孙子眼中最尊贵的女士。作为读者，我们只能通过文字分享她的荣耀，一个顽强生命绽放出来的光华荣耀。

这是翟妍通过作品表达的第二重敬意。

不同的水土养育不同的人群，也形成不同的文化。东北地区的民间文化是极具地方特色的。虽然这些文化是细支末流，但生命力极其顽强。从前，因为特殊的历史原因和时代背景，很多文学作品都不敢触碰这些东西，而翟妍直面现实，直面历史，尊重内心的真实感受，用大量笔墨为我们描写了花子、土匪、跳大神、江湖游医、神榆古树、做寿衣、画棺材等一系列和老百姓的生老病死息息相关的事。这是我读过的作家笔下最真实的东北乡村普通百姓的日常生活场景，通过翟妍的笔，我们又触摸到了那个特殊年代的脉搏和体温。关注一个地区人物的命运，如果不关注影响这些人物命运的文化，那人物命运的走向就会没有根据。

翟妍显然在这方面下足了功夫，她笔下的榆村别具乡土韵味。以跳大神为例，以往的文学作品中如果涉猎，多是以批判的态度出现，巫婆神汉，寥寥几笔带过，只是作为正面人物或主要事件的一个佐证和陪衬。而翟妍在描述榆村人请人跳大神时，没加丝毫的个人情绪，只是实事求是地按照一件普通的事件来客观描述。罕见的是，她在作品里录了大段的大神唱词，这种大胆的文学呈现在其他文学样本里是极少见的。

世界是多元的，立体的，任何东西都有存在的理由。在科学与封建迷信之间，我们不去讨论和界定，我们只关注这些由来已久的民间文化对老百姓日常生活的影响。至于真伪，我们不在文学的范畴外下一个结论，其实无论真伪，只要是历史和生活中出现过的事情，我们就该承认它的存在，以老实的态度。以我个人为例，在很长一段时间里，也把跳大神这类民间行为毫不留情地定义为"封建迷信"，直到我读了迟子建的《额尔古纳河右岸》，才理解了跳大神和萨满文化的渊源关系。至此，我改变了从前的看法，客观地看待一直悄悄盛行于东北民间的跳大神。当然，那些以跳大神为名坑蒙拐骗的人另当别论。

中国人虽然不信神，中国也没有几个教堂，但中国人信奉神灵的存在，"举头三尺有神明"，所以中国到处都有文庙和祠堂以及祖坟。这是中国人的精神寄托。"精神是需要栖居地的"，谢有顺认为，山水、祠堂、祖屋和祖坟是中国特殊的精神宗教，尽管不像西方那种超越的、终极意义上的宗教传统，但却更具体，同样生生不息。如果把这样一种传统折断后，中国人内心便会游离、失落、悲哀，从而失去文学创作的动力。

"在一个地方扎下根来，真正研究透一个地方，一种人群，包括把这个地方的野史、稗史、民间故事熟读，你彻底地了解这个地方，你能把这个地方写好，写透，可能这个地方就成了你风格化的一个标记。"这段话用在翟妍身上也算量身定制，非常合体。她的文学创作不但渐成气候，更是在成气候的过程中形成了自己的风格。

在大时代中的大事件中，找出小群体中小人物的命运转折点，用精密、敏锐、有质感的笔触集中描写，这是近些年文学作品的一个大套路，翟妍也不能例外，她也是通过时代的折射反映普通人的命运变迁。所不同的是，她没有让所描写的人物成为无本之木，无源之水，而是有根有据，如去如来。

我第一次在《长河长》中读到了和寿衣、棺材有关的文字，令我震惊。倡导殡葬改革以来，对于死这样一件人生大事越发显得潦草了，生命的终结远比不上生命的开始那样隆重，而在几十年前情况完全不一样。死，同样是一件庄严的事，需隆重对待。这是对生命的尊重。翟妍写出了带有暖意和希望的死亡，因为用史铁生的话讲，死亡是一个随时都可以降临的节日。这种态度其实诠释的是中国古人的一种生死理念：视死如归。

以前，总觉得视死如归只能用来形容烈士在敌人面前的坚强与悲壮，有了年纪之后才明白，视死如归是一种人生态度，在这种精神力量的支撑下，死亡变得不再可怕，像出门旅游一样，回来就变成了另外一个人。这种思想其实一直在民间广被认可，只是没有哪个人形成文字说出来，它只是存在于人们的内心深处。所以，人们对待死亡的事向来是有仪式感的。翟妍在这方面可以说研究得很透彻，她通过王玉娥的嘴跟读者交代了一场隆重庄严且有准备的人生告别。在她把传统资源与现代精神融于一体的叙事中，我看到了文学的血脉。她的文学血脉里流淌着文学的纯真与作家的成熟。

"门前那棵老柳，横在地上，它轰然倒地时，我听到一声叹息，像司马徽则发出来的，司马徽则留在这世上的，和我有牵绊的，唯一物件，就要陪我而去了。"

"锯木声响起来了，老柳先前还是圆滚滚的，现在，已经变成了板片，梁黑子看着那些板片说，这棺做好了，不光要画《二十四孝》，还要在棺头画兽面，兽面用虎头，虎头两侧立柱上写对联，上联书：一生仁善留典范，下联书：半世勤劳传嘉风。

虎头下方画灵位，书我生卒年月、生辰八字；灵位两侧绘金童前引路，玉女送西天；盖板画北斗七星；底座画山水云石；棺尾绘百子图，谓我家族兴旺、儿孙满堂；廊檐和基座要五颜六色。梁黑子是有经验的，他画了一辈子棺，德才的棺也是他画的。"

"我的被褥、寿衣，摆在枕头边上。白缎子被面绣了八仙，黄绸的褥子跟流淌的金水一样。寿衣，他们准备随时给我穿上。那些很好看的丝绸，很早前的一个闰年，秀草领着来早，还有来早的两个姑姑、我的二儿媳、老儿媳，她们一起做的。上衣十一件、裤子九条。外衣青蓝，绣了五福捧寿，镶了大红里子，和帽子上面的缀红顶子一个颜色。红好，红，意味着红红火火，死去的，红红火火，活着的，更要红红火火。她们做好的时候，让我试穿一下，试穿完了，问我满不满意，我说满意，都是多子多福积德积来的。"

这几段文字虽然不多，但含金量足够大，别说是一个出生在八十年代的女作家，即便是生在四五十年代从农村走出来的作家，也不一定描绘得如此详细。生死都是大事，与生死有关的任何细节都不能马虎，可见作者在这方面是下了很大的功夫的。这就是乡土文化给翟妍打下的文学烙印。

其实，整本小说都是在一个濒临死亡的老太太的回忆中展开的，但因为作者的笔触如霍林河水一样流淌，轻盈自然，所以读起来并不感到压抑和阴冷，相反，那种对生的敬重和死的敬畏，在作者的笔下，通过文字和读者在某个心理节点上达成了一致。

这是翟妍的高明之处，也是她用作品在致敬生命，同时也致敬迟子建。

"能不能创造一个生机勃勃的文学世界，很大的程度看作家的眼睛是不是睁开的，耳朵是不是开通的，舌头是不是敏感的。"现在很多作家图快捷、图便利，用的都是城市里的公共信息，即二手经验在写作。当下，已经没有几个作家能像二十世纪五六十年代的作家那样，为了文学沉下身子体验生活。想象、公共资源、道听途说成了素材资源和来源。这无异于吃冷饭，往往吃胀肚了，也没有几许营养。但翟妍不是这样。读《长河长》最明显的感觉就是，翟妍下了十成十的功夫，她掌握的资料和素材都是自己从深井里打捞上来的，水灵灵的。因为很多民间的东西只在民间口口相传，档案馆的资料里是没有记载的，即便有，也只是一笔带过，没有那些生动的细节。但是生活中，带有温度的东西往往就是细节，在文学作品中，能感动读者的，也是那些毫不起眼的细节。

一部文学作品，有了骨架之后，是不是血肉丰满，是不是肌理清晰，是不是血脉畅通，靠的全是细节。细节的处理关乎作品的成败。翟妍的眼是睁开的，耳朵也是开通的，舌尖也是敏感的。在榆村这块土地上，她用心用情用脚丈量了十几年，最后才用笔描绘。榆村就像她手里揉了很多次的一个面团，她熟悉它的硬度和软度，也知晓它的筋性和面性，所以拿到手里，是蒸是煮，她都信手拈来了。书中，关于跳神、花子讨饭那些细节，如果不是亲耳听村里的老人讲述并一段一段记录下来，光凭想象，再尖的笔也刻不出当年场景的生动。

榆村是一口古井，翟妍在这口井里淘出了历史，淘出了文学，这口井里映出了各色人的脸，他们都在翟妍的笔下成为生动的脸谱，成为一个时代的标签。

除了王玉娥，书中王三五也是一个贯穿始终的人物。

他是王玉娥的克星，王玉娥的所有苦难都由王三五来实施或强加。他是个可憎可恨又可怜的人物，从另一个角度讲，正是他的处处作对处处为难，才成就了王玉娥，使她骨子里的那种坚强不屈在特定的场景下爆发出来。翟妍在写王三五这个人物的结局的时候，不是笔下留情，而是另有深意。她没有让他一命呜呼，而是让他苟延残喘，并留给他一个疯疯癫癫的儿子。对这个结局，翟妍是这样交代的："很久以前，有一个白胡子老人领着他的孙儿赶路，路过一个村子，口渴了，就敲一户人家的门，问人家讨口水喝。出来一个妇人，见那一老一少破衣烂衫，大门一闭，说，没有。那白胡子老人站在门外，笑笑，合掌念一声，长命百岁。那孙儿不解，说，爷爷，她不给咱们水喝，你干吗还要她长命百岁？老人哈哈大笑。他在孙儿面前画一个

271

圈儿，那圈儿像一面镜子，照出那妇人几十年以后的样子。是一个老太婆了，拄着拐杖，拿着半个碗茬儿，四处讨饭吃。那孙儿恍悟，对于有些人来讲，长命百岁不一定是祝福，是要她多尝几分人间的苦。王三五瘫了，是命运给他贴了一道长命百岁符。"

王三五从前作恶时怎样欺凌弱小的，时间都会还回去。不用人为的冤冤相报，榆村人是懒得跟这样的人斤斤计较的，命运是回旋镖，你抛出什么，早晚都会回到自己身上。这也是老百姓信奉的一条真理，善恶到头终有报。比起痛快地死，活受罪是一种更大更痛苦的折辱。翟妍通过人物命运的对比阐述了一条朴素的人生真理：与人为善。

每个作家都有属于自己的文学领地，北京是老舍的，上海是张爱玲的，高邮是汪曾祺的，湘西是沈从文的。同理，额尔古纳河是迟子建的，霍林河是翟妍的。作家们在自己的领地里创作，就像王玉娥对着花样绣鞋一样，不但能绣出最新最美的花，也能绣出心中最美好的愿望。

迟子建是黑龙江籍著名女作家，她守着漠河，守着额尔古纳河，写鄂温克族的生老病死，写民国初年的瘟疫，写伪满洲国时期的芸芸众生。无论她的笔怎样枝蔓婉转，都没离开过黑龙江的土地。

而今，我们很欣慰地看到，在吉林，在霍林河畔，同样是一位更年轻的女作家，她把笔端也对准了身边的河流、脚下的土地、身后的古榆以及这方土地上的世代苍生。她的小说就像棉花纺出来的线织就的一款长衣，没有华丽的装饰，没有精心编织的流苏，她仅仅是用贴心的暖意为读者营造出一个舒服的文学世界。

王安忆说："小说不是现实，它是个人的心灵世界，这个世界有着另一种规律、原则、起源和归宿。但是筑造心灵世界的材料却是我们赖以生存的现实世界。"正是明白了这样一个浅显又充满哲理的深刻道理，翟妍才没有在创作上追求那种炫目的灿烂，而是根植在泥土中，像造火盆一样，亲自把黄泥掏回来，再晾几天饬饬，之后才把模子套上，再精心打磨，收口、加底、拍平、擀光。

一个火盆的制成大约只需十天半个月的时间，而一件作品的最后面世可不像打火盆那样简单，《长河长》从起心动念到脱稿，翟妍用了十多年时间，是她蘸着日月星光打磨的心血之作。

《长河长》是一部用文学笔法写成的编年史，是一条流淌在榆村的历史长河。尽管这条河也有过咆哮发大水的时候，也有过被造纸厂污染喑哑无声的时候，就像人类的历史上也有过走弯路的时候一样，但终归是千条江河归大海，榆村人用柽柳点染了新时代，霍林河又载着榆村人的欢笑成了榆村人的鱼米之乡。

用十多年时间写就一部十五万字的小说，翟妍对待作品的态度始终是谨慎的。

对文学的谨慎是因为对生活的尊重，文学作品虽然高于生活，但最终是要回归生活的。写作的过程是理解生活的过程，也是精神上的一次愉悦旅行，文本中的文化风景永远不会消失，会带着时代标志在文学中活下来，而那些风景中的慈悲与宽厚也同样被接纳保存，并赋予生命悲壮的美好。

"品质更见简朴，语意更为本然。生命落实于生活本体，服帖于宽阔的大地之上，在日常生活尘嚣中，作者竭力为卑微的事物正名，为物质时代的精神肌理塑形，有温情暖意，便有失意怅然，有淡雅的乡愁，亦有难言的愤懑。"翟妍用专注的姿势与虔诚的执着，回应了文学的召唤。

《长河长》是一条河，是时间，也是生命。或许每个人的现实生活中不一定都有一条河奔腾而过，但每个人的生命之河都在时间里奔流向前，每个人也都会在这条时间的长河里抵达人生的既定目标。有的人用肉身完成前世今生的轮回，有的人用文学抵达理想的彼岸。翟妍是后一种，她以笔做篙，漫溯霍林河，在精神世界里用生命与文学完成了同构。

凭借《长河长》，我们就完全可以对翟妍抱以更高更大的期待。

这是翟妍对文学、对生活隆重而庄严的致敬！

（该评论原发 2020 年第 6 期《文化吉林》。作者系作家、评论家，松原日报社《百姓生活》版主编，现居松原）

悠悠长河里的浩荡人生

周其伦

在大型文学双月刊《江南》2018 年第 5 期上，吉林省青年作家翟妍的长篇小说《长河长》用开阔的叙述视野、宏大的人文背景，以小见大地演绎出中华民族人文历史长河的悠长浩荡。可贵的是，该小说还立足于一个小村落的风云变幻，重点书写了一个倔强坚强的女人的一生。故事感人肺腑，情怀波澜壮阔，流变曲折起伏，文字亲和明快，无疑是近期同类题材的佼佼者。

我几乎是在收到刊物的第一时间就饶有兴味地读完了这部长篇，这在我的阅读生涯中是不多见的。我阅读小说作品，尤其是长篇作品，很少去留意作者的名气，往往是拿起来就读，如果读了两三万字还不能吸引住我，我会选择立马放弃，因此在我的阅读中非常注意作品本身的叙述意境和作者上佳的文字表达。《长河长》就是能够让我一气读完的长篇小说，而且读完以后还会意犹未尽浮想联翩，于是便在新浪微博"刊评"上写下了一段感慨。

网络的传播确实让当下的信息很快地能够四通八达，不久就有朋友告诉我《长河长》的作者翟妍，已然是国内很有名气的一位青年作家。她的中短篇小说屡屡发表在《十月》《中国作家》《作家》《鸭绿江》《芒种》《长江文艺》等众多刊物上。其散文《土豆香》还被收录到《儿童文学选粹版》。小说《一径长途》《穿过黑色草原或春心荡漾》《守清口》等还被《长江文艺好小说》《小说选刊》《小说月报》转载，电影文学剧本《嫩江湾扶贫记》在《中国作家》刊发后好评如潮。中短篇小说集《麦子熟了》、散文集《如果生命可以再度青春》都体现了她过往不俗的创作才情。

翟妍生活在吉林省与内蒙古交界处的霍林河畔，这里的人文风情既有科尔沁草原的粗犷辽远，同时也蕴含着霍林河水蜿蜒流淌的百般柔媚。在这样一种源远流长的文化传承熏陶下，作者笔下的霍林河、榆村、王玉娥等多重文学元素，就显得七彩斑斓，活色生香。这为她的小说的架构积淀了非常厚实的生活根基。

翟妍在创作谈里曾经这样描述过心中的王玉娥："《长河长》里有我祖母的印记，却又找不到我祖母的影子，因为这不是我一个人的老祖母，这是生活在东北大地上每一个爱过恨过哭过笑过死去的和正在活着的人。"小说从王玉娥还是十五六岁时的小姑娘起笔，写了她跌跌跄跄地走过差不多一个世纪的岁月，既有她一个人摸爬滚打养儿育女的含辛茹苦，也有他们这个家族在你争我夺中的唇齿相依，小村落的风云变幻和民族发展史上的阳光雨露历历再现，王玉娥见证了百年长河的日出日落，经历过大时代背景下急遽放大的恩怨情仇，她那情感丰富的心路历程在浩荡的时光转圜中，散发出我们民族精神顽强奋进的烁烁辉光。

《长河长》如诗如画地描写了科尔沁草原上霍林河畔一个叫榆村的小地方的悲喜遭际，沉稳而悠远地讲述着一段丰饶且令人回肠荡气的故事，由王玉娥们的个体生命历练折射出近百年来的时代更替、情感因果和生生不息。这里的人们勤劳勇敢善良坚强，不屈不挠地耕耘在这块辽阔宽厚的黑土地上，演绎出感天动地的乐章。而王玉娥漫长的一生更是命运多舛，她先后遭遇前夫被抓、落入匪窟、逃荒要饭、虎烈拉瘟疫、土改运动、饥饿年代、十年动乱、儿孙闹腾等磨难，岁月的骤变与风云的激荡几乎都曾集中地呈现在这个弱小女子的身上，但她不仅顽强地养育大五个子女，送别了多位因为天灾人祸而故去的亲人，她还以顽强的心性和坚毅的品格与村口那株年轮已达数百年的老榆树一起，构成了一种精神意志的标杆，坚定地挺立于小村人的心中。这个故事和王玉娥的经历，既充满了传奇的色彩，又具有一种激动人心的魅力，她倔强前行的身影，无疑囊括了普天下所有母亲的勤劳与坚韧，善良而多情。

在王玉娥的身上，既有王氏先辈们对传统文化的代际传承，又有让后生们感叹唏嘘的朴实美德。她坚守做人的本分，坚持做女人的操守，她在承受了历次事变后的顽强抗争和坚强不屈，在波折与困惑面前，她更多考虑的是，维护家族的祥和，涵养着土地的兴衰，别人对她的滴水之恩她都终身铭记，而她对人对事从不昧着良心，因此她这一辈子活得舒心而惬意，旷达自足地走完了 95 年波澜壮阔的人生之路。真是应了那句老话，心中要有美丽的花园，人前才会有多彩的亮丽。这些都值得今天的读者去点赞和效仿。

作为一部厚重的长篇，《长河长》里所涉及的人物必然众多，令人感叹的事例也俯拾即是，限于篇幅此处不表，但王三五这个人却不能不提。在榆村，王家是大姓，按家族谱系去排列，他还是王玉娥的堂叔，但他在主政榆村的 30 年间，担任的角色却并不那么光彩，多次以怨报德，危难中几乎要置王玉娥家于死地，以一己之私利宣泄着人性的寒凉与丑恶。读完作品后，我思考得最多的是，当他年老鳏居因瘫痪而受困于养老院的那一刻，他的内心可曾有过一丝一毫的惭悔？对此我们不得而知，可他的一言一行呈现于《长河长》，使得这部小说的艺术张力更为宽广，同时也反衬出以王玉娥为代表的榆村乡民真情、良善等美德更加的熠熠生辉。这样的文学蜇摸，也使得我们对这部宏大叙事意义上的大作品，多了一些底层情感涟漪的亲和。

翟妍曾经有过这样的表露：从写作那天开始，《长河长》就成了我的心结。这样一个小说，在我心里想了十几年，甚至二十几年。我祖母给我讲她的许多过往，我总是感动和震撼，觉得过去那个我无法触摸的世界里带着某种神秘的色彩，带着强大的吸力，它撕扯着我。后来，我祖母也死了。我总是想她，我觉着欠她一个在这世上走一遭所应该留下的痕迹。《长河长》搁笔的那一刻，我内心充满了激荡、彷徨、隐忍、热忱和期盼。突然想，如果生命可以重新来过，我祖母是否会赋予自己一种新的活法。她写《长河长》就是想了却一个心结，为她的祖母。

翟妍的努力没有白费，在《长河长》里，我们看到了她祖母的身影，更看到了一个民族的过往与蹒跚。

《长河长》是我在 2018 年里读到的最好的长篇小说之一，其中还有一个特点非常鲜明，那就是它的语言特色亮点纷呈。就我个人的阅读体验看，这是一部好的长篇小说最应该具备的质素，不论是故事讲述中的轻盈还是人物对白里的灵动，作者在语言表达上的柔美和谐，才最终完成了《长河长》在文学艺术殿堂里的腾跃与标高。

　　（作者系作家、评论家，现居重庆，该文原发 2018 年 11 月 6 日《新华书目报》）

长河里流淌着慈怀和悲悯

邱贵平

这三年来，能够让我几口气读完的长篇，除了陈彦的《装台》，便是翟妍的《长河长》（刊于 2018 年第 5 期《江南》）。我始终认为，能够让我一口或者几口气读完还想再看几眼的小说，绝对是值得高看的好小说。

《长河长》无疑是这样的小说。

借用著名小说家林那北的一句名言"写小说手越来越低，看小说眼越来越高"，这些年，我写小说虽然手越来越低，看小说还是有一定海拔的。我绝对没有看走眼《长河长》，编辑也没有看走眼。如果作者再沉淀推敲丰富一些，或者著名一些，《长河长》会更引人注目。

《长河长》叙述老练劲道，语言精准精短，细节饱满细腻，结构简括精巧，长河里流淌着慈怀和悲悯，令人动心动容。作者还有女性作家稀缺的冷幽默，我从她身上依稀看到了萧红的身影，我还把她比作"女余华"，而余华是我几十年如一日喜欢敬佩的作家。

《长河长》小中见大大中见小，将霍林河孕育的榆村写得波澜起伏，将王玉娥的百年人生写得波澜起伏。霍林河是榆村的母亲河，王玉娥是榆村人的母亲典型和典型母亲，某种程度而言，也是东北人的母亲典型和典型母亲。她历经苦难和饱受凌辱，依然不改痴心和慈悲，就像历经蹂躏饱受污染、干涸断流的霍林河咬定河道不放松，重新获得生命，河水又回来了。

我历来有个观点，大人物写进历史，小人物写进小说。把小人物写大写精写透，写他们的生老病死爱恨情仇，化腐朽为神奇，写出新意情意深意，那才是大手笔。我觉得翟妍已经把王玉娥这个小人物写得比较大比较精比较透，但是还不够大不够精不够透，尚未达到"这一个"的高度和境界。总而言之，《长河长》虽不是伟大的小说，但是好小说，是大小说。创作无止境，翟妍还须努力。

我唯一担心的是，《长河长》写得相当好，翟妍可能写出更好的作品，也可能写不出，她可能把才华一下耗尽了，就像《活着》和《许三观卖血记》之后，余华再也没有写出更牛的作品。

2018 年最后一个季度一直忙着写作、流审和户外，把早就想写的读后延推至今，也可以不写，但是不写似乎难以释怀，这恐怕也是《长河长》的又一魅力。同时也要向《江南》致敬，在当前语境下推出这种类型的小说，是需要一定胆识和担当的。

（作者系作家、中国作家协会会员、鲁迅文学院第二十九期高研班学员，现居福建）

霍林河水情绵长

薄秀芳

近日，笔者有幸读到白城市作协副主席翟妍发表在 2018 年《江南》第 5 期的长篇小说《长河长》，由其所带来的震撼，令人深感人生的五味杂陈。

大安籍青年作家翟妍多年来凭借实力与勤奋，创造了白城市文学界近二十年来的诸个第一，即第一位吉林省文学院签约白城作家、第一位在国家级期刊《中国作家》发表电影剧本的白城作家、第一位在《十月》发表中篇小说的白城作家、第一位在《江南》发表长篇小说的白城作家。

《长河长》这篇小说中所发生的故事，跨度长达近一个世纪。故事发生在吉林省与内蒙古自治区交界处的霍林河畔。这部有着时代特点和地域特色的佳作，以倒叙写法为主线，用主人公 95 岁王玉娥坦然等待死亡的到来为开篇，点出这位普通东北农村妇女极不平凡的心路历程、生活历程。

《长河长》文中开头有段对霍林河的描写，将人与自然的轮回合二为一。"我只想记住这条最美河流，她漫不经心地卧在榆村的后面，像一个年轻的女子侧卧在一块被时间风化的土地上，让那土地因她而迟迟不肯老去，一次又一次青春焕发。那河流发一次大水，就会淹没一次草原。所有的草地死去，再在时间里慢慢重生，回到原来的样子。回不去的是我。我老了。"这段描写何尝不是人生的写真？

作品将人们的勤劳勇敢和善良坚强在感天动地中尽情交织，演绎出不屈不挠、生生不息的乐章。

王玉娥一生命运多舛，经历与前夫生离死别、落入匪窟、逃荒要饭、"虎烈拉"瘟疫、土改运动、饥饿年代等磨难。她顽强地养育五个子女，以坚毅的品格构成了一种精神，犹如村口数百年的老榆树。在她的身上，能看到慈母无私的心，看到普通人善良的大义之举，看到弱女子在命运的疾风骤雨中坚强不屈的身影。即便是在最苦难的时候，王玉娥心中的忠贞、感恩、正义与善良都没有动摇，她生命中的隐忍、热忱、期盼，生成绝境时一股力量，令她勇往直前。

岁月更迭、日月流转，时代在飞速进步，但有一种精神却是亘古不变的，那就是苦难中摆正自己的位置、坚守道德的底线，用自强不息的行动，创造美好的明天。

王玉娥在前夫被抓壮丁后也曾被凑数抓走，逃出后一路讨饭，可谓九死一生终回到家乡。等待前夫消息的那几年，她站在霍林河畔翘首期盼的身影，令后来的丈夫感动从而心生真爱。确认前夫离世后，她对再婚的丈夫说，前夫在她心中的位置谁也替代不了。而当再婚的丈夫亡命天涯，"死而复生"的前夫期待给王玉娥一份安稳的生活时，她则选择在艰难困境中养育儿女替再婚的丈夫守住这个家，这份担当与不离不弃体现了取舍间的大义。

改革开放后，王玉娥的二儿子为了发展企业，破坏了霍林河的生态环境。为了挽救这条生命之河，已然老迈的王玉娥以断绝亲情的方式与财迷心窍的二儿子进行了坚决的斗争……这份对环境珍爱的大义之举，感天动地。

感叹翟妍创作视野的开阔，佩服其文笔从平凡中见波澜的独具一格。《长河长》涉及的人物众多，王三五这个反面人物，从始至终，无论是在日侵时期、解放初期，还是土改时期都表现出了人性最丑恶的一面。而他晚年悲惨的结局，无不昭示着善恶有报。

太深的情与太多的责任，让王玉娥付出了很多也失去了很多，但她依旧能够做到不改初心。为此，在生命即将结束时，她决定在霍林河畔亲选入土的地方，用前夫数十年前种下的树打做自己的棺材，她要在自己执着一生的爱情中长眠……

就是这样一位有情有义、有担当有眼光的老人，用自己的一生为晚辈立下了真实的榜样。在儿孙们的敬仰与爱戴中结束了平凡而又伟大的一生。

沿着故事情节的起伏，真切地感受到那段历史脉搏的浑厚有力，折射出中国近代百年的甘苦，记录着这片黑土地上每个生命与祖国、民族共命运的坚守与沧桑。而霍林河如同一位历史的见证者，用特有的方式将昨日的经历，绘成一本长情的画卷。

家是最小的国，国是千万家。

家庭的前途命运同国家和民族的前途命运紧密相连，这就是中华民族历经劫难而终能浴火重生的根本。

王玉娥身上所展示的热爱生养自己的这片土地、善待周围的环境、关爱身边的所有人……这种向上精神，何尝不是中国人在过去、现在所具有的精神？

如今，我们每个人都是书写脚下这片黑土地传奇的作者，这才是翟妍通过作品传达给读者的最强信息。

（作者系白城日报社记者，现居白城。该文发表在《白城日报》）

翟妍小说的气质

窦红宇

翟妍的长篇小说《长河长》要出版了，这令我在为她高兴的同时，也总想说点什么。我喜欢站在翟妍的小说之外唠唠叨叨，这是我认识她以后的一个"毛病"。因为，在当下的小说写作中，翟妍的创作，使她极有可能成为她的"领地"的"王"。这块领地，名叫科尔沁草原，还有一条河，叫霍林河。

我们是在鲁院认识的，同为鲁迅文学院第二十九届高研班的同学。

一开始，翟妍给我的感觉总是怯怯的。聚在同学们中间，总是不说话，只在一旁静静地听。后来不由得引发了我的联想——在这样一个多元和争相发言的年代，是需要用怎样的文字和环境的浸养，才能保持住这种怯和不说话？她好像永远生活在她自己的那个世界里，拒绝长大。

她总是不说话，高兴了，不说话，惹恼了，也不说话。后来同她熟了，我好像觉察出点什么。我觉得这个怯怯的不说话的女生，首先是有一颗敬畏之心，其次，她的这颗敬畏之心，似乎永远在她的家乡科尔沁草原上跳动着。

一个把心留在了大草原上的人，怎么跟你讲话？

翟妍的家乡，是在吉林省白城市一个叫大安的地方，据她的描述，那儿就是大片大片的草原和一条长长的河流经过的地方。我们后来在她的小说中知道，草原叫科尔沁草原，河流叫霍林河。那是一个接近内蒙古的地方。所有的景致，代表的都是旷无人烟的孤独和悠长开阔的寂寞。还有大雪，无所不在漫天飘舞的大雪，肯定是要飘过翟妍的一生的。所以，翟妍小说中写得令我印象最深刻的，就是那一场一场弥漫人间无处躲藏的大雪。

长篇小说《长河长》一开始，就写道"一九三五年那个冬天的雪，是我一生中见过的最大一场雪，八十年过去了，无数场雪都已经在我心里化成了溪流，顺着村后那条霍林河远逝了，可那年，那场雪，一旦随着记忆落下来，就铺天盖地，要把房屋、柴垛、牛羊和树木都淹没似的。雪伴着风。风特别大，把院子里用来喂猪的木槽子吹得在地上来回打滚，钻过房梁的空隙时吱吱直叫。那叫声，让我以为黑暗里有鬼在哭……"接着，她写道"风把大雪芡在了门口，大雪下埋着一个人。那人快要冻僵了，只是鼻孔里不断冒出的白气还在提醒我的父亲，他还活着。我爹拼力去扒那雪，好半天才把那人从雪里拽出来。这时门嵌开一道缝儿，我娘和我祖母跑出去帮着往屋子里抬。一个白花花的人。身上穿的羊皮袄是白茬的，羊皮裤也是白茬的，脚上的一双乌拉乌秃秃的……"

一个心里长满了孤独飘满了大雪的人，能轻易同你讲话吗？

因此，翟妍的气质，是孤冷的，是一心向内的，是充满了辽阔的神性同时又灵动无比的……可以说，她同这个世界讲话的大多方式，就是她的文字。所以，翟妍的文字生机勃勃，对一切自然充满了敬畏之心和野性的力量。比如，她的中篇小说《麦子熟了》《霍林河畔》和《西口五韵》，是与内地作家的题材和故事有很大差别的，一直让我震撼于科尔沁大草原的辽阔和孤独，震撼于霍林河的沉稳和宁静。因为她草原般的忧郁与孤独，她的小说叙述，呈现出了当下写作最最独特的特征。这种特征，是一个边缘文化的旁观者身上与生俱来的，是极其宝贵的。也就是说，她从来不趋从于所谓的主流文化，也从来不趋从于世俗的一地狗血。她看上去是怯怯的，但内心从来就坚定不屈。

从 2018 年在《十月》第 3 期发表中篇小说《西口五韵》开始，她带着这样的气质，渐渐走进读者的视野。2019 年 6 月，在《长江文艺》第 6 期发表中篇小说《谷芒》。2020 年 1 月，中篇小说《穿过黑色草原或春心荡漾》发表于《芒种》第 1 期，被《小说选刊》第 2 期转载。还是 2020 年 1 月，《滇池》发表其短篇小说《守清口》，后被《小说月报》转载。

2018 年 9 月，在《江南》杂志第 5 期发表长篇小说《长河长》。

这是一个何其刻苦的作家。我认为，这样的一个因为东北独特的地域而带着自己独特的气质写作的女作家，在中国当下，是不可多得的。东北总是出现这样的女作家，比如，萧红；比如，迟子建；比如，金仁顺……下一个，肯定是翟妍了。

可以肯定的是，《长河长》中的女主人公王玉娥的气质，就是翟妍自己的气质。或者说，翟妍让王玉娥，带上了自己的气质，在漫长的人生长河中，在沉沉浮浮的历史际遇中，考量并追问自己的灵魂。

翟妍写了王玉娥的一生，她也在这部十五万字的小说中，想象了自己的一生。王玉娥就是一个一生沉浸在自己内心中的坚强的女人，从来不会因为来自外部的苦难和诱惑，改变自己的哪怕是一丁点的固执。"八风吹不动"，让自己活得像一块河流中坚守的石头，那么，这块石头，将遭遇怎样的生活的激流？

首先，王玉娥遇到了爱情。这是小说的开始，也是王玉娥一生记忆的开始。翟妍让王玉娥像她自己一样，固守着一段爱情的执念，然后度过自己漫长的一生。王玉娥的男人司马徽则出场了，翟妍写道："他拉我上马，……我坐在司马徽则的前头，他把大氅往前一兜，把我兜在里头了。他是拿我当孩子看的，毕竟他那样魁梧，我只是到他腋下那么高，又只有十五六岁的样子，他是没法把我当成一个女人避讳的。前一夜的雪还没踩出辙来，这会儿又越下越大，马驮着两个人更是无法走快了。雪地里，一开始还能听见乌鸦的叫声，后来就剩下眼前的雪花在上下翻飞，四野看不见光影了。司马徽则问我怕不怕，我说有你呢，怕啥？他说你这小孩还真野。我说过了年就十六了，还能算小孩吗？他说十六了？看不出来。又问我认识几种草药，我说四十多种，他惊着了，哦一声，说，这很了不起。我也不知道自己是怎么了，听着他的声音，突然

285

说了一句，你长得怪不好看，声音却很好听。他听了，只顾得笑，那笑，经风一吹，撒得雪里、冰里到处都是……"

这是一个十六岁的少女王玉娥的爱情。翟妍把这个场景设置在漫天大雪中，显出了她要写的她的爱情的独特之处。之后，司马徽则成了王玉娥的第一任丈夫。

其次，王玉娥遇到了革命。或者说，在小说的一条隐线中，遇上了抗联。抗联干部司马长川，即司马徽则的叔叔，在小说一开始，就变成一个雪人，躺在王玉娥家门口，差点冻死。后来被王玉娥一家所救。最后，带着司马徽则走上了革命抗日的道路。而王玉娥的爱情，却是在同司马徽则婚后不久，发生了重大的变故——司马徽则被抓壮丁走了。这一走，就是一辈子，生死未卜。后来当然知道司马徽则从日本人手里逃走后，参加了抗联，最后，回到了嘎罕诺尔镇当上了镇领导，可是，那时候的王玉娥，已经随着历史的变迁，际遇发生了很大的变化，她嫁给了村里一个叫胡德才的人。所以，当王玉娥与司马徽则再次相遇的时候，他们的爱情，已经物是人非了。

翟妍写到了司马徽则的死。那是多少年后，司马徽则的儿子用轿车接王玉娥去医院里见司马徽则最后一面。翟妍写道："隔着门上的玻璃窗，我看见司马徽则躺在病床上，他的眉毛、他的头发，和我发鬓的颜色辉映着。时光并没有眷顾他，他也长了皱纹，老年斑成片散布在他的脸上。他的嘴角歪了。我想象了一下他喝粥的样子，突然在心底泛起一阵疼痛，那些没有女人照顾的日子，他是怎么跟自己说话的？饿了，他在厨房里给自己煮饭，会不会拿着饭锅淘洗半碗米，然后扣在外壳里，看着那些流淌的汤汤水水一个人手忙脚乱？冷了，翻开柜子，会不会掏出所有的衣物，却不知道穿哪一件更合适？看着电视，一个人坐在凳子上，打着盹儿，再一醒来，会不会觉得电视机里的人在和自己说话，还傻傻地回应一声，等了半天却不见一个人影？散步在街头，回忆起从前的某一个下午，会不会一下子叫出谁的名字，还伸出手去拉身后的人，直到人家把他甩开，骂他一句老不正经，他才回过神来，愣愣地看着车来人往？"

翟妍写道："小小的病房空寂了。有一双大手把我推离到世界之外，我看着这人世，仿佛那些我经历过的，都是假的，那些我遇见过的，都变成陌生，司马徽则的肉体被他的儿女们推走了，可他的灵魂还在那间屋子里留恋，他看着我，还在和我说话，给我一个虚幻的影子，我对那个影子说，我们的苦终于熬出头了！我不哭。我爬到他病卧过的床上，钻到那还带着他体温的被子里，不用任何人安慰，也不用任何人陪伴，那一刻，任何人的存在都是多余的。我不难过。有什么好难过的？人上了这个年纪，早已心平气和，什么也不再怀疑，什么也不再相信，因为在心里认定的，着实已经无法改变。也太清楚所有的痛苦都毫无意义，分别的眼泪和再见时的欣喜若狂都是生命里的浮光掠影，该来的躲不掉，要走的，眼泪留不住。那些痛苦是自己心里面的东西。这世界不会让任何人逗留太久，那些从每个人心里肆意滋长出来的欲望，到了旺年，就必须衰老，必须穿过一道忘却记忆的隧道，去另一个时空重来。我相信，司马徽则去另一个地方了。"

这就是王玉娥的爱情，它在小说最后结尾的时候，静悄悄以这种大彻大悟的方式结束了，作家翟妍其实在告诉我们，人生，其实就是这个样子，我们必须心平气和地接受。那么，读到这儿已经热泪盈眶的我，那时突然想，人生其实就是去迎接各种各样的遇见和错过，这也符合翟妍的人生观和价值观。而在迎接这些各种各样的遇见和错过之时，人生，不管怎样地沉沉浮浮，始终有一样东西是不会变的，在翟妍的心里，就是爱情。而在翟妍的笔下，就是人性或者她理想的人性的光辉之处。

再次，王玉娥遇到了苦难。王玉娥要过饭不说，还遇上了"虎烈拉"。鼠疫的流行，几乎让榆村这个翟妍的笔下生机盎然的小村子一夜消失，王玉娥的亲人一个接一个地死去。然后，就是饥饿。王玉娥为了养大她的三儿两女，去吃马料，然后，回来吐给孩子们吃，她叫"反刍"。王玉娥去抓耗子，大年夜烤给孩子们当肉吃。之后，被王三五冤枉，说是偷了生产队的东西，开大会斗……我在

287

想，一个女作家，是要有怎样的坚定和毅力，才能把女主人公的苦难，写得如此惨烈，让人读了，一阵一阵地揪心。所以，我认为，翟妍是个讲故事的高手，她具备了一个小说家最需要具备的那种家长里短、瓜田李下的独特的素质。

最后，当然，人生的最后，九十五岁的王玉娥遇到的，就是死亡。无疑，这是长篇小说《长河长》中最精彩的华章。小说一开始，就是从写王玉娥的死开始的。

翟妍写道："屋檐下的腊肉已经成了黑色，一只老鼠蹲在房梁上张望，这是它一生中第多少天垂涎这块腊肉了？它不知道。我都替它记着呢。那块腊肉我挂了两年，不多不少，正好两年。老鼠盯着它，已经整整七百三十天了。现在，我决定把那块腊肉取下来，我并不想吃掉它，因为我的牙齿，除了一张嘴还能看到两个门卫，其余的，都像尸体一样躺在一个黑匣子里面了。和我的幼齿躺在一起。那些幼齿在脱落的时候，我的母亲送给我一个黑匣子，让我把它们放在里面。如今，母亲早已去另一个世界了，留给我的只有这黑匣子和我的幼齿了。我一张嘴的样子和那只老鼠很像。这让它误以为我是它的同类。我在地上仰望它的时候，它从来不避讳我，甚至，它的口水落到我的身上，它也毫无愧色。它总是天天都要来望一眼那腊肉的，就像我习惯了天天来望它一眼一样。现在，我要把那腊肉取下来，我再也没有力气仰望一只老鼠了。我想躺下去，用一个舒服的姿势。"言辞之优美，角度之另类，恰恰体现出了一个作家最重要的观察角度。

翟妍是具备这样另类的观察力的，因为，你总是会从她的冷峻之中，感受出她另类的幽默来。她在小说的每一章的开头，都写了一段王玉娥在等待死亡之时的独白，让我们充分感受到了一个作家对待死亡的态度和女主人公在经历了无数苦难之后的心安理得。

同时，也让我们感受到了作家在她的小说中的精心的谋篇布局。它告诉我们，这是一部好小说，是一部值得一读和收藏的好小说。是一个作家用了将近十年时间准备，花了一年多的时间写成的，奉献给读者的心血之作。

在小说的结尾，翟妍精心分了几个段落，写道："那河水又回来了，我的生命开始了倒计时。

我的记忆始终在回放。这漫长的一生，像是翻越了一座座山峰。这漫长的回忆，像河水在倒流。回忆，在什么时候终止的？我不知不觉。我恍惚看见我的屋顶吊着一盏灯，灯下，有两个人，一个是我，一个是我的影子。我伸出手，想拉影子一把，影子也伸出手，想拉我一把，可是，我够不到它，它也够不到我，我们是连在一起的，却活成了两个人。

我的灵魂起飞了。

我看着我的肉体仰卧在那里，像枯藤上一个干瘪的果子，世事不露声色地摧残了她，她心知肚明，却假装浑然不觉。我的孩子们都在大放悲声，像奏起一个关于死亡的乐章，我的灵魂伏在那一弦一音里，在榆村的上空飘飘荡荡，我的灵魂将跟随我的河流一起，久久不息。"

翟妍的叙述，永远是那样激荡人心。我甚至认为，她的叙述，是当下汉语小说的叙述中，最优美的一种。这是她对写作的追求，也是她每天都坐在电脑前，不停地敲击键盘的无穷动力。这一点，长篇小说《长河长》中的王玉娥、司马徽则、王三五、铁锤、敖登、胡二爷、胡德才以及她小说中有名有姓的三四十个人物可以作证，嘎罕诺尔镇可以作证……翟妍的笔，将继续作证。

在小说家翟妍的心中，有一条河，叫霍林河，霍林河边上，有一个村子，要么是榆村，要么是别的村，还有一个叫嘎罕诺尔的小镇，或者，还应该有一座小县城吧。反正，基本上就是这几个简单的元素，构成了她小说的几乎全部的世界。

"那河是霍林河，从内蒙古的霍林郭勒漫过科尔沁大草原流到吉林的松嫩大地，不知它淌过了多少沟沟坎坎，转了多少弯弯绕，才在小村这块土地上留下自己的痕迹。"这是翟妍在《西口五韵》的开头写下的文字。接着她写道："那小村，就在霍林河即将要汇入松花江的一个拐弯的地方。太阳沉下去的每个傍晚，红霞洒满水面……村后的河水一波一波掀过，河里的芦苇一浪一浪涌着，水草

289

的香气和炊烟的味道一起在小村上空缠绕……"

是的，一条河，一个村。简简单单的女作家翟妍就这么带着"科尔沁"和"松嫩大地"这两个词，走向了她的读者。是够简单的了，翟妍的内心世界，简单得就像她经常发在朋友圈里的照片上的背景，空旷的大平原或者茫茫的大草原上，只有一个人、一座房屋……我想，那儿，就是翟妍的故乡了吧。但是，往往是极其简单的构象后面，藏着极其复杂而又让人震撼的故事，藏着一个作家极其丰富的内心情感和内心冲动。

所以我想，那儿，就应该是翟妍的大地了吧。

长篇小说《长河长》，就是那个二三十年都生活在那片寂寞土地上的女作家翟妍内心的文字。而翟妍一旦遇上了这种文字，她就变成了一个科尔沁草原和霍林河边深情的歌者，她的声音，让群山匍匐……

2020 年 6 月 30 日于滇东北

（作者系中国作家协会会员、著名作家、记者、大学教授，现居云南）

《长河长》：人物形象和小说艺术

丁 利

东北白城女作家翟妍的长篇小说《长河长》以主人公王玉娥一生的悲喜遭遇为线索展开，透过细腻诗性的语言，描绘了东北霍林河两岸近百年历史中的抗日战争、土地革命、干旱瘟疫和改革开放等。百年沧桑，在作者如一湾绿洲般清纯、干净的语言中体现得淋漓尽致。

唯一让人稍感遗憾的是，主人公王玉娥这个身经磨难的女人，总好像戴着一层面具，面目模糊不清。她身心遭遇的大痛和大恨竟然没有被点燃，善到了这个程度还是善吗？还是活生生的人吗？合上书时，记住的反而是故事中的一些配角。如果作者在创作的时候能再"狠"一点，让遍体鳞伤的王玉娥在生活里尖叫起来，读者才有痛感，小说应该会更真实和完美。

小说艺术是刻画人物的艺术。成功的小说就是成功塑造一个鲜明的主人公形象，他不应该是模糊的、幕后的，应该是鲜明的、饱满的、个性的，立得住、站得起。《长河长》中，主人公王玉娥一生命运多舛，当她的第一个丈夫被日本人抓走杳无音信时，她也痛也恨，但作者却没有将这种痛表现得彻底。当王玉娥的第二个丈夫在土地革命中惨遭毁容逃离榆村时，王玉娥的过分隐忍也让这个人物没有表现出人性的反抗和刚毅。接下去的饥荒、瘟疫，以及面对亲人的生离死别时，作者都没能使用有力的手法让王玉娥腾然一跃，跳出纸面。这样一个被痛苦、仇恨和矛盾浸泡一生的女人，竟然选择平和终老，总让人觉得心有不甘，一个过于软弱和苍白的形象，少了几分为人的血性。

291

古今中外的名家名作，几乎都有一个或几个让读者牢记的鲜活的人物，如《骆驼祥子》里的二强子、小顺子，《人生》里的高加林、刘巧珍，《白鹿原》里的白嘉轩、鹿子霖，《项链》里的玛蒂尔德，《安娜·卡列尼娜》里的安娜，《麦田守望者》里的考尔菲德……当下小说主人公形象立不起来的原因是什么？我以为，首先是作者对小说的历史背景、人物缺少深入探究、精准把握，不知这代人心里究竟想什么，书写刻画停留在浅表和臆想。其次，对小说主人公好坏、善恶、曲直看不透、拿不准，缺乏多面性、深层次的复杂转换，以至于千人一面。此外，作者惯于将自己不成熟的思想、观念、情感，强行灌入给主人公，缺乏自然和人性规律的连通和共融。最后，小说是语言的艺术，作者对主人公刻画要有功力，每个人物都有自己的说话方式、做事风格、思维习惯，这些细节对人物形象的塑造尤其重要。

（本文原发 2020 年 4 月 13 日《文艺报》，作者系白城作协主席，《绿野》主编，现居白城通榆）

寂静欢喜　从容起舞

李梦溪

两年前，吉林省儿童文学委员会要带作家去大安市采风，翟妍作为大安的东道主做着准备。翟妍通过微信群主动加了我。打招呼时，她第一句话竟叫我"大妹子"，我觉得这称呼真新鲜，还带着一股特有的乡土亲热劲儿。当时我想，这个作家真是毫不掩饰自己的"乡土味儿"啊，还挺有儿童文学作家的"纯朴"，我一下子记住她。后来我们见了面，翟妍除了纯朴热情外，她标志性爽朗的笑声也让人印象深刻。"大妹子"也成了她有时对我的特有称谓。

再后来，我得知翟妍的文学成就不只在儿童文学，更重要的是在频频被文学名刊选中的中短篇小说，第一部长篇小说《长河长》被《江南》杂志发表，便引发读者和评论家好评。而她正式"闯"入文坛，只在近十年。

其实，翟妍的"幸运"背后，是多年的文学积累。她小学三年级时编了个故事，给同学讲了一个学期，同学每天回家吃完午饭就跑回学校听她讲。她有时还编些玄幻故事，吓得自己夜里不敢上厕所。

翟妍有一个爱讲故事、评书、大鼓的祖母。祖母的经历也传奇，她说："我的故事能写一本书了。"翟妍当时就想，如果有一天我能写下来多好啊。祖母那一代人和时代风云成为她创作长篇小说《长河长》的灵感源头。十五六岁时，翟妍开始偷偷写东西，写祖母的故事，也写村里的故事，写完了给村子里看油井的老头看。

后来，她学医、开药店、当医生兼护士，接触很多人，常常默默观察人、揣摩人，猜测他们的心理、性格、脾气，再验证自己的猜测，为她以后创作中准确刻画人物打下了基础。后来那些小人物经她加工都成为笔下一个个鲜活的主角。

她熟悉乡亲们，她说善良是农民的底色，他们很少故意害人，也不会戴着伪善的面具，他们的善和恶都是直来直去的。他们容易满足，充满人情味。

有一次我告诉翟妍，我觉得她性格很外向。翟妍说，怎么会反差这么大，其实她一直是有"社交恐惧症"的人。每次人多时让她"即兴发言"她都大脑一片空白，一句话也说不出来。即使事先打了个腹稿，说出来的肯定也跟想的差距很大。她说，不和村里的邻居交往是没法生活的，农村很多事都是需要合作完成的。如果一家人不跟别人来往，会被村民看不起，被说成"过死门子了"。所以，开了七年药店之后，性格内向、不擅交际的翟妍决定离开农村搬到县城，尽管有时也会想念农村的浓郁人情。她对我说："这几年好些了，与人沟通也多点了。开始见你时觉得好像早认识，也许这就是缘分吧。"

豪爽、热情、内向、腼腆、质朴的性格竟集中于翟妍一身，性格的张力也构成了作品的张力。看她大大咧咧的外表你可能想不到，她的作品既细腻入微又浑厚苍茫。作为一个女作家，她不局限于描写小情小爱小景，更擅长驾驭有宏大历史背景的题材。发表于《江南》杂志的长篇作品《长河长》写了主人公王玉娥95年的一生，这一生也是东北的百年缩影。让我们从中看到了土匪作恶、逃荒、土改运动、饥荒、环境污染等多维历史画卷。书中众多人物也彰显了人性的善与恶，美与丑，以及对大时代背景下人物命运的同情和悲悯。

对于文学，翟妍"雄心勃勃"。她将在近几年完成"长河三部曲"之二《长河望》和之三《长河荡》的创作，淋漓尽致地表现大时代背景下小人物的命运。

梦溪：
读了你的一些中短篇小说，感觉人物形象很鲜活，但小说的主题不是很鲜明，你似乎没有很想强调的东西。你是如何对待创作和主题的关系的？

翟妍：

我不是那种主题先行的写作者。有的人写作要先定一个我想要表达什么，我不是。我是这样想的：一件事情发生之后，我只要把这件事情阐述完整了，它自然包含着它的道理或者道德在里面。我只是呈现一个完整的叙述方式。好的小说是仁者见仁智者见智的，你能从各种角度去看，得到不同的启示或警醒。我不想主题那么鲜明，一看就知道你想表达什么。

创作的过程中，我愿意把每个人物当成我自己，每一个人物都是我自己，我变换着不同的角色，就像一个人在演一场戏。

梦溪：

你写《长河长》是用主人公王玉娥临死前回忆的方式写的。我觉得小说中很少见自己写自己濒死的场景，这是你的一个创新的表达方式吗？

翟妍：

也不是创新，之前有作家也用过这种方式写作，而我之所以用这种方式，是觉得这种方式会让我更得心应手，我喜欢这种方式所呈现出来的娓娓道来的感觉。或者我写的时候也并没有多想，是顺其自然而来的。

梦溪：

你写作《长河长》的时候，内心是怎样的感受和状态？会想着你的祖母吗？

翟妍：

《长河长》是对历史的一个回望，那段历史对我来说是遥远的，我时常想触摸，又总觉得够不到，我把过往生活中所有的感知积累在一起，才有勇气去完成它。我写的时候，只把握好了大历史年代的脉络，至于故事的发展，人与人之间的情感纠葛，我也是未知的。我大致只知道主人公要一直活到九十五岁，其余的所有的情节该怎么发生，人物该怎么碰撞我都没想好，就任由自己的笔写，就是每天我都把自己置换成每个人物，在小说里摸爬滚打，产生故事。我把这种碰撞记录下来，就是这一天的叙述过程。万一这一天的情绪情感都碰撞到了极致，可能就写不下去了。那就到明天的时候，接着再跟我设定的人物继续昨天的爱恨，跟整个村庄的人再在一起生活，那么，我的小说便又有了新的推进过程。

我祖母给我讲的故事在我心里面会有一个消化的过程。我从小就听，听了几十年，她已经磨砺成我自己了，就像我自己的经历一样。当我有一天坐在电脑前非常顺畅地写完了一千多字时，我一下子明白我应该干什么了。我一下子就知道那是《长河长》的开头了。

当我写完的时候，我觉得我是九十五岁的老太太了。大半年的时间里我都走不出来，我谁都不想见，我觉得我已经老了。我写完这个小说的时候，去给我的祖母烧纸了。我觉得这篇小说顺利完成了，是她在保佑我，在看着我写这个小说。我整个创作过程都在回忆她的。虽然故事里没有她，但是又好像有她，有她所代表的精神。比如祖母跟我讲祖父跟她结婚三天，就被抓壮丁了，再回来的时候，我大姑都三岁了。在写司马徽则被抓走了那一瞬间，我想的就是现实生活中这么一个情节。

梦溪：

主人公王玉娥生了五个孩子，并没有与自己爱的人在一起。但最后她死的时候觉得这样也是自己修来的福气。你怎么看待这个女人？她幸福吗？

翟妍：

当然女性活出自我是更幸福的。但是对于那个时代的女性王玉娥来说，她的一生当中最后能看到司马徽则，在心灵上与他遥相呼应，隔着河能看见，这一生对于她已经足够了。

我当时写的时候非常克制，克制很多情感，我想一定不要让王玉娥和胡德才离婚。我和王玉娥毕竟不是一个年代的，但是我要刻画她，我就要无限接近那个年代。我生怕自己的笔一冲动，就让王玉娥真给司马徽则生个孩子。那个年代，王玉娥也可以那么做，但是我想让王玉娥是一个非常完美的女性，就必须让她恪守道德，让她一定把住那条底线，活着时，什么事都不让他们发生，让王玉娥是一个非常干净的女人。虽然有些虐心，但我觉得藏在心里的爱恋很美，珍视这种精神之恋。

梦溪：

我觉得你的小说对爱与性的描写都非常含蓄、唯美。司马徽则死后，王玉娥就躺在他的病床上，体会他死后的余温。这段我印象很深，也很感动。还有王玉娥在新婚之夜，以及和第二个丈夫德才在一起时，所有的性爱都是一笔带过，描写得非常含蓄、简单，连儿童都可以读，我觉得这是你写作的一个特别之处。

翟妍：

对，我小说追求的就是那种很唯美很纯粹的爱，对爱情的要求是有涵养，要始终如一，要心灵呼应。

我希望我的小说、我的书无论放在什么地方，孩子也能看，父母、长辈翻到了，也不会因此而羞愧。另外，我并不觉得把性写得那么露骨就是多美。性是人的本能，不需要书本去传递什么。它绝对是为作品主题服务的，而不是超越主题的，何况我也不觉得它能衬托什么主题。表现人物性格和心理用别的事件也能刻画，它不是唯一的表现手法。

比如要表达爱意，可能是对方这么一伸手，碰一下你的脸，那种感觉就在了，那种情感就完全到位了，就足够了。

梦溪：

有人说《长河长》体现了女性传统美德：善良、忠贞、坚韧、忍耐。这是你认为好女人应有的特质吗？多数人可能觉得女作家比较个性张扬，观念前卫，你如何看待？

翟妍：

王玉娥有很柔情的一面，又有她很倔强、坚强、执着的一面。她面对她的爱人的时候，面对需要她爱的时候，她就很柔软。遇到她要承担的时候，她又变得很坚强、倔强、坚韧，能忍耐。这是我向往的女性人格。

其实我觉得我自己也是这样的。

写作是这个世界上最适合我的工作。但我是一个很传统的人，为家庭付出很多，而不是那种很享受、很时尚的人。我内心再怎么丰富多彩，我都不会在现实生活中表现。生活和写作是两个事情。我和外界没有太多的接触，我每天打开电脑就在小说里天马行空，快速融入每一个我塑造的人物里；但我关上电脑之后马上回归现实生活。可能我在现实中不是一个尽善尽美的贤妻良母，但现实生活中我肯定要像一个正常人，不能把写作和生活混淆。但耿直、率真就是我的性格，这是没法改变的，跟写不写小说也没有什么关系，不写小说我也是这种性格。

梦溪：

你的写作深深扎根你故乡这片土地，你也葆有质朴、单纯等品质，你始终对高速发展的工业文明影响下一些城里人的复杂有排斥。你如何看待有的城里人认为乡土作家或农民"没见过世面"？

翟妍：

"世面"这个词该怎么理解？有的人认为他走过大河大川，出过国，就是见过世面了。而我觉得真正的世面不是眼睛看到了什么，而是心里装下了什么。真正的"见过世面"是你的内心见过世面，是内心的开阔。你就是把每一片土地，每一条河流都走遍了，如果你的心还是那么小，还是停留在利益的算计，那算什么见过世面呢？那只不过是饱了一下眼福罢了，你的心还是在原地。

真正见过世面是清楚自己要坚守什么，摒弃什么，是大格局，是经得起任何诱惑，不为所动；是看透世间百态，依然能平静生活。

（作者系《吉林日报》记者，现居长春。该文原发 2020 年 6 月 28 日《吉林日报彩练版》）

霍林河穿过松嫩大地我的村庄

——评论家王波与作家翟妍关于文学的对话

王 波

翟妍是从东北霍林河畔大草原走出的作家。不久前发表在《江南》杂志的长篇小说《长河长》在文坛反响强烈。《光明日报》《新华书目报》等媒体纷纷推介。作者如诗如画地描写了科尔沁草原霍林河畔一个叫榆村的小地方的悲喜遭际。小说中，主人公王玉娥的个体生命体验，以及众多人物命运的交集，折射出这块黑土地上的人们近百年来的勤劳勇敢和生命的顽强。他们蹒跚、倔强前行的身影、希冀，就像霍林河穿过松嫩大地后草原茂盛、牛羊肥美、生生不息。

王波：

有几个文友在调侃的时候，说 2018 年是你的爆发年，因为年初时，你发在《十月》上的一篇叫《西口五韵》的小说，引起文坛很大反响。到了年底，又在《江南》刊出的长篇小说《长河长》，同样让读者热议。你作为文坛新秀，我也一直在关注你的写作状态。很好奇，你是怎么开始爱上文学写作的？

翟妍：

我喜欢安静。

我享受写作那个过程。自己和一百个自己在对话的过程。

在我还很小很小时，我就发现自己是个不喜欢热闹的人，不喜欢人群，不喜欢争辩，能独自发呆很久，或者，看着人家热闹，也跟着傻笑，却不愿参与其中。有时，那些乐意滔滔不绝的人会讲一些滔滔不绝的大道理，对的，我就记住，不对的，我会选择闭上耳朵。

我奶奶特别会讲故事，而随便编个"瞎话"的能力，又好像我姥姥比我奶奶更胜一筹，我奶奶会讲鬼怪，会痛诉家族史，我姥姥也会讲鬼怪，还会讲古书，是个记忆力和想象力都超级好的老太太，能比我奶奶把故事讲得更精彩，但我从小在我奶奶身边长大，没有更多机会听姥姥讲故事。我这样讲，是我总在想，是不是她们都能说书讲古的本事，到了我这里，就演变成了一种驾驭小说的能力？

我也觉得，我奶奶和我姥姥其实就是两个萨满天神，在我还懵懂的时候，就以一种很独特的方式，让我认识接触到萨满民俗文化。那时候，村人生病，遇到难解之事，总会把希望寄托在神灵身上。乡野的万能使者，是萨满天神，能和诸灵对话。所以，一旦谁家有了为难招灾，要请萨满天神出马，那是一件极其隆重的事儿，我常常由我奶奶领着，参与其中，一边看天神显灵，一边对它的神秘性充满好奇。

而恰恰是这种文化的熏染，使我比同龄人更早地对生命充满敬畏，对生活的未知充满憧憬。我在写小说的过程中，渐渐发现，小说，就是通向某种神秘的一扇门，是对某种未知的探索，我在文字里奔走的时候，其实是借萨满天神之力在和万物祈祷，这个萨满天神就是我的小说，这个祈祷的过程必须六根清净，心无旁骛。

王波：

每一个作家都是带着自己独特气质走在写作的道路上，讲一讲你的写作经历。

翟妍：

我是从 2011 年开始写作的。在那以前，写作只是我生活中的一种消遣，后来，我在文字里找到了属于沉默者的乐趣。就好像形单影只的孩子找到了适合的玩伴。因为写作，我有了更多表达自己的机会，小说里的人物，也让我有了更多倾诉的对象。人们常说，业要择一而终才能有所作为，在写作这件事儿上，我相信我脑子里给我的信息是准确的，所以就一直坚持写。我在 2012 年初写小说时，不经意地发表三篇作品，带来的鼓励非常大，而且其中的《麦子熟了》和《迷失在城市边缘》，至今被读者津津乐道，不能忘记。

王波：

我读你小说，发现有这样一个过程，在你早期作品里，是倾向乡土题材的，在中间有一段时间，你的笔仿佛要往城市里触碰，但你从鲁院学习回来之后，无论是中短篇，还是长篇小说，又回归霍林河、回归大草原。

翟妍：

最初写乡土，源于家乡。家族就是一个小社会，在我还没上小学时，我已经很懂亲戚族人之间的人情世故世态炎凉了，我看见我的村庄、戚族之间都用一种绞尽脑汁的势利方式相处着，是那种剪不断理还乱的千丝万缕。所以，在我的小说里，戚族关系往往比邻人更冷漠，我很小就向往城市，不是羡慕城市繁华，而是楼门一关，彼此互不干扰的陌生生活。

后来就真到了小城里，发在《中国作家》杂志的《迷失在城市边缘》、发在《作家》杂志的《随风飘动》，应该算是两个代表作，关注的是游离在城乡接合部之间的边缘人群，但我还是陷入迷茫。因为我觉得城市于我，有些格格不入。后来我有机会去鲁院学习，我学会重新审视自己的生命和小说的意义。原来那种简单而又繁缛的乡村世故，在我心里，已经不再是单一的好或不好，它透视出来的，是乡村的内涵、底蕴、伦常、道德，等等。所以，我决定重写乡土找寻自己的心灵故乡。

王波：

很多作家，都会谈到鲁院，就你个人而言，鲁院对你的帮助是什么？

翟妍：

鲁院是可以让一个作家的身、心、灵都得到升华的地方。这个世界正喧嚣无度，热闹得让人来不及思考，鲁院恰是那个让我停下来的地方，让我能静下心享受慢时光，审视自己的内心。

一个作家的内心，太需要常常洗礼，否则，会忘了一个作家的使命和担当，会变成繁花中最庸俗的一束，被喧嚣淹没。

如果没有在鲁院的历练，不会有我发在《十月》的《西口五韵》，更不会有发在《江南》的长篇小说《长河长》。因为就在那段慢时光里，透过城市的庸庸碌碌，我把村庄和村庄的世故看得更清楚，就像一张三维立体画，徐徐浮出。因此，我特别感谢鲁院。

王波：

在你的小说里，东北人们迎着凛冽的北风、鹅毛的大雪，大碗喝酒、大碗吃肉豪爽奔放的感觉无处不在，像《尘土的味道》《一径长途》。你笔下的大地也是辽阔苍茫的，是更加容易融于天地之间的，像《长河长》这个长篇。透过这些小说，你是在不知不觉书写游牧渔猎民族文化，还是有意弘扬独特的塞外关东地域历史文化？

翟妍：

我觉得一个乡土作家在创作的过程中，最应该捕捉到的是地域文化里的民族精神性。一方水土养一方人。松花江是哺育东北文明的摇篮，霍林河就是哺育我儿时村庄文明的摇篮。

我所在的地理区域，吉林大安，属嫩江平原西北部，科尔沁草原东部，是满蒙文化的发源地。我的"榆村"，就建在那河边上，是霍林河的末梢，它只要再甩个弯儿，就汇到嫩江里去了。被这段水域浸润的松嫩大地，非常具有神奇性，早在辽金时期，鱼儿泺（今月亮泡）便是辽皇春水捺钵之地，直到今天，契丹文化、草原文化、渔猎文化、乡土文化依旧交汇融合，所渗透出来的知识、信仰、艺术、道德、能力、习惯、民风、民俗，更显别具一格。这让我在创作小说时，从故事形态上就不同于其他作家了。在《长河长》中，在塑造王玉娥时，我给了她一棵百年神榆，给了她风云变幻雾霾丛生的榆村，给了她一条河流，给了她茫茫草原，给了她一个萨满天神般的李三老，给了她善良和倔强，也给了她歌声、诗和远方……就是要把众多的文化元素揉捏重组，把这些别具的特点，作为我小说里独特的东北表达，传承下去。

生活在大平原之上的人，放眼无边，没遮没挡，练就了直来直去的性子，就像东北的天儿一样，热你个够劲儿，冷你个也够劲儿，也像我们常听的二人转，来不得其他剧种那般含蓄，爱就调情，不爱就爆口，高兴了就呀呼嗨，不高兴了就哎呀我的天，高亢粗犷，喜形于色。这个由匈奴、鲜卑、突厥、契丹、女真、蒙古等众多民族在不同历史时期留下历史足迹的地方，把豪气、宽容、博大、自信、开放都以不同的形式注到每个人的血液里，这使我在小说的人物刻画上，也更容易标新立异。像《西口五韵》里的六子、田禾、喇叭赵、宝香宝兰、秀珍，《麦子熟了》里的芝兰，都有他们独特的东北味道。

王波：

你在《长河长》中，和《一径长途》中，都写了"榆村"，写"霍林河"，写了小村的史变和草原，《江南》刊出《长河长》时，在重点推介语中还这样写道：霍林河孕育了榆村，霍林河也见证了榆村。那么，你对你的心灵家乡霍林河、草原是怀着怎样的情感进行文学创作的？

翟妍：

我不知道故乡会不会是每个作家最后的精神家园，但对于我来说，它一定是。而河流，是我对故乡唯一的期待。

老辈人都讲，靠山吃山靠水吃水，霍林在蒙语里是美食的意思，霍林河该是美食之河。霍林河就在村后，还小的时候，孩子们在那里嬉耍，大人们在那里打捞生计，一村人的喜悲，都可以在河水里映出影子来。

我的河流是漫过草原之上的，这岸和那岸，一到夏天，举目葱郁，一到冬天，不是满地枯黄，就是被白压压的大雪覆盖，把河流和草原连成一片。冰天雪地会让人想到逃离。每个孩子都有过要逃离故乡的冲动，长大以后，才发现，故乡才是最真实的存在。

我是在写作以后，发现自己对生活的所有认知和思考，都是从那条河里孕育出来的。很多作家都在强调童年记忆，说但凡写作者，对童年，都有刻骨铭心的回忆。我觉得这观点很对自己，我的大多记忆，都来自那条河流，那片草原。我的家是在霍林河边上、是在草原上的，每天傍晚，捧着饭碗蹲在窗台上，就会看见成片的牛群、马群、羊群，从堤坝上奔涌而下，掀起尘土，衬着晚霞的红光，腾云驾雾一样。不知有多少个日夜，我就是在那样的场景里，回望、想象、构建小说，把过去的情思，一股脑儿地塞给每一个作品。

王波：

你是怎么喜欢上看书的，对你写作影响最大的几本书是什么？你最喜欢的作家有哪几位？

翟妍：

很小的时候，在我的村庄里，书籍还是相当匮乏的资源，我父亲有爱看书看报的习惯，会到处淘弄一些旧书刊回来，有时候拿到一本文摘，我们会翻来覆去地看。我还记得一些场景，围着火炉，母亲做鞋或者做棉衣，父亲念书上的故事给我们听。我父亲也是个不爱讲话的人，但有一次他在我的日记本上写过这样一句话：万般皆下品，唯有读书高。这好像是我父亲这辈子给我印象最深的一件事。也是后来我把学习看成一件和毕生有关的事的重要原因。

小时候我喜欢用刀子抠报纸的副刊，抠下来之后都用糨糊粘在日记本里，那些好的文章，自己常常拿出来读。

后来大些时，邻居家的女孩在县里上学，每次回来都从学校的图书馆带回很多书，像四大名著，《穆斯林的葬礼》《飘》《茶花女》什么的，都是十五六岁时读到的。到了真正开始钻研写作时，萧红带给我的触动特别大，觉得这个作家本身就充满谜一样的色彩，而文字那种自然而又陌生，生疏而又新鲜的表达方式，让我非常喜欢，从某种角度说，我非常认同的是她的"文无定法"，小说的散文化写作方式。有很多人读了我的小说（像《长河长》）之后，都觉得有萧红的影子。

其次对我影响比较大的一位作家是《飘》的作者，玛格丽特·米切尔，作者本身的精神意志也是感染我的，一个女性作家，能耐住性子十年磨一剑，这是需要毅力的。《飘》让我较为震撼的是，一部以战争为背景的爱情经典巨作，作者在塑造人物性格时，打破了传统的、单一的写作手法，对人物性格进行了多元组合，对历史环境做了多方面的揭示，让我对小说的认识和在对小说进行艺术创作过程中，有了更多的思考空间。

说到对自己比较喜欢的书籍，像《红楼梦》《霍乱时期的爱情》《平凡的世界》《白鹿原》等都给我的写作带来启示，好书的根本在于，它能让你从中获得大量的知识之外，还教会你思考。

王波：

在你的小说里，总会读到一些积极向暖的东西，你想为读者传递怎样的人生愿景？

翟妍：

作家是要极具仁爱精神的，不仅爱人，还要爱自然万物。宋儒朱熹注："鱼不满尺，市不得粥，人不得食，山林川泽，与民共之，而有厉禁，草木零落，然后斧斤入焉⋯⋯因天地自然之利，而樽节爱养之事也。"讲的就是人和自然和谐共存的道理。换句话说，也是教人将仁爱之情倾注于天地之间。而作为写作者，是普通人中，更具见地独立性的人群，决不能将自己的思想见地凌驾于任何生命之上，要用自己的悲悯情怀和慈悲之心传递正能量，温暖一些人，让他们向善，向上。

王波：

长篇小说《长河长》发表之后，《光明日报》对该作品做了重点推介，这对你应该是一种极大的肯定和鼓励，那么，你有新的写作计划吗？或者说，未来的创作方向是怎样的？

翟妍：

非常感谢天南地北的读者对《长河长》的支持，这也是我创作的动力。近期，也就是在 2019 年初，我有一本童书《青云城里的来客》问世，这是一部把东北神话和幻想元素融在一起的作品，用孩子的视角重新审视这世界的善恶美丑，也用孩子们对生活的态度，点燃成人世界的光亮。

接下来我还想完成长篇小说三部曲的创作，其中第一部《长河长》，第二部《长河望》已经完成，现正着手写第三部，我同样会用诗性的语言，去书写东北大地的温情与悲凉，为麻木的灵魂唱安静的夜歌。

（作者系中国戏剧家协会会员、作家、编剧、评论家、专栏作家，现居北京，该文原发 2018 年《中华书目报》，由《绿野》转发）